KB106923

이야기

KISSA "NEKO NO KI" MONOGATARI:
FUSHIGI NA NEKO MASTER NO IYASHI NO IPPAI
by Sui Uehara



Korean translation edition is published by arrangement with
Mynavi Publishing Corporation through Japan UNI Agency, Inc., Tokyo

# 카페 고양이 나무 Q 이야기

契茶『苗の木』物語

우에하라 스이 소설
김유라 옮김

민음사

차례

# 그 남자, 고양이 남자

더는 안 되겠어. 이딴 회사, 그만둬 버릴 거야.

방파제를 따라 바다 냄새가 풍기는 길을 자전거로 달리며, 이를 악문다.

아리우라 나쓰미, 회사원.

불과 스물여섯의 나이에 인생을 비관하다.

이렇게 되어 버린 계기는 며칠 전으로 거슬러 올라간다.

"전근이요?"

회의실에서 부장이 전한 갑작스러운 지시에 눈이 튀

어나온다. 이제 곧 여름이 시작되려는 애매모호한 계절이다. 부장은 종이 한 장으로 내 인생을 뒤바꿨다. 애초에 경리에게 전근이라니 말이 되는 건가!

“그래, 아사기초(町) 지사로. 시즈오카 해안가에 있는 작은 마을인데, 가 줄 거지?”

다시 말해 기껏 도쿄에 있는 그럭저럭 괜찮은 회사에 멋지게 경리로 취업했더니, 촌구석으로 쫓겨난다는 뜻이다.

“아리우라 씨, 시즈오카현 출신이었지?”

부장은 인사 이동서에서 눈을 떼지 않은 채 말한다.

“그렇습니다만…….”

“그럼 괜찮겠네, 고향이잖아?”

꽤나 태연하게 말하지만, 이동처인 아사기초와 내 고향은 같은 시즈오카현 안에서도 동서의 끝과 끝이다. 이미지로는 도쿄와 니가타만큼이나 떨어져 있다.

인사이동은 곧바로 사내 게시판에 발표되어 사람들이 웅성거리기 시작했다. 어떻게 봐도 ‘이례적인 지시’였다. 인사이동이 있을 법한 시기도 아닌데 갑자기 이동 지시를 받은 것은 말하자면, ‘한 건 했다.’라는 뜻이다.

흔히 말하는 좌천이다.

짚이는 데는 있다. 아마 그 건 때문일 테지만, 납득은 할 수 없다.

어째서 그런 이유로 내가 쫓겨나야만 하는 건데. 부당함을 주장하고, 울고 불며 사직서를 내던져 버릴까 하고도 생각했지만, 이런 일을 당할 때 나는 묘하게 냉정해져 버리는 터라, 울분을 터트리지 못한 채로 전근의 날을 맞이했다.

아사기초 지사가 있는 마을은, 해안가의 작은 동네다.

바퀴가 달린 가방을 끌며, 전차에서 내렸다. 역의 플랫폼에서 바로 바다가 보이고, 해변의 냄새가 났다. 어업이 성하는 마을로, 역 주변에는 어물전이 늘어서 있다.

도쿄와는 다르게 건물이 낮고, 녹음이 푸른 풍경이 펼쳐져 있었다.

한산한 상점가를 통과해 얼마 더 걸으니, 앞으로 살게 될 아파트가 보이기 시작했다. 회사에서 구해 준 가구가 딸린 아파트다. 겉으로만 봐도 꾀죄죄하고 오래된 건물이라 어쩐지 유령이라도 튀어나올 것만 같다. 덧붙이자면 반려동물을 기를 수 있다고 한다.

햇볕이 잘 들지 않는 2층 방이 내가 살 곳이다. 발령 전에 받아 둔 열쇠를 문에 꽂아 열고 손잡이를 돌린다. 끼익 하고 삐걱거리는 소리와 함께 문이 열리고, 좁은 원룸이 주인을 맞이한다.

가방을 내려놓고 한숨을 쉬었다.

오늘부터 이곳이 내가 돌아올 장소. 덩그러니 놓인 가구 몇 개와 하얀 벽으로 둘러싸인 살풍경한 방. 갑자기 불쑥 찾아온 나를 거부하는 것처럼 느껴지기까지 한다. 딱딱한 이불에 몸을 던진 뒤, 질끈 눈을 감았다.

진짜 문제는 내일부터다. 내일부터 시작할 새로운 근무지에서의 업무. 업무 자체는 크게 다르지 않지만, 함께 일하는 사람들이 바뀐다는 정신적 부담이 크다. 게다가 나를 탐탁지 않아 할 것이 분명하다.

저절로 한숨이 나왔다. 앞으로 어떻게 살면 좋지. 생각할수록 머리가 아팠다.

이튿날 아침, 나는 회사로 향했다. 집과 사무실의 거리가 그리 멀지 않아서, 통근비를 지원받는 대신 회사에서 지급한 자전거로 출퇴근 하는 것이 조건이었다. 빨간색 자전거에 올라타, 바다를 본체만체 페달을 밟았다. 바다가 보이는 언덕길을 내려가니 바퀴가 저절로 돌았고, 바닷바람은 잘 정리한 앞머리를 갈랐다.

내가 다니는 회사는 그럭저럭 괜찮은 문구 메이커로 아직 규모를 키워 가는 중이다. 나는 대학을 졸업함과 동시에 입사해, 도쿄 본사에서 경리 업무를 보고 있었다. 깨끗한 사무실에서 방대한 금액이 오가는 업무를 담담하게 처리하고, 점심시간에는 근사한 가게에서 동료와 런치를 즐기는 생활을 나름의 특권이자 자랑으로 생각하고 있었다.

그런 일상이었는데 지금에 와서는 이런 시골구석의 아무것도 없는 마을로 좌천되었다. 자긍심도 다른 모든 것도 갈기갈기 찢어졌다.

아파트에서 몇 분, 해변가를 달려 사무실이 있는 빌딩에 도착했다. 3층짜리 아담한 빌딩의 2층에 앞으로 내가 다닐 회사가 있다. 자가용으로 출퇴근하는 사원들을 위해 마련된 건물 옆 주차장에는 차가 몇 대 주차되어 있다. 그중 마침 주차를 마친 차에서 여자가 내렸다.

"오랜만이야, 나쓰미."

나를 향해 손을 흔든다. 누구였더라. 잠시 기억을 더듬었다.

"미카?"

신입사원 연수를 함께했던 동기 다카노 미카다. 부서가 달라 곧 소원해졌지만, 이전에는 자주 수다를 떨었다. 깊게 친해지기 전이라도 한잔하러 가자, 하는 싹싹하고 솔직한 성격이라 곧잘 함께 놀러 가곤 했다.

그러고 보니, 작년 봄에 이쪽 지사로 이동 발령을 받았었던 것 같기도 하고.

"다행이다. 아는 사람 아무도 없을 줄 알았어."

"안심해. 여기 아사기초에 대한 건 나한테 맡겨 두라고."

미카의 재촉에 빌딩 안으로 들어선다.

작고 오래된 빌딩인데, 신통하게도 엘리베이터가 있다. 미카의 손짓에 얼른 엘리베이터에 오른다. 미카는 2층 버튼을 누른 뒤 나를 향해 휙 몸을 돌렸다.

"너 말이야, 이런 시기에 전근이라니. 무슨 사고를 친 거야?"

거리낌 없이 묻고는 빙긋이 웃는다.

성가시다.

"으음…… 뭐 그런 셈이지……."

적당히 얼버무리자.

"그런 셈이라니, 설마……."

미카는 의미심장하게 히죽거리더니 새끼손가락을 세웠다.

"남자인가."

"으응……."

다시 한번, 얼버무린다. 하지만 눈치 빠른 미카는 만족스레 고개를 끄덕였다.

"네네, 잘 알겠습니다. 상대는 누구야? 누구랑?"

사람 챙기기를 좋아하는 미카는 다른 사람의 사적인 이야기를 캐내기도 좋아한다. 마치 편이 되어 줄 테니 힘들 때 의지하라고 강요하는 느낌이랄까.

"나중에 말해 줄게."

엘리베이터가 멈춘 틈을 타 대충 둘러댄 뒤 후다닥 내린다. 미카는 마음에 들지 않는 듯 입술을 삐죽이면서도, 먼저 걸어가 사무실 문을 열어 주었다.

아사기초 지사 사무실은 도쿄 본사에 익숙한 나에겐 한눈에 봐도 비좁게 느껴졌다. 지사의 부장이 앉을 법한 책상이 가장 안쪽에 하나, 그리고 일반 사원들의 책상이 부서별로 무리 지어 있다. 주변에는 책장이나 사무기기가 어수선하게 놓여 있어서, 가뜩이나 좁은 사무실을 더욱 비좁게 만들고 있었다. 아직 출근 시간까지 여유가 있었기 때문에 사무실에는 가장 안쪽 책상에 자리한 남자 한 명과 그 외의 몇 명 정도가 뿔뿔이 앉아 있는 것이 전부였다.

"저기, 오늘부터 근무하게 된 아리우라입니다."

그렇게 말하자 지부장 자리에 앉은 남자는 맥없이 내 쪽을 흘낏 쳐다봤다.

"도쿄에서 쫓겨난 거라며? 잘해 봐."

극히 화려한 노란색 와이셔츠에 극히 조악한 녹색 넥타이의 조합, 눈을 돌리고 싶은 센스. 지사의 총책임자로 근무하기에는 다소 젊다. 30대 중반이나 될까.

"아메미야 지부장이야."

미카가 귓속말을 했다.

"미남이지?"

미남인가. 솔직히 동의하기 어려운 말이었지만, 외모에 신경을 쓰는 타입인지 유행하는 헤어스타일이긴 했다. 연두벌레로밖에 보이지 않는 그 특이한 넥타이도 어쩌면 유행의 최첨단을 달리는 아이템일지도 모른다.

"여자 사원들한테 인기야."

미카의 말에 한숨이 나왔다. 이 인간도 저 인간도 다들 회사에 뭘 하러 오는 걸까.

"잘 부탁드립니다."

"분위기 파악 못하는 애는 같이 일하기 힘드니까."

꾸벅 머리를 숙이자 지부장은 비웃는 얼굴로 나를 바라보며 중얼거렸다. 통상적인 충고처럼 말했지만, 그 말속에 담긴 독은 노골적으로 나를 향해 있었다. 이 사람은 내가 쫓겨난 이유를 들은 것 같다. 이래서는 눈 깜짝할 사이에 일반 사원들에게도 소문이 퍼져 나갈 거고, 미카의 귀에 들어가는 것도 시간문제겠지.

분위기 파악을 못했던 게 아니다. 파악했지만 싫었으니까 거부했던 거다.

윤리적으로 따져 봐도 내 행동이 잘못되지 않았는데, 권력을 가진 인간이란 때로 그 힘을 남용해 횡포와 다를 바 없는 판단을 내린다. 아랫사람인 나는 그 힘에 짓눌린 채, 오히려 나쁜 사람인 것처럼 취급받는다.

결국, 출근 첫날부터 새로운 동료들은 하루 종일 나를 흰 눈으로 바라보기만 했다. 좌천의 이유를 알고 있는 사람은 아메미야 지부장뿐인 것 같았지만, '사고 쳐서 좌천당한 여자'라는 낙인 자체가 강력해서 이유를 모르는 사원들도 나를 이상한 사람으로 본다. 미카가 이런 나에게도 평소 같은 태도로 대해 줘서 의지가 됐지만, 미카의 성격을 생각하면 호기심 때문일 거다.

……그렇구나. 나는 한동안 이 사무실에 적응해 가면서 모두가 소문에 물려 잊어버릴 때까지 이런 분위기에서 일해야 하는 거구나. 이게 무슨 꼴이지. 술이라도 마시지 않으면 버틸 수 없을 것 같다.

슬금슬금 자전거를 달려 집으로 돌아가는 길, 울화가 치밀어 가슴이 부글부글 끓기 시작한다.

더는 안 되겠어. 이딴 회사, 그만둬 버릴 거야.

내가 잘못했다고는 눈곱만큼도 생각하지 않는다. 그런데도 이런 취급이라니. 아무도 나를 동정하지 않는다.

내가 있을 곳은 어디도 없다. 그렇다면 차라리, 이 바다에 투신해서 죽어 버릴까. 그럴 용기와 의지가 있을 때에나 가능하겠지만.

화가 가라앉고 나니 울고 싶어졌다. 눈꺼풀 안쪽이 화끈거리기 시작한다. 분하다. 이제 첫 출근을 했을 뿐인데, 울고 싶지 않다.

끼익. 자전거를 멈춰 세우고, 발밑의 회색 아스팔트를 노려본다. 똑, 하고 아스팔트에 작은 검은색 얼룩이 진다.

빠른 패배다. 눈물이 방울방울 넘쳐흘러, 아스팔트에 둥근 자국을 점점이 그려 간다.

어쩌면 좋지. 눈물이 멈추지 않아.

계속해서 바닥으로 떨어지는 눈물 자국을 바라본다. 어떡해. 이렇게 빨리 울고 싶지 않았는데.

고개를 숙인 채로 굳어 있던 그 순간이었다.

"냐옹."

작은 울음소리. 슬쩍 고개를 드니, 방파제를 따라 정면에서 걸어오는 고양이가 보였다.

치즈 태비라고 하는 건지, 엷은 갈색 몸에 줄무늬가

있고, 턱과 배, 그리고 발이 양말을 신은 것처럼 하얗다. 녹색 유리구슬처럼 동글동글한 눈으로 나를 올려다보고 있다.

그러고 보니, 항구 마을에는 고양이가 많다고 들었다. 아마 이 고양이도 어부들이 선심 써서 주는 잡어들을 먹으며 지내고 있겠지.

자전거에서 내려 킥 스탠드를 세운다.

"이리 와."

쭈그려 앉아 손을 뻗어 본다. 고양이는 잠시 내 쪽을 쳐다보기만 하다가 이윽고 천천히 다가왔다. 내 손에 얼굴을 비비적비비적 문지른다. 꽤나 사람을 좋아하는 고양이다.

쓰다듬으니 골골거리는 소리를 내며 더욱 손에 머리를 비벼 온다. 따뜻한 체온이 상처 입은 마음에 차츰차츰 스며들어, 괜히 더 눈물이 쏟아졌다.

고양이가 갑자기 손에서 얼굴을 뗐다. 뒤를 홱 돌아보더니, 후다닥 걸어가 버렸다.

"아, 잠깐만……."

고양이가 걸어가는 방향으로 시선을 던지자, 무언가

시야 안으로 들어온다.

그곳에는 빨간 지붕을 얹은 작은 집이 나무로 만든 간판을 걸고 덩그러니 서 있었다.

'카페 고양이 나무'.

이런 곳에 카페라니.

카페는 언덕에서 바다를 내려다보며 조용히 자리를 지키고 있다.

가게 앞에는 작은 정원이 있어 나무와 꽃이 바닷바람에 살랑거린다. 입구 옆에는 하얀 파라솔과 테이블이 자리해 편안한 공간이라는 느낌을 준다.

세워 두었던 자전거를 끌고 걷기 시작했다. 자연스럽게 발이 카페로 이끌렸다. 가게 이름을 고양이 나무라고 붙일 정도라면 당연히 고양이가 있겠지? 그래, 지금은 딱 위로가 필요해. 조금 전 치즈 태비 고양이처럼 사람을 따르는 고양이가 많이 있다면 치유될지도 몰라.

카페의 초록색 문으로 손을 뻗는다. 손잡이를 당기자 딸랑딸랑하고 벨이 울린다. 에어컨을 틀어 놔 산들거리는 공기가 시원하게 뺨에 닿는다.

"실례합니다……."

가게 안으로 들어가자마자, 시야에 포착된 광경에 말문이 막혔다.

대여섯 개의 테이블과 의자, 카운터 자리가 있는 작고 아늑한 실내 공간. 손님은 아무도 없고, 고양이도 없다. 여기까지는 아직 문제랄 게 없다.

문제는,

"어서오세요."

하고 말을 걸면서 유리컵을 닦는 한 남자. 카페 주인으로 보이는 그는 어째서인지 머리에 연갈색 줄무늬가 들어간 고양이 탈을 쓰고 있었다. 사람보다 몇 배는 커다란 동물의 머리. 동글동글한 눈동자에 하얗고 복슬복슬한 입을 단 연갈색 줄무늬 태비. 동글동글한 고양이 탈과는 반대로 키는 길쭉길쭉하게 크다. 호리호리하게 마른 몸에 새하얀 와이셔츠를 걸치고, 끈으로 된 타이를 매고 있다.

옷차림은 극히 평범한 카페 주인인데, 머리는 표정이 없는 인형 탈이다. 머리만 보면 마치 유원지의 마스코트 같다.

"혼자 오셨나요?"

고양이 탈을 쓴 남자가 자연스럽게 말을 걸었다.

"저기, 음, 네."

얼이 빠진 채 대답했다.

"마음에 드는 자리에 앉으세요."

머리에 쓴 탈 때문에 조금 웅얼거리게 들리지만, 귀에 감기는 부드럽고 다정한 목소리다. 당연하게도 표정을 읽을 수는 없다.

이게 뭐지. 아무래도 이상한 가게에 들어와 버린 것 같다. 인형 탈을 쓴 카페 주인이라니, 이런 괴짜를 보는 건 처음이었다.

하지만 들어오자마자 바로 되돌아 나갈 용기는 나지 않는다. 우선 카운터 자리에, 즉 그의 바로 맞은편에 앉았다.

고양이 머리의 카페 주인은 묵묵히 유리잔을 닦고 있다. 탈이 신경 쓰인다. 딱 가게 앞에서 마주쳤던 고양이와 같은 치즈 태비다. 탈의 폭신폭신한 털이 에어컨 바람에 얄궂게 한들거리고 있다. 도무지 신경이 쓰여 견딜 수가 없다.

고양이 탈을 뚫어지도록 쳐다보고 있자, 카페 주인은

조심스레 유리잔을 내려놓고 데워 둔 커피 메이커를 쥐었다. 기묘한 겉모습과는 정반대로 능숙하게 커피를 따르는 모습이 무척이나 그럴싸하다.

커피잔이 살며시 내 앞에 놓였다.

"앗."

아직 아무것도 주문하지 않았는데.

"따뜻한 커피를 마시면 마음이 따뜻해져요."

고양이 머리가 내 쪽을 바라보며 다정한 목소리로 말했다. 양손으로 컵을 감싸자 적당한 온기가 손바닥에 퍼졌다.

"감사…… 합니다."

"카페인이 피로 회복에 효과적이라고 하더군요."

주인은 다시 유리잔을 닦기 시작했다.

피로 회복. 처음 만난 사람에게도 나는 피로에 찌든 표정이었다는 건가. 커피에 함께 나온 설탕과 우유를 넣은 뒤 휘휘 젓는다. 달달하게 완성된 커피를 한 모금 삼킨다. 조금 씁쓸하지만, 아직 따뜻하다.

그러자 퍼뜩, 지금 내 얼굴이 어떨지 걱정되기 시작한다. 피로에 찌든 표정이 아니라, 눈물로 화장이 지워져 엉망인지도 모른다.

"죄, 죄송해요. 꼴이 엉망이죠."

당황하며 얼굴을 가리자, 남자가 아뇨, 아뇨 하고 작게 고개를 저은 후 자신의 고양이 탈을 가리켰다.

"이걸 쓰고 있으면 시야가 좁아져서요. 손님의 얼굴은 아래쪽 반밖에 보이지 않으니까요."

"으으음."

캐물어도 괜찮을까.

"그 인형 탈 말이죠."

"이상한가요?"

마음속으로 곧장 이상합니다 하고 대답했다.

"왜 쓰고 계신 걸까 궁금해서요."

"제가 고양이를 좋아하거든요."

아니, 고양이를 좋아하더라도 고양이 탈을 쓰는 이유로는 성립될 수 없을 텐데 하는 생각이 든다.

"저에 대한 건 그렇다 치고, 손님이야말로 무슨 괴로운 일이라도 있었나요?"

얼굴 아래쪽의 눈물 자국을 보고 있었나. 모처럼 거의 잊어버릴 뻔했는데, 가슴속을 빙빙 맴돌며 소화되지 않은 채 남아 있던 불쾌함이 되살아났다.

"아무것도 아니에요."

"그렇군요. 괜한 걸 여쭤봐서 죄송합니다."

고양이 머리는 차분하게 유리잔을 닦고 있다. 집요하게 되묻지는 않는다. 나는 다시 커피를 한 모금 마셨다.

"저기."

말을 거니 고양이 머리의 손이 멈춘다.

"죄송해요. 역시 이야기를 좀 들어 주실 수 있나요?"

생면부지의, 게다가 고양이 탈까지 뒤집어쓴 이상한 남자이지만 왠지 누군가에게 털어놓고 싶어 참을 수 없었다. 아무라도 좋으니 이야기를 들어 주기를 간절히 바랐다.

"물론입니다."

남자는 일단 유리잔을 내려놓았다. 나는 커피로 입술을 축인 후, 말을 꺼냈다.

"지금까지 도쿄 본사에서 근무했어요. 그런데 갑자기 인사이동 지시가 내려오고, 이 근처에 있는 지사로 쫓겨나게 됐어요."

머리를 쓸어 올리고 한숨을 쉬었다.

"그것도…… 상사 때문에."

"상사 분의 탓으로?"

"네. 다른 부서의 부장이었지만요. 본부장 승진 이야기도 나온, 능력은 있는 사람인데."

그 인간에 대해 떠올리는 것만으로도 열이 받는다.

"그 사람이 어느 날 같이 술이라도 한잔하자고 했어요. 거절하기 어려워 함께 갔더니 강제로 몸을 더듬는 거예요."

고양이 머리의 카페 주인은 조용히 듣고만 있었다.

"이게 말이 되나 하는 생각이 들었어요. 애초에 얼굴도 인간성도 정말 별로인 사람이었고요. 진짜 의심할 여지가 없는 성희롱 그 자체였는데."

마음이 지쳐서인지, 눈앞의 상대가 귀여운 고양이 머리를 뒤집어쓰고 있어서인지, 대화 상대가 같은 성별이 아닌데도 나는 이런 이야기까지 술술 다 털어놓고 만다.

"있는 힘껏 뺨을 올려붙이고, 할 수 있는 욕이란 욕은 다 퍼부어 주고서 도망갔는데…… 며칠 뒤에 인사이동 명령이 내려왔어요."

부장의 얼굴에 먹칠을 했단다. 그 사람의 자업자득임

에도 회사 상사에게 폭력을 휘두르고 욕설을 퍼부은 나 역시 잘못이 없지는 않다나. 회사 입장에서는 업무 수완이 뛰어나고 전도유망한 그를 버리지 않을 터였다. 그렇다면 아래부터 따지는 게 빠르니까 내가 잘못한 것으로 치고 먼 지방으로 쫓아 보내는 편이 손해가 없다고 판단했겠지.

"내가…… 잘못한 걸까요."

손에 쥔 잔을 내려다봤다. 커피 수면이 진동하며 흔들흔들 원을 그리고, 그 위로 비친 내 얼굴은 일그러진다.

"저, 손님……."

남자의 목소리가 위에서부터 내려온다. 얼굴을 드니 실없는 고양이 머리가 기다리고 있다.

"초콜릿 좋아하시나요?"

그는 낱개로 포장된 초콜릿 두 개를 손바닥 위에 올려 내밀었다.

"이럴 때 먹는 초콜릿은 특별히 더 달콤해요."

톡. 그는 초콜릿을 카운터 테이블에 내려놓았다.

"……고맙습니다."

"사회란 잔혹하죠. 이익이든 호기심이든 다른 사람의

마음을 아무렇지 않게 짓밟고, 자기한테 유리한 방향으로 해석하려는 사람이 득을 보니까요."

고양이의 얼굴을 하고 사회를 논하는 남자.

나는 그가 준 초콜릿의 포장을 벗겨 입속으로 집어넣었다.

"하지만 세상이라는 건, 생각보다 아주 조금 더 달콤하게 되어 있거든요."

정말이다. 눈물로 짠맛이 돌던 입안에서 초콜릿이 월등히 달콤한 맛을 낸다.

이상한 느낌이다. 이런 일면식도 없고 심지어 고양이 탈 따위를 뒤집어쓴 사람에게 위로를 얻다니. 가슴에 푹 꽂혔던 두꺼운 가시가 몽글몽글 녹아내리는 것 같은 그런 따뜻함이 느껴졌다.

"여성이 아닌 제가 잘난 듯이 말할 수는 없습니다만, 당신은 아무 잘못도 하지 않았어요. 적어도 저는 잘못했다고 생각하지 않아요."

초콜릿이 입속에서 녹아든다. 다정하고, 달콤하다.

"하지만 괴롭다면 마음껏 우셔도 괜찮아요. 지금은 당신의 얼굴이 잘 보이지 않는 저밖에 없으니까요."

어쩜 이렇게 온화한 목소리일까. 어째서 이렇게 나를 이해해 주는 걸까. 가슴이 점점 뜨거워진다.

"울 수 없어요."

엉겁결에 웃음이 새어 나왔다.

"그런 고양이 머리가 앞에 있으면 웃음만 나오는 걸요."

고양이 머리가 다시 유리잔을 집어들었다.

"그럼 다행이네요. 얼굴은 반밖에 안 보이지만, 웃는 얼굴이 훨씬 근사합니다."

아까 흘린 눈물과는 다른 종류의 눈물이 날 것 같았다. 하지만 긴장이 풀리고, 마음은 한결 가벼워졌다.

"죄송해요. 갑자기 이런 이야기를 해서. 그래도 이야기를 들어 주신 덕분에 속이 시원해졌어요. 왠지 기운이 나네요."

다행이네요 하고 고양이 머리가 고개를 끄덕였다. 유리잔을 닦는 움직임이 차분하고 우아하다. 하지만 좀처럼 어울리지 않는 이상한 고양이 머리만큼은 도무지 무시할 수가 없다.

"저 혹시 괜찮으시다면 얼굴 좀 보여 주실래요?"

카페 주인의 손이 멈춘다.

"어려울까요."

"안 됩니다."

그것만큼은 굽히지 않을 것 같다.

체형이나 목소리로 미루어 봐서는 젊은 남자일 텐데. 나보다 조금 연상이거나, 삼십 대 정도려나.

"어째서 그런 걸 쓰고 계시나요?"

조금 전과 똑같은 질문을 한다.

"고양이를 좋아하기 때문입니다."

조금 전과 똑같은 대답이 돌아온다. 하지만 이번에는 다음이 있었다.

"이런 대답으로는 납득이 안 가시겠죠?"

침착한 어조 속에 희미하게 웃음기가 섞여 있다.

"사실 저, 정말 심각할 정도로 낯을 가리고, 다른 사람이랑 얼굴을 마주하고 대화를 나누는 게 어려워요. 하지만 이걸 쓰면, 얼굴이 보이지 않아서 대화하기 쉽거든요."

고양이 탈을 쓰는 쪽이 더 부끄러울 것 같다는 생각이 들지만, 그는 그렇게 느끼지 않는 것 같다.

"흐음…… 그럼, 탈을 벗는 건 다음으로 미루더라도 최소한 이름은 가르쳐 주세요."

"이름을 내세울 만한 사람도 아닌데요. 그냥 마스터라고 불러 주세요."

나는 벽을 슬쩍 보았다. 벽에 걸린 영업허가증에 대놓고 이름이 적혀 있다.

"가타쿠라 유즈키 씨신가요?"

"이런, 울지 않으니까 침착해지시네요."

카페 주인은 다시 유리잔을 닦기 시작했다.

"그럼 가타쿠라 씨."

뚝. 이름을 부른 순간, 그의 손이 멈췄다.

"으으음, 역시 부끄러우니까 마스터라고……."

고양이 탈은 부끄럽지 않고, 이름을 불리는 건 부끄러운 건가. 꽤나 독특한 사람이다.

"농담이에요, 마스터."

일어서면서 가방에서 지갑을 꺼내자 그는 손을 설레설레 저었다.

"커피값은 안 주셔도 돼요. 제 마음대로 드린 거니까. 제가 사는 걸로 하죠."

"아뇨, 그럴 수는 없어요."

"가끔은 이런 날도 괜찮지 않나요? 오늘의 당신은 작은 상을 받아도 좋다고 생각해요."

뭐지, 이 사람. 역시 진짜 별나다.

"그럼…… 잘 먹었습니다. 고맙습니다. 다시 올게요."

"기다리고 있겠습니다."

출구에 서서 뒤를 돌아봤다.

"깜짝 놀랐어요. 고양이를 기르는 카페인 줄 알았는데, 고양이 마스터가 있는 가게여서요."

후후 하고 웃으니 그도 탈 안에서 킥킥거렸다.

"그렇게 말씀하시는 손님들이 꽤 많아요. 가게 이름을 바꾸는 편이 좋을까요?"

"아뇨, 뭐, 고양이인 건 마찬가지니까. 괜찮다고 생각해요."

킥킥 웃다가 마스터가 느닷없이 말했다.

"고양이를 좋아하시나요?"

"어어, 네."

"저, 혹시 괜찮으시면, 말이죠."

"……네."

"시간 좀 내주실 수 있나요?——지금부터 고양이랑 놀아 줄 건데."

한순간 두근거렸던 마음을 없던 것으로 하고 싶다.

그는 나를 데리고 가게 밖으로 나갔다. 하늘이 엷게 오렌지색으로 물들어 있다. 바다가 빛을 받아 반짝거리고, 새소리가 들리고, 파도 소리가 들린다. 이렇게 마음이 편안해질 수 있다니. 신기한 일이다. 가게에 들어가기 전까진 이런 풍경으로 보이지 않았는데.

건물 앞에는 내 자전거가 세워져 있다. 그 옆에는 빽빽이 우거져 살랑거리는 강아지풀.

마스터가 강아지풀 앞에 쓱 쭈그려 앉았다. 그리고 수풀을 향해 엄지손가락과 다른 손가락을 비비며 사그락사그락 소리를 냈다. 바람이 나뭇잎을 간지럽히는 것 같은, 가볍고 차분한 소리였다. 그러자,

"어머…… 귀여워라."

수풀에서 불쑥 고양이가 얼굴을 내밀었다. 자세히 보니 조금 전 만났던 치즈 태비였다.

마스터는 고양이의 목을 손끝으로 쓰다듬었다. 똑같

은 치즈 태비네 하고 멍하니 생각한다.

"그쪽이 키우는 고양이였군요."

"제가 키우는 아이가 아닌데요. 이 근처에 자리 잡고 사는 길고양이에요. 작년 여름, 이 부근에 버려진 것 같아요."

나는 마스터의 옆에 쭈그려 앉았다.

고양이는 길에서 사는 것치고는 사람을 잘 따랐다. 마스터가 말한 대로 꽤 최근까지 사람의 손을 탄 기색이 있다.

잠시 침묵이 흘렀다. 바람이 솨솨 나무를 쓰다듬고 가는 소리, 고양이가 골골거리는 소리만이 들려온다. 조용하다.

"이름은 뭐라고 하나요?"

"안 지어 줬어요."

"의외다. 왜 안 지어 줬어요?"

"애착이 생겨 버리니까요."

이미 늦지 않았을까. 이렇게 귀여워하면서 새삼스레 무슨.

"냐스케."

나는 고양이를 향해 손을 내밀었다. 마스터의 고양이 머리가 빙그르르 나를 향했다.

"네?"

"냐스케. 지금 지었어요."

꾸물거리고 있으니까 이름을 붙일 지위를 뺏어 보았다. 생각나는 대로 적당히 지은 것이지만, 어쩐지 착 맞아 떨어진다.

"얘 사람을 엄청 따르는데 먹이라도 주고 있나요?"

물어보니 그는 아니요, 하고 고개를 저었다.

"제가 기르지 않는 이상 무책임하게 먹이를 줄 수는 없어요. 사실은 배가 고플 테니 캔이라도 따서 주고 싶긴 하지만요……."

"데려가시는 건 어려울까요."

무릎 위에 팔꿈치를 대고 턱을 괸 채 이렇게 제안하자, 그는 고양이의 목을 쓰다듬으면서 다시 고개를 좌우로 흔들었다.

"고양이 알레르기예요."

고양이 머리를 한 주제에 고양이 알레르기인 건가. 그렇다면 이렇게 고양이를 만져도 괜찮은 걸까. 나는 그런 마스터를 바라보면서 말했다.

"그럼 제가 기를까요?"

마스터는 무릎 위에 올라온 고양이에게 고양이 머리를 묻었다. 고양이의 가슴을 손가락으로 만지작만지작 쓰다듬으면서 고양이 냄새를 만끽하고 있다. 좋겠다. 나도 그러고 싶다…….

몇 초, 침묵이 흘렀다. 나는 살랑살랑 움직이는 치즈태비 꼬리를 바라보면서 침묵을 깼다.

"제가 기를까요?"

"한 번 더 말씀하셨네요."

"대답이 없길래 들리지 않았나 싶어서."

"죄송합니다. 너무 반가운 제안이다 보니 환청인가 하는 생각이 들었어요."

고양이 탈의 커다란 눈동자가 나를 들여다본다. 귀여워.

"저…… 그 말씀, 정말인가요?"

표정 없는 고양이 머리가 마치 정색한 것처럼 보인다.

"이사 온 집에서 반려동물을 키울 수 있다고 하고, 본가에서 고양이를 키워서 노하우도 있어요. 차에 치일지도 모르니까 밖으로 내보내지 않을 거고, 동물 병원 정기 검진도 받을게요. 물론 예방 접종도. 피부병에 걸릴 수도 있으니까 한 달에 한 번은 목욕도 시키고요. 어떠신가요?"

"정말…… 정말로요? 그렇게 잘 길러 주신다니…… 정말 괜찮은 건가요?"

고양이 탈 안의 목소리가 달뜨기 시작한다.

"저야말로 신세 한탄도 들어 주셨고, 커피도 대접받았는데요, 뭐."

"그런…… 저는 아무것도 한 게 없는데……."

그는 잠시 망설이는 모습으로 고양이와 나를 번갈아 보다가, 마침내 사뿐히 고양이를 안아 올렸다.

"잘 됐다, 냐스케."

기뻐하는 마스터의 모습에 내 입꼬리도 함께 올라갔다.

"하지만 아직 사료도 모래도 없으니까, 내일까지 준비를 마치고 다시 데리러 올게요. 데려간 후에도 걱정되실 테니까 근황 보고 자주 드리고요. 아, 혹시 괜찮으시다면 연락처……."

"네, 그럼요."

그는 와이셔츠 가슴께에 달린 주머니에서 작은 종이를 꺼내 내밀었다. 명함인가 싶었는데 가게 이름과 약도, 전화번호가 적힌 카드였다. 나는 회사 명함에 내 전화번호를 적어 건넸다.

"아리우라 씨?"

"네. 성은 아리우라, 이름은 여름의 매화나무라고 쓰고 나쓰미(夏梅)라고 읽어요."

읽기 어려운 이름이라서 먼저 말했다. 그는 흐음 하고 신기한 듯 명함을 응시했다.

"나쓰우메라고 읽어야 할 것 같네요."

마스터의 곧고 예쁜 손가락이 내 명함을 쥐고 있다.

"그런 말 자주 들어요. 아무리 봐도 나쓰우메라고."

어린 시절부터 자주 들은 말이다. 마스터는 계속 빤히 명함을 바라보고 있다.

"나쓰우메는 개다래나무, 즉 마타타비의 다른 이름이에요."

"어머, 그래요?"

이 이름으로 이십육 년간 살아오면서, 처음 알았다.

고양잇과 동물은 마타타비의 냄새에 황홀함을 느끼고 강한 반응을 보인다. 본가에서 기르는 고양이도 마타타비 냄새를 맡게 하면 술에 취한 것처럼 흐느적거렸다.

마스터는 명함을 와이셔츠 주머니에 넣고 다시 고양이를 어루만지기 시작했다.

"으음, 그렇다면. 마타타비 씨."

"……네?"

깜짝 놀랐다. 설마 그걸 그대로 이름처럼 부를 줄은.

"냐스케를 잘 부탁드려요."

"아, 네. 저야말로."

고양이 머리가 꾸벅 인사를 했다. 인형 탈이 앞으로 쑥 쏠리면서 벗겨지지 않을까 생각했지만 그렇진 않았다.

싫어하리라는 건 눈에 훤히 보였지만, 역시 그 흔들거리는 고양이 탈이 신경 쓰인다.

"마스터가 냐스케에게 이름을 붙이지 않은 이유는 애착이 생겨 버릴까 봐였죠."

얌전히 앉은 냐스케가 이쪽을 보고 있다. 마스터는 녀석을 바라보면서 고개를 끄덕였다.

"저는 반대로 애착을 갖기 위해 뭐든지 이름을 지어

서 부르는 타입의 사람인데요."

"흐음, 이름을 짓는 것으로 마타타비 씨의 특별한 온리 원이 되는 거군요."

흘끗, 고양이 탈을 곁눈질한다.

"인형 탈로 얼굴이 보이지 않고, 신비함도 일종의 매력이라고 생각하지만요. 그래도 역시 저는 이름이 있는 '한 사람'과 마주하고 싶어요."

고양이 머리가 조금 이쪽을 향했다. 나는 빙긋 웃으며 말을 이었다.

"저는 '가타쿠라 씨'라고 하는 개인에게 흥미가 있어요. 도대체 당신이 어떤 사람인지, 무엇을 하려고 이런 걸 쓰게 되었는지."

본인은 싫어할지도 모르겠지만.

"그래서 가타쿠라 씨. 저는 당신, 가타쿠라 씨라는 사람과 이야기하고 싶어요."

빤히, 인형 탈을 바라본다. 고양이 머리에 달린 만들어진 눈도 나를 응시하는 듯하다.

잠시 침묵이 흘렀다.

쏴 소리와 함께 바람이 나뭇가지를 쓰다듬는다. 강아

지풀이 흔들린다.

"……알겠습니다."

침착한 목소리가 침묵을 깨트렸다.

"특별히 가타쿠라 씨라도 괜찮아요."

"아싸!"

마스터, 아니, 가타쿠라 씨를 향해 씩 웃어 보인다. 인형 탈의 표정은 역시 그대로지만, 안쪽에서 희미한 웃음소리가 들렸다.

"그럼 바로 확인해 보고 싶은데요."

고양이 머리를 양손으로 쭉 당기자, 예상했던 대로 그는 머리를 눌러 잡았다.

"벗기는 건 안 됩니다."

"어째서요!"

"그건 금기예요. 제 아이덴티티를 빼앗지 말아 주세요."

결국, 그의 고양이 머리는 벗길 수 없었다.

돌아오는 길, 황혼이 진 하늘은 상쾌할 정도로 활짝 개어 있었다. 얄미운 태양이 나를 내려다보며 웃는다.

무엇을 고민했던 건지, 무엇 때문에 울었던 건지, 어느새 아무래도 상관없어졌다.

두 번째 초콜릿은 다음에 또 울고 싶어질 때를 위해 아껴 둬야지. 가방 포켓에 숨겨 둔 초콜릿을 살며시 어루만졌다.

자전거의 페달이 가볍다. 콧노래를 부르면서 집으로 돌아갔다.

# 고양이 남자, 오냐오냐하다

"응, 나쓰미?"

교복 차림의 소년이, 나를 보며 얼굴을 찌푸린다.

"야…… 가자."

고등학생 때 남자 친구. 옆에는 같은 반의 그 아이.

그가 나에게서 등을 돌린다. 돌아보지도 않고, 뒷모습이 멀어져 간다. 기다려, 가지 말아 줘.

"기다려!"

소리를 지르며 기상한 내 모습에 급격히 냉정해지면서 아연해졌다. 눈을 뜨니 이사 온 지 얼마 되지 않은 원룸, 정리가 끝나지 않은 박스가 널부러져 있는 현실뿐이었다.

기억하기 싫은 꿈을 꾸고 말았다. 거의 다 잊은 줄 알았는데.

어제 카페에서 나온 뒤, 가타쿠라 씨의 조언으로 이제 막 이사해서 낯설기만 한 마을을 헤매며 어떻게든 슈퍼마켓을 찾아 냐스케와 함께 살기 위한 물건들을 사 모았다. 내가 가져온 짐조차 아직 다 풀지 않은 삭막한 방이었지만, 냐스케를 위한 밥그릇이나 화장실은 제대로 준비해 두었다. 이제 언제든지 냐스케를 데리러 갈 수 있다.

냐스케가 오는 게 기대된다. 그리고 독특한 자기만의 세계를 갖고 있는 마스터와의 대화도.

"고생하네. 같이 점심 먹자."

그날, 점심시간에 싱글싱글 웃는 미카에게 붙잡혔다.

아마도 어제 내가 얼버무린 전근의 이유를 캐물을 생각일 것이다. 말하고 나면 마음은 편해질지 모르겠지만, 상대는 미카다. 사람 잘 챙기고, 오지랖 넓고, 소문이라면 사족을 못 쓰는. 있는 일 없는 일 다 부풀려서 회사에 떠벌리고 다닐지 모른다. 같이 밥을 먹는 건 좋지만, 속 깊은 이야기까지는 하고 싶지 않다.

"응, 좋아. 저기 미카, 해안가에 있는 카페에 가 본 적 있어?"

거기서 파는 런치는 어떨까. 하지만 미카는 아니, 하고 고개를 좌우로 저었다.

"고양이 카페였나? 미안, 나 고양이는 좀."

고양이가 있는 건 아니지만.

"아아, 응, 그렇구나."

굳이 더 말하지 않았다. 역시 안 되겠어. 그곳은 비밀로 해 둬야지.

결국 런치는 미카가 좋아하는 가게에서 먹었다. 미카는 잠깐의 틈이라도 보이면 전근 이유를 화제로 올리려 했다. 그렇게 신경이 쓰인다면 내가 아니라 다른 사람들한테 물어 들으면 될 텐데. 겨우 사라졌던 불쾌함이 다시 되살아난다.

그건 업무에서도 마찬가지였다.

"이거 뭐야. 복사기 용지 떨어졌잖아."

여사원들에게 인기라고 하는 지부장님께서 대단히 저기압인 것 같다.

"바로 보충하겠습니다."

"빨리 하라고."

짜증의 이유는 고객이 자기 이름을 틀리게 불러서인 것 같다. 그의 이름은 아메미야 쇼고(雨宮 省吾). '아마미야'가 아니라 '아메미야'다. 그런 아무래도 상관없는 사소한 일에 하나하나 기분이 상하는 귀찮은 타입이다.

지부장이 저기압인 것만으로도 버거운데, 직속 선배인 소노다 씨는 이유도 없이 계속 꿍한 얼굴이다. 아사기초 지사의 최연장자, 흔히 말하는 안방마님으로, 예외 없이 나를 싫어하는 것 같다. 말을 걸어도 대답하지 않는 일이 빈번하다.

여기에 짜증을 내서는 안 된다. 어제 가타쿠라 씨에게 받은 초콜릿이라도 먹고 진정하자. 가방에 숨겨 둔 초콜릿을 꺼냈다. 그러자 옆자리에서 손이 튀어나왔다.

"앗, 나쓰미! 맛있는 거 갖고 있잖아. 하나만 줘."

미카에게 뺏겼다.

이럴 수가. 그 초콜릿은 이제 하나밖에 없는 건데. 고작 초콜릿이지만, 그 초콜릿은 특별한 건데.

"뭐야, 어머. 이거 맛있네."

무신경함의 극치.

아아, 정말. 빨리 퇴근하고 싶다. 얼른 퇴근해서, 냐스케를 만나고 싶어.

가능한 잔업을 남기지 않고 재빠르게 맡은 일을 끝낸 후 자전거에 뛰듯이 올라탔다. 로커 룸에 숨겨 두었던 이동장과 가방을 자전거 바구니에 담은 뒤 달리기 시작한다.

상점가를 거니는 사람들을 요리조리 피해 가며 해안가로 나온다. 마을에서 떨어진 이 부근은 상점가에 비해 인적이 드물고 조용하다. 갈매기로 보이는 새의 울음소리와 파도 소리가 귀를 간질였다.

붉은 지붕이 보이기 시작했다. 사랑스러운 분위기의 카페가 멀거니 바닷바람을 맞으며 자리하고 있다.

가게 앞에 자전거를 세우고 녹색 문을 힘껏 밀어젖혔다.

"안녕하세요!"

"어서오세요, 마타타비 씨."

가타쿠라 씨는 오늘도, 고양이 머리 탈을 뒤집어쓰고 있다.

"오늘은 기운이 넘치시네요."

"어제보다 훨씬 좋아요. 빨리 퇴근하겠다는 목표가 있어서인가 봐요."

"후후, 그건 다행이네요."

아아, 위로된다. 이 실없고 귀여운 고양이 머리와 금방이라도 잠들 것 같은 따뜻한 목소리, 그리고 다정한 말투. 하루치의 피로와 짜증이 사르르 정화되어 간다.

가게 안을 둘러보니, 오늘도 손님은 나밖에 없었다. 어제와 똑같이 카운터 자리에 앉아 가타쿠라 씨를 올려다보았다.

"주문해도 되나요? 커피, 가타쿠라 씨의 오리지널 블렌드로요. 뜨거운 거."

"알겠습니다."

가타쿠라 씨가 커피를 내린다. 좋은 향기다. 가슴속의 뾰족뾰족한 것들이 쑥쑥 뽑혀 나간다. 어딘가 그리운 느낌을 주는 레트로한 가게 안에, 커피 향기가 가득했다.

가타쿠라 씨의 치즈 태비 머리는 노란빛의 부드러운 조명을 받아 한층 더 폭신폭신하게 보였다.

"그 고양이 탈, 벗어 주실 수는 없나요?"

안 될 걸 알면서도 굳이 요청해 보았다.

"안 벗을 거예요."

예상했던 대답이 돌아온다. 그가 커피를 건넸다. 커피를 건네는 손을 보며 아름다운 손이구나 하고 생각하면서, 나는 커피에 설탕을 넣었다.

"완고하시네요. 그거, 밖에서도 쓰고 계시나요?"

"설마요. 장을 보러 갈 때는 벗고 다녀요."

그렇구나. 그러면 밖에서 만나도 몰라보겠네.

"오늘 하루 수고하셨습니다."

그는 넌지시 화제를 나에게로 돌렸다.

"새로운 직장 분위기는 어떤가요?"

"으음…… 조금 가까워지기 어려운 사람이 많아요. 이름을 틀린 정도로 엄청 저기압이 되거나, 온 힘으로 말 걸지 말라는 분위기를 풍기는 사람이라든가."

오늘은 푸념을 자제하려고 했는데, 이 사람과 있으면 왠지 모르게 마음이 쉽게 열리고 만다.

"이름을 틀린다……."

"맞아요. 아메미야 쇼고라고 하는데요, 누가 '아메미야'를 '아마미야'라고 읽으면 애꿎은 사람들한테 불똥이 튀어요."

나를 비롯한 직원들이 조심하더라도, 회사 밖의 누군가가 틀리면 모두 휘말리는 것이다.

"듣다 보니 저도 어느 쪽이 맞는 건지 헷갈리기 시작한다니까요."

"아메미야, 쇼고 씨군요……."

가타쿠라 씨의 무표정한 고양이 머리가 나에게로 향한다.

"일명 아메쇼트네요."

"앗! 이제 평생 틀리지 않을 것 같아요."

아메리칸 쇼트헤어. 일본에서 가장 인기가 있다고들 말하는 품종의 고양이다. 덕분에 이젠 헷갈릴 일은 없다.

"아메쇼트란 말이죠. 확실히 넥타이 무늬가 소용돌이일 때도 있으니…… 의외로 아메쇼트에 딱 어울리네요. 왠지 지부장을 보는 시선이 바뀔 것 같아요."

"다행이군요."

유리잔을 닦는 소리에 귀가 편안하다.

"그런 지부장인데도 여자 사원들한테 인기가 많다고 해요."

슬그머니 불평을 흘린다.

"진심인가 싶어요. 회사에 뭘 하러 오는 건지."

"으음…… 같은 회사에서 업무와 연애를 양립하기란 보통 요령이 있지 않고는 어렵죠."

"양립할 수 없으니까 업무에 소홀해지는 거랄까, 나를 여기로 보낸 그 대머리 부장도 사람을 이상한 눈으로 봤던 거고요."

내가 이곳으로 쫓겨 난 계기가 된 남자가 떠오른다. 아아, 말만 해도 속이 뒤집힌다.

"마타타비 씨는 말씀하는 게 시원시원하시네요."

고양이 머리 안에서 쿡쿡거리며 웃는 소리가 났다.

"연애에 관심이 없으신가요?"

"네. 싫어해요."

주저 없이 명확히 대답했다.

"한때의 감정에 휘둘려 호불호가 생기고, 인간관계도 복잡해지고, 귀찮기만 하잖아요."

머릿속에 떠오르는 것은 오늘 아침 꾸었던 바로 그 꿈.

지금도 선명히 기억하고 있는 그 사람의 뒷모습. 내 인생 최악의 실수이자 최대의 오점.

그리고 최고의 후회.

커피 컵을 곁에 두고 턱을 괴었다.

"귀찮은 일은 두 번 다시 겪고 싶지 않아요."

"……그렇군요."

가타쿠라 씨는 무언가를 깨달은 듯했다.

"사랑하는 사람과 가정을 갖고 아이를 갖는 것이 반드시 행복이라고는 한정할 수 없겠죠. 나 자신만의 길을 걸어가는 것도 하나의 정답일지도 모르겠네요."

이어서 그는 고개를 갸웃거렸다.

"그치만 아름다우신데 안타깝네요. 주변에서 그냥 내버려 두지 않을 텐데요?"

"당신, 제 얼굴을 제대로 본 적 없죠?"

시야가 좁을 것 같은 고양이 탈을 노려보니 안에서 다시 장난스러운 웃음소리가 들렸다.

"보지 않아도 알 수 있어요. 꽃처럼 아름다우시잖아요."

보지 않고도 알 리가 없다. 고양이 머리 주제에 농담을 던진다.

가타쿠라 씨가 뽀득뽀득 유리잔 닦는 소리를 들으면서, 커피에서 피어오르는 하얀 김을 멍하니 바라보았다. 김은 이리저리 흔들리다가 눈높이에서 투명하게 흩어졌다.

불쑥, 딸랑딸랑 하고 도어 벨이 울렸다.

"어서오세요."

"으아아! 마스터! 들어 봐!"

뛰어 들어온 사람은 여자애였다. 빨간 넥타이에 체크 스커트. 아무래도 이 근처에 사는 고등학생인 것 같았다.

"유우 군하고 싸웠어."

"이런, 큰일이네요."

여자애는 내 옆자리에 뛰어오르듯 앉더니 가방을 무릎 위에 올려놓았다.

스커트 길이는 짧고, 머리카락은 곱슬곱슬 컬을 넣어 멋을 부렸지만, 도쿄의 고등학생 같은 화려함은 없었다. 어딘지 모르게 때 묻지 않은 수수한 여고생이다.

"늘 주문하던 걸로 드릴까요?"

가타쿠라 씨는 익숙하다는 듯 물었다. 여고생은 고개를 끄덕였다.

"응. 저기 마스터 들어 봐."

아무래도 그녀는 이 카페의 단골인 듯했다. 가타쿠라 씨의 고양이 머리를 보고도 눈 하나 깜짝하지 않는다.

"있지, 유우 군이랑, 오늘 만나자고 약속했는데…… 예상보다 동아리가 늦게 끝나서, 엄청 기다리게 했거든."

유우 군이라는 건, 남자 친구겠지. 나는 커피를 홀짝홀짝 마시며 그녀의 카랑카랑한 목소리에 귀를 기울였다.

"그래서, 겨우 만나러 갔는데 '전에도 몇 번이나 이런 일이 있었잖아!'라고 화냈어."

몇 번이나……. 기다리는 쪽은 확실히 화가 날 만한 일이겠지. 기다리는 것만으로도 언짢아하는 사람이 많은데, 그는 그런 일을 몇 번이나 참아 냈다는 거니까. 안쓰럽게도.

"하지만 동아리가 그렇게 늦게 끝날 줄은 몰랐고, 그렇게 화낼 일도 아니잖아?"

여고생은 가타쿠라 씨를 흘낏 노려보았다. 아무 잘못도 없이 눈총을 받았는데도 가타쿠라 씨는 이런 일에 익숙하다는 듯이 조용히 아이스 밀크티를 내밀었다.

"흠, 그거 참, 그렇군요."

"바보인 것도, 눈치가 없는 것도 이해해서 지금까지 참아 온 건데, 슬슬 한계래. 잠시 거리를 두자고."

밀크티를 받으면서 여고생은 유리잔에 꽂아 넣은 빨대에 입을 가져갔다.

"있죠, 거기 앉은 언니. 이런 남자 어떻게 생각해?"

여고생이 빙그르 내 쪽을 향했다.

"나 말이야?"

휘말리고 말았다. 흘깃 가타쿠라 씨 쪽으로 도움을 청하는 눈빛을 보냈지만, 그는 아무 말 없이 뭔가 다른 일을 하고 있다. 나는 여고생 쪽으로 몸을 틀었다.

"동아리가 늦게 끝날 것 같다고 연락했어?"

"안 했어."

"만나자고 한 사람은 누구?"

"내가."

아아. 이건 이 여자애에게 문제가 있다. 눈앞에 있는 상심한 여자애를 위로할 말이 하나도 떠오르지 않는다.

"연락하지 않은 건 나도 잘못했지만, 그치만, 나도 해야 할 일이 있고, 어쩔 수 없는 상황이라는 게 있잖아. 그렇다고 거리를 두자고까지 말할 건 없지 않아?"

여고생은 다리를 꼬며 말을 이었다.

잘못했다고 말은 하지만, 반성하고 있는 것처럼은 보이지 않는다. 나는 커피를 한 모금 마셨다.

"있지, 그건 제대로 사과하는 게 좋을걸?"

"어어? 내가?"

여고생은 눈을 번쩍 부릅떴다.

"그 말은 내가 잘못했다는 거야?"

"아니, 잘잘못을 따지자면……."

……잘못한 거지.

"언니는 남자 친구한테 그런 말 들으면 화나지 않아?"

"으음, 나는 몇 년 동안 남자 친구가 없으니까, 그런 감각은 잊어버렸어."

"어? 남자 친구 없어? 왜? 어째서? 그렇게 예쁜데 아까워."

그녀는 눈을 동그랗게 뜨고 나를 바라보았다. 대화를 주고받다가 자연스럽게 듣는 칭찬은 그리 당황스럽지 않다. 여고생은 자리에서 일어나 카운터 너머의 가타쿠라 씨를 가리키며 말했다.

"왜 안 사귀는 거야? 있지, 저기 있는 고양이 머리도 혼자야. 어때?"

"응?"

어때라니. 갑자기 화제에 오른 가타쿠라 씨는 딱히 놀란 기색도 없이 원두를 갈고 있다. 놀란 기색은 고사하고 고양이 탈 때문에 표정 같은 건 보이지도 않는다.

"아니 무슨 말을…… 나는 복잡한 인간관계는 귀찮아서 그런 건 생각도 안 해."

설레설레 고개를 저으니 그녀는 다시 의자에 앉으며 불만이라는 듯 입술을 삐죽거렸다.

"재미없어. 사랑을 하지 않으면 금방 상한다고."

"상해도 괜찮아. 좋아한다든가 싫어한다든가 귀찮기만 하니까."

애초에 사랑에 빠진 여자는 예뻐진다든가 하는 생각 자체가 이상하다. 애초에 이 나이 때의 여자애들은 연애에 바로 그런 환상을 갖고 싶어 한다.

"너는 너무 연애에 환상을 품고 있어. 그 남자 친구도 그래. 기다리게 해도 화내지 않는 동화 속 왕자님이라고 생각했던 거지? 그럴 리 없잖아, 상대는 그냥 평범한 사람이니까."

어른의 여유를 보여 주며 냉정하게 말한 뒤 커피를 한 모금 마셨다.

여고생은 입을 다물었다. 나는 커피의 수면을 바라보며 말을 이었다.

"사람이니까 가치관의 차이는 있겠지만, 기본적으로 너랑 똑같아. 싫은 건 싫은 거고, 참고 견딘 만큼 화낼 때는 화를 내는 거야."

우쭐거린 채 말하면서 슬쩍 그녀를 곁눈으로 살폈다.

여고생은 밀크티 잔을 빤히 바라보고 있었다. 조금 전의 기세 좋던 눈빛은 사라지고, 밀크티에 떠 있는 얼음만이 의기소침한 눈동자에 비쳤다.

"……나도, 뭐, 내가 바보인 것도 분위기 파악 못 하는 것도, 알고 있는걸."

여고생의 목소리가 떨리기 시작했다. 큰일 났다. 조금 말이 지나쳤을지도.

"알고 있고, 고치려고도 했는걸. 하지만 어떻게 고쳐야 할지 모르겠다고."

커다란 눈에 그렁그렁 눈물이 고인다. 이건 진짜 큰일이다.

"어떡하지…… 나, 유우 군 진짜 좋아하는데. 유우 군한테 미움받고 싶지 않아……."

눈물이 방울방울 흘러내려 카운터에 떨어졌다.

"어, 저기…… 미안해. 내가……."

허둥지둥 당황해서 위로할 말을 찾았다. 무슨 말을 하면 좋을지, 적당한 말이 떠오르지 않는다.

"미안. 이렇게 울릴 생각은 없……"

탁. 쩔쩔매는 나와 여고생 사이에 갑자기 금색의 작은 유리병이 놓였다.

순간 무슨 일이 일어난 건지 몰라 눈만 깜빡거리다가 그 유리병이 카운터 너머에서 가타쿠라 씨가 내려놓은 메이플 시럽이라는 것을 알아차렸다.

"밀크티에 메이플시럽. 추천하는 조합이에요."

고양이 머리 안쪽에서 부드러운 목소리가 울렸다. 여고생이 가타쿠라 씨를 올려다보았다. 그는 밀크티잔 옆에 음료를 젓는 머들러를 쓰윽 내려놓았다.

"차가워서 잘 녹지 않을 수도 있으니까, 잘 저어 주세요."

"……응."

여고생이 주르륵 시럽을 밀크티 안에 흘려 넣었다. 녹진녹진한 금색이 베이지색 안으로 녹아든다. 머들러를 꽂자 얼음끼리 부딪치며 달그락달그락, 마음이 편안해지는 소리를 냈다. 여고생은 빨대를 물었다가, 홱 입을 떼고는 반짝반짝 눈을 빛냈다.

"맛있어."

"그죠."

가타쿠라 씨는 살짝 머리를 기울였다.

"그럼 이제, 남자 친구에 대해서 말인데요."

"응."

여고생은 다시 풀이 죽어 눈을 내리깔았다.

"그에게 바보라든가 분위기 파악을 못한다는 말을 들었다고요."

여고생은 다시 같은 문제를 꺼내는 가타쿠라 씨를 똑바로 보지 못하고 더욱 눈을 피하기만 했다.

"정말 싫어졌다면, 그런 말은 하지 않았을 거라고 생각해요."

"……응?"

여고생이 얼굴을 들자 가타쿠라 씨는 후후 하고 고양이 탈 속에서 웃었다.

"정말 마음이 떠서 아무래도 상관없다면 일부러 그런 걸 가르쳐 주지는 않아요. 분명 당신을 좋아하기 때문에 진심으로 감정을 털어놓은 걸 거예요."

여고생에게 하는 말인데도 아무 상관없는 나까지 너무 놀라 귀를 기울였다.

"남자 친구 분과는 이번 일을 계기로 삼아 제대로 이야기해 보는 게 좋을 지도 몰라요."

온화한 목소리가 조용한 카페 안에 퍼져 나갔다.

"숨김없이 마음을 털어놓는 건, 피하고 싶어지지만 사실 정말 중요한 일이니까요."

"마스터……. 마스터!"

여고생은 쾅 소리를 내며 자리에서 일어났다.

"고마워! 고마워, 마스터! 용기가 났어. 아무리 생각해도 나 유우 군을 좋아하니까, 지금 이 마음을 전하고 올게!"

어쩜 저렇게 표정이 풍부할까. 이랬다저랬다 바쁘게

바뀌는 그녀의 얼굴을 보고 있으면, 천방지축에 제멋대로인데도 어쩐지 미워할 수가 없다. 여고생은 내 손을 꽉 잡았다.

"고마워, 언니. 언니가 확실히 말해 준 덕분에 제대로 내 마음과 마주할 수 있었어. 나 아마 지금까지 진지하게 내 성격을 고치려고 하지 않은 것 같아. 나 힘낼게!"

"응, 응원할게."

다른 사람의 연애 사정만큼 궁금하지도 않고 상관하고 싶지도 않은 일은 없지만, 어째서인지 이 아이의 일만은 진심으로 응원하고 싶어졌다.

카운터 너머를 보니, 가타쿠라 씨는 아무 일도 없었던 것처럼 구석에서 무언가 다른 일을 하고 있다.

"마스터, 굉장하지."

여고생도 나처럼 그를 보고 있었다.

"왠지 모르게 이런저런 일을 말하고 싶어져. 누구한테도 털어놓을 수 없을 것 같은 진지한 상담부터 아무래도 좋은 잡담까지."

"응, 나도. 그렇다고 생각해."

처음 만난 어제저녁부터. 그는 누구에게도 말할 생각

이 없었던 내 푸념을 들어 주면서, 마음을 한결 가볍게 해 주었다.

"분명 고양이 탈의 힘이라고 생각해."

여고생이 그의 연갈색 뒷머리를 가리켰다. 거리가 떨어져 있고, 등을 돌린 채 일하는 중인 가타쿠라 씨에게는 들릴지 어떨지 알 수 없는 정도의 미묘한 목소리 톤이었다.

"얼굴은 보이지 않고, 명찰도 달지 않잖아. 그리고 저 사람에게도 내 얼굴은 잘 보이지 않고. 익명의 '누군가'로 있어 주니까 안심하고 말할 수 있어. 나는 그렇게 생각해."

그렇구나. 여고생이 말한 바로 그 점이 그의 매력일지도 모른다.

여고생은 메이플 밀크티를 전부 마신 뒤 자리에서 일어났다.

"잘 먹었습니다. 나, 유우 군에게 전화해야 해. 고마워, 마스터. 언니도!"

그녀는 고맙다는 인사를 몇 번이고 되풀이하면서 가게를 나섰다.

도어 벨의 소리와 함께 여고생의 뒷모습이 사라지자, 태풍이 왔다간 것처럼 카페 안이 썰렁하니 고요해졌다. 카운터 구석에 있던 가타쿠라 씨가 이쪽으로 돌아왔다. 나는 그의 고양이 머리를 올려다보며 물었다.

"가타쿠라 씨, 당신 정체가 뭔가요?"

"보시는 대로, 보잘 것 없는 카페의 마스터인데요."

"마법사?"

"아뇨. 카페의 마스터입니다."

어떤 마법을 부린 걸까. 상처 입은 마음으로 찾아와, 울고 화내고 감정이 불안하게 흔들렸던 그 여고생을, 한 순간에 웃는 얼굴로 뒤바꿨다. 이 사람은, 대체 정체가 뭘까.

"사람이랑 대화를 나누는 게 어렵다니, 거짓말 아닌가요?"

말하는 게 어색하니까 인형 탈을 썼다고 말한 주제에, 말만으로 사람의 마음을 북돋아 주다니.

가타쿠라 씨는 고개를 갸웃거렸다.

"아뇨, 거짓말이라뇨."

그 여고생이 말했던 대로, 분명, 그 인형 탈 때문에 민

낯을 알지 못하니까, 이렇게 다른 사람에게 가까이 다가갈 수 있는 건지도 모른다.

"저 같은 경우에는 바로 본심이 줄줄 나와 버리니까, 위로해 줄 말은 아무것도 떠오르지 않았어요."

"그게 오히려 그녀의 마음에 와닿지 않았을까요. 그 애도 기뻐했어요."

그것도 가타쿠라 씨의 도움이 있었기 때문이지만, 뭐, 이젠 다 끝난 일이고.

그 애는 어떻게 되었을까. 나와 가타쿠라 씨의 충고를 듣고, 마음을 다잡아서 전화를 걸겠다 말하며 떠났다. 한창 청춘을 만끽하는 그녀에 비하면 대수롭지 않은 배경에 불과한 내가 별걱정을 다한다.

남자 친구와는 사이를 회복했을까. 내가 괜한 말을 한 탓에 상처 입지는 않았을까. 남자 친구를 상처 입히지는 않았을까.

"사실은요……"

불쑥 터진 말문을 다시 걸어 잠갔다.

"그 애가 연애 같은 거에 휘둘리지 않길 바랐어요."

그런데도 결국 하지 않아도 되는 말을 하고야 말았다.

시야의 한가운데에 자리한 실없는 고양이 얼굴과 마주하면, 가슴 속 깊이 묻어둔 것들이 자꾸 흘러넘친다.

"왜일까요. 나를 보는 것 같아서였나."

한층 줄어든 커피로 시선을 내렸다. 잠잠한 수면에 어렴풋이 내 얼굴이 비쳤다.

나를 보는 것 같다는 말은 외견이나 고민의 내용을 뜻하는 게 아니다. 하지만 나 자신과 겹쳐 보이는 무언가가 있었다. 그뿐이다.

오늘 아침 꾼 악몽을 떠올렸다. 정확하게는 그날 보았던 뒷모습을. 그 애에게는 그렇게 뒷모습을 바라만 보는 일이 없길 바랐다. 그런 일을 겪는 건 나 한 사람이면 족하다.

가타쿠라 씨는 조용히 자리를 지키고 있었다. 내 입에서 나올 다음 말을 기다리고 있다. 하지만 나는 그 이상 말을 잇지 않았다.

"맞다, 오늘 냐스케를 데리러 온 건데요."

더 무슨 말을 해야 할지 떠오르지 않았다. 바닥에 두었던 이동장을 들어 올리니 가타쿠라 씨가 멈칫하며 얼굴을 마주 보았다.

"마타타비 씨……."

"얼른 시원한 방에서 맛있는 걸 먹게 해 주자고요."

억지로 화제를 돌리자 가타쿠라 씨는 포기한 듯이 맞장구를 쳐 주었다.

"그렇네요. 그럼 냐스케를 부르러 갈까요."

계산을 마치고 가타쿠라 씨와 카페에서 나왔다. 도어벨 소리로 배웅을 받으며 문밖으로 한 걸음을 내딛었다. 하늘에는 조금씩 노을이 졌고, 해수면은 그 빛을 받아 반짝거렸다.

우리 두 사람이 나오기를 기다렸다는 듯이, 냐스케가 우거진 강아지풀 속에서 얼굴을 내밀었다.

"후후, 기다리고 있었나요."

가타쿠라 씨가 고양이 탈 속에서 웃었다. 냐스케는 종종거리며 자전거 아래로 걸어와 몸을 둥글게 말았다. 나는 이동장을 들고 둥글어진 냐스케에게 다가갔다. 가타쿠라 씨도 자전거 앞에 쭈그려 앉아 냐스케에게 손을 내밀었다. 냐스케가 가타쿠라 씨의 손가락에 얼굴을 비비며 장난을 쳤다. 한껏 따르는 모양새다.

"가타쿠라 씨한테는 일이 끝난 후의 즐거움을 저에게

빳기는 셈이네요."

이렇게 정이 들었는데 둘 사이를 떼어 놓아 버리는 것이 이제 와서 미안해진다.

"마타타비 씨가 맡아 주시지 않으면, 이 아이는 길에서 차에 치이거나 이상한 사람한테 해코지 당할지도 모르는 걸요."

가타쿠라 씨는 냐스케를 똑바로 바라보면서, 느릿느릿 말했다. 그 모습이 무척이나 쓸쓸해 보여서, 되레 더 미안해졌다.

"마타타비 씨라면 안심하고 맡길 수 있어요. 냐스케를 잘 부탁드립니다."

가타쿠라 씨는 그렇게 말하면서 인형 탈답지 않은 애수 넘치는 눈으로 나를 바라보았다.

"이건 업보인 걸요. 카페를 운영하면서 고양이 알레르기인데도 고양이를 귀여워한 저 자신에 대한."

"에이, 그렇게 말할 거까진 없어요. 또 데려올게요. 냐스케, 이리 오렴."

이동장의 문을 열고 냐스케가 오도록 유도했다. 가타쿠라 씨는 무릎에 턱을 괴고 지켜보았다. 냐스케는 잠시 이동장을 경계하느라 좀처럼 안으로 들어오지 않았지만, 엉덩이를 가볍게 쿡쿡 누르니 느릿느릿 이동장 안으로 몸을 집어넣었다.

"냐스케."

가타쿠라 씨가 부르자 냐스케는 이동장 안에서 빙글 몸을 돌렸다.

"좋은 이름이에요."

"그죠?"

자부했던 네이밍 센스를 칭찬받자 웃음이 새어 나왔다.

"익명의 길고양이로 있는 것보다 냐스케라는 이름으로 불리는 것이 어울릴 거라고 생각했어요."

"진짜 잘 어울리죠. 잘됐네, 냐스케."

가타쿠라 씨는 평소에는 좀처럼 들을 수 없는 살짝 높아진 목소리로 말했다. 냐스케의 좁은 이마를 동글동글 쓰다듬으며 기분이 좋은 듯 나른하게 눈을 감는 냐스케의 모습을 바라보았다.

"가타쿠라 씨는 언제까지 익명의 고양이로 있을 생각인가요?"

"글쎄요. 평생이겠죠."

으쌰 하고 작게 소리를 내며 가타쿠라 씨가 일어났다.

"그러면 마타타비 씨, 앞으로 냐스케를 부탁합니다."

그는 정중히 꾸벅 허리를 숙여 인사하고는 카페로 돌아갔다. 멀어지는 뒷모습을 쭈그린 채로 바라보았다. 그에게 익명으로 사는 것이 정답이라면, 그것도 좋겠지마는.

"네, 맡겨 주세요."

이동장의 문을 닫았다. 냐스케는 창살 사이로 가타쿠라 씨와 나를 번갈아 쳐다보고 있다.

자전거의 짐받이에 이동장을 고정하고, 핸들을 밀며 걸어서 돌아갔다. 아스팔트의 요철을 지날 때마다 이동장이 철컹거리며 흔들렸지만, 냐스케는 얌전히 있었다.

푸르렀던 하늘이 주홍빛에 침식되고, 바다 냄새가 짙게 풍겼다.

"있잖아, 냐스케. 가타쿠라 씨는 어떤 사람이야?"

혼잣말처럼 냐스케에게 말을 걸었다. 냐스케는 자전거의 짐받이에서 내 쪽을 올려다보았다. 앞발을 가지런히 모은 채 커다란 눈을 깜빡이면서.

"냐스케랑 똑같은 길고양이인가?"

냐아 하고 냐스케가 중얼거렸다. 무슨 말을 한 건지는 알 수 없다.

"마른 멸치 사 뒀어. 집에 가면 먹자."

혼자인 게 편하고 붙임성 없는 나는 냐스케보다 더한 길고양이다.

입속말로 중얼거리며 하늘을 올려다보았다.

# 고양이 남자, 생각하다

매미 소리가 본격적으로 시끄러워지기 시작한 어느 화창한 여름날이었다.

"저 또 와 버렸어요."

"어서오세요."

가타쿠라 씨의 카페는 오늘도 조용하면서 평온했다. 창을 통해 들어오는 빛이 아직 밝았지만, 이미 오후 여섯 시가 지난 시간이었다. 카페는 평소처럼 한산했다. 방금 샐러리맨 한 사람이 떠나면서 나와 가타쿠라 씨 둘만 남게 되었다.

"오늘은 홍차를 마시고 싶어요. 아이스로."

"알겠습니다."

매미 소리가 들려왔다. 해가 지면서 조금 선선해진 탓인지 저녁매미가 울기 시작했다.

"요즘 냐스케는 어떻게 지내나요?"

가타쿠라 씨가 물어 나는 고개를 끄덕이고 냐스케의 근황을 보고했다.

"잘 지내고 있어요. 혼자 있는 걸 좋아하는 듯한데, 밤이 되면 어리광을 부리러 와요. 무릎 위에서 앞발로 꾹꾹이를 해 줘요."

"그렇군요……"

가타쿠라 씨는 중얼거리며 대답하고는 입을 다물었다.

"가타쿠라 씨? 왜 그러세요?"

그는 내 목소리를 듣고서야 정신이 돌아온 듯 후후 웃었다.

"아, 죄송합니다. 냐스케가 행복한 것 같아 다행이구나 싶어서."

"또 다른 건 없어요?"

혹시 외로운 걸까 걱정스러웠는데 그는 다시 후후 웃었다.

"그게 냐스케가 꾹꾹이하는 걸 상상했더니 너무 귀여워서……. 인형 탈 때문에 모르시겠지만 헤벌쭉 웃고 말았어요."

그 말대로 그냥 표정 없는 인형 탈로밖에 보이지 않았지만, 그렇구나, 웃고 있었구나.

나는 가타쿠라 씨가 내어 준 아이스티를 한 모금 마셨다. 입안에 차가운 홍차 향이 그윽하게 퍼졌다.

"있죠, 가타쿠라 씨. 회사 선배로 엄청 무서운 사감 선생님 같은 사람이 있는데요…… 이름이 소노다 마리코예요."

"아, 그러면 소말리네요."

소말리. 여우처럼 폭신폭신한 꼬리에 예쁜 목소리를 가진 고양이다.

"소말리 선배 때문에 좀 짜증이 났었는데, 가타쿠라 씨 덕분에 편히 잠들 수 있을 것 같아요."

"아이고 단순하셔라. 아, 죄송해요."

……방금, 잠깐 본심이 튀어나온 것 같은데.

"가타쿠라 씨는 짜증날 때 어떻게 하나요?"

이런 타입일수록 마음속에 꾹꾹 쌓아 둘 것 같다. 그

는 고개를 한쪽으로 기울인 채 생각에 빠졌다.

"별로 짜증나는 적이 없어서요. 머리를 비우고 싶을 때는 멍하니 바다를 보거나 좋아하는 음식을 먹은 후에 일찍 잠듭니다."

바람직하다.

"그래서 요즘엔 계속 바다만 보고 있어요."

가타쿠라 씨가 한숨을 쉬었다. 인형 탈이면서 애수가 넘쳐 흐른다.

"무슨 고민이라도 있나요?"

"저는 지금 여름 한정 메뉴를 생각하고 있거든요."

가타쿠라 씨는 일손을 쉬지 않으면서 말했다.

"다른 카페에서는 생각할 수 없는 메뉴를 만들고 싶어요."

"그 인형 탈만으로 이미 온리 원이라고 생각하는데요……. 음, 그래요, 그런 걸 말하는 게 아니죠."

"그래서 떠올린 새로운 메뉴가 빙수인데요."

"그건 어디서든 다 하는데요?"

굉장히 진부한 발상이다. 그도 고개를 끄덕거렸다.

"다른 손님도 그렇게 지적하시더라고요…… 조사가

부족했어요."

이 계절이 되면 가게 바깥에 '빙수'라 적힌 채 나풀거리는 깃발 배너가 흔히 눈에 띈다. 그걸 알아차리지 못한 가타쿠라 씨의 둔감함에 그저 경악했다.

"아무튼 이런저런 이유로 다른 가게는 따라하지 못할 빙수를 만들려고 하는데요, 그게 진짜 하나도 떠오르지 않네요. 이대로라면 여름이 끝나 버릴지도요."

그는 카운터 안쪽으로 슬쩍 시선을 던졌다. 시선이 향한 곳에는 케케묵은 빙수기가 있었다. 그렇구만 하고 나도 잠시 생각에 빠졌다.

"빙수라고 하면 디저트 느낌인데, 시럽이 없으면 그냥 아무 맛도 없는 간 얼음이네요. 얼음을 갈아서 중화냉면이라도 시작하면 어때요?"

도움이 되지 않을 아이디어를 되는 대로 뱉어 보았다. 가타쿠라 씨는 흐음 하고 중얼거렸다.

"묘안이네요."

"농담이에요. 진심으로 받아들이지는 마시고요."

말하고 나서 다시 머리를 굴려 보았다. 천장을 빤히 봐도 아무것도 떠오르지 않는다.

"역시 일단 머리를 텅 비우지 않으면 떠오르지 않네요."

한숨을 쉬고 아이스티를 한 모금 마셨다. 가타쿠라 씨는 슬쩍 창밖을 흘겨보았다.

"그렇네요…… 젊었을 땐 아무 이유도 없이 소리를 지르면서 머리를 비우곤 했어요."

"의외인데요."

"여기는 바다가 가까이 있으니까, 바다를 향해 소리를 지르죠. 좋은 때였네요."

가타쿠라 씨는 감회에 젖어 고개를 끄덕였다.

"아, 보세요. 딱 저런 식이었어요."

"응?"

고개를 돌려서 보자 그가 고양이 탈에 달린 귀에 손을 댔다.

"안 들리시나요?"

가만히 귀를 기울여 보았다. 듣고 보니 밖에서 고함을 지르는 누군가의 목소리가 들려오는 것 같았다.

"들리셨나요?"

"들렸어요. '이 바보야!'라고. 좀 희미하긴 하지만요."

조용히 귀를 세워야만 들릴 정도로 거리가 떨어져 있었지만, 가타쿠라 씨는 저절로 들리는 것처럼 자연스러워 깜짝 놀랐다. 고양이는 옆방의 파리 날갯짓 소리까지 들을 수 있다는 이야기를 들은 적이 있긴 한데, 이것도 그 이야기와 관계가 있을까.

"요즘에도 저런 분이 계시군요."

가타쿠라 씨는 신기하다는 듯 중얼거렸다.

"무슨 일이라도 터진 거면 위험하니까 제가 좀 보고 올게요."

가타쿠라 씨가 카운터에서 나왔다. 그런 모습을 하고 싸움이라도 말리러 가면 오히려 더 큰 싸움으로 번질 것 같다.

"가타쿠라 씨가 카페를 비워도 되는 건가요?"

"지금은 마타타비 씨만 계시고…… 그냥 내버려 둘 수도 없잖아요."

그런 가타쿠라 씨를 내버려 둘 수 없는 나는 그의 뒤를 따라 카페를 나섰다.

밖으로 나오자 카페 벽을 통과하지 않아 또렷하게 들리는 그 우렁찬 포효가 단숨에 내 귀로 꽂혔다.

"이 바보야아아!"

목소리가 나는 방향쪽을 살피니 방파제에 한 남자가 보였다. 그는 절 앞에 서 있는 금강신처럼 눈앞 바다를 향해 서 있었다.

"이 바보야! 멍청아!"

감색 작업복을 입은 그는 연신 바다를 향해 화를 내고 있었다. 햇볕에 까맣게 탄 건장한 남자였다.

"이 멍청……"

굵은 목소리가 도중에 멈추더니, 그가 이쪽으로 홱 몸을 틀었다. 입을 쩍 벌리고 그를 보고 있던 나와 눈이 마주쳤다.

"멍청아! 너한테 하는 말이 아니야! 바보야!"

지나가는 사람들이나 낚시꾼들이 놀라 얼어붙어 있다. 가타쿠라 씨가 살며시 말을 걸었다.

"보아하니 싸움이 난 건 아닌 듯한데, 무슨 일이 있었나요?"

"아무 일도 없어!"

대뜸 성질을 부리는 그에게 나도 지지 않고 소리를 쳤다.

"아무 일도 없는 사람은 바다를 향해 이유도 없이 화를 내진 않는다고요!"

"바보야, 바다는 그런 거 상관 안 해. 마음도 넓고 관대하다고!"

나를 향해 다시 한번 화를 낸 그는 방파제에서 뛰어내려 성큼 이쪽으로 왔다.

"멍청이! 이 바보…… 자식아! 웃기지도 않은 걸 뒤집어 쓰고!"

남자가 가타쿠라 씨를 붙잡으려 했다. 그러나 가타쿠라 씨는 가벼운 몸놀림으로 피했다.

"어이쿠, 진정해 주세요. 무슨 일이 있었나요? 저라도 괜찮으시면 상황을 말씀해 주세요."

잘도 이런 상황해서 그런 말이 나오는구나. 남자는 잠시 말을 잃고, 눈을 동그랗게 뜬 채 가타쿠라 씨를 바라보았다…… 만, 결국 남자는 손짓으로 옆을 가리켰다.

"좋아, 들어 보라고! 이쪽으로 와!"

남자는 명령조로 외치며 다시 방파제에 앉았다. 나와 가타쿠라 씨도 그들 따라서 방파제에 걸터앉았다. 스커트 차림으로 앉자 딱딱하고 까칠까칠한 콘크리트가 모래처럼 느껴졌다.

"여자의 마음을 이해할 수가 없어."

남자는 눈을 내리깔았다.

"모르겠다고. 어떻게 하면 좋았던 거야……."

그렇게 기세 좋게 소리치던 주제에 갑자기 풀이 죽어 무릎을 세우고 쭈그려 앉아, 얼굴을 숙여 버렸다. 가타쿠라 씨가 그의 등을 어루만졌다.

"마음고생이 이만저만이 아니겠네요……. 잠깐 차라도 마시면서 진정하실래요?"

가타쿠라 씨는 작업복 차림의 남자를 데려가 '카페 고양이 나무'의 테이블에 앉혔다. 훌쩍훌쩍 한탄하던 남자는 카운터 석에서 머리를 푹 숙였다가 잠시 뒤에 웅얼거리며 음료를 주문했다.

"엽차."

"알겠습니다."

가타쿠라 씨가 차를 우리기 시작했다. 나는 옆에 앉은 작업복 차림의 남자 쪽으로 몸을 틀었다.

"어떠세요? 좀 안정이 되시나요?"

"조금."

남자는 아까보다는 냉정하게 반응했다. 가타쿠라 씨가 엽차를 내놓으면서 물었다.

"무슨 괴로운 일이 있던 것 같네요."

남자는 엽차를 홀짝거렸다.

"애인이 헤어지자고 했어."

"어이쿠, 저런."

나 자신도 놀랄 만큼 심드렁한 반응이 튀어나오고 말았지만, 그는 신경쓰지 않는 눈치였다.

"일 끝나고 휴대폰을 보니까 '이제 그만 끝내요'라고."

"그건 참, 큰일이네요."

가타쿠라 씨는 나에게 커피를 건네며 말했다.

"만나서 대화라도 해 보는 게 어떨까요?"

"전화했는데 벌써 다른 남자가 있는 것 같았어."

작업복 차림의 남자가 한숨을 쉬었다. 뒷북이네 하고 말할 뻔했지만 입 밖으로 뱉기 전에 주워 담았다.

"바람이라도 피운 건가요?"

물으니 남자는 머리를 숙였다.

"그런 것 같아. 꽤 예전부터."

몰랐던 건가. 하긴, 당신 좀 둔해 보여요 하고 말할 뻔했지만 그 말 역시 뱉기 전에 삼켰다. 남자는 엽차로 입을 축인 뒤 천천히 말을 시작했다.

"걔는 같이 있을 시간이 별로 없는 게 불만이었던 것 같아. 좀 더 신경 써 주길 바랐다고."

"아이고, 손도 많이 간다."

무심코 속마음을 흘리자 남자는 나를 흘끔 쳐다보았다.

"같은 여자가 봐도 그렇게 생각하는 거야?"

"사람마다 다르겠지만. 나는 그런 거 성가시다고 생각해요."

독점하고 싶어하는 여자의 마음……. 생각만으로도 질린다.

"무슨 생각을 하고 있는지 말하지 않으면 모르는걸. 독심술을 쓸 수 있는 것도 아니고. 애초에 여자의 마음은 갈대라고 하는데, 그걸 다 이해할 수 있을 리가 없잖아."

"마타타비 씨 폭발하셨네요."

가타쿠라 씨가 푹 웃었다.

"말씀하시는 대로, 그런 부류의 여성밖에는 이해할 수 없는 뭔가가 있을지도 모르겠네요."

"미안해요, 작업복 아저씨. 내가 좀 더 여심을 이해했다면 좋았겠지만."

여성인 내가 말하기엔 묘한 발언이었지만, 사랑에 빠진 여자의 마음 같은 건 정말 하나도 모르겠다.

"같이 있을 시간이 부족했던 건 일이 바빠서였나요?"

가타쿠라 씨가 물으니 남자는 고개를 끄덕였다.

"쉬는 날이 달랐어. 잔업도 많았고, 바빠서 자주 전화도 받지 못했고."

"그럼 어쩔 수 없네. 일이 바쁜데 어떡하겠어."

나는 그를 동정했다.

"아저씨한테도 사회생활이나 사정이랄 게 있잖아요? 그게 불만이라 바람이라니……."

아아, 어쩐지 기억하기도 싫은 남자가 떠오른다.

"그러네. 나는 어떻게 해야 했던 걸까."

남자는 한숨을 쉬면서 테이블에 엎드려 뺨을 댔다. 진지한 눈빛으로 차갑게 우린 엽차를 바라보고 있다.

"내가 둔감하니까 그 애가 그렇게 느끼고 있었다는

것도 몰랐고, 몰랐으니까 대책도 생각하지 않았어. 바람을 피우고 있던 것도 전혀 몰랐고."

어휴. 남자의 입에서 다시 한번 한숨이 새어 나왔다.

"나는 그냥 단순히 그 애를 좋아했던 건데."

"아저씨도 참 이상하네. 그렇게 귀찮은 데다 바람까지 피운 여자를 아직 좋아한다고 말할 수 있다니."

내가 딱 잘라 말하자 남자는 나를 희번덕거리며 째려보았다.

"그러니까 좋아했다고. 과거형이잖아, 멍청아."

"뭐야. 그럼 이해가 가지만."

"재결합이라든가, 그쪽에서 매달려도 이쪽에서 절대 안 받아 줘!"

남자가 머리를 번쩍 들고 천장을 바라보았다.

"처음부터 서로 얼굴만 보고 사귀었던 거고!"

"흐응…… 뭐, 드물게 있긴 해. 약간 남자 보는 눈이 특이한 여성이."

"이봐, 그건 무슨 뜻이야."

"나도 말이야, 어쩌다 분위기랑 흐름에 휩쓸려 사귀었던 사람한테 깡그리 배신당한 적이 있어."

나는 커피 위로 후우 한숨을 뱉었다.

"이제는 완전 싫어하지만, 잠깐 동안은 정말로 좋아했으니까, 배신당한 걸 알게 되었을 땐 엄청 괴로웠어."

남자는 진지한 얼굴로 잠잠히 듣고만 있었다.

"그러니까 조금은, 당신 마음을 이해해."

"너도 그랬군."

남자가 중얼거린다. 나는 고개를 살짝 끄덕이고 나서,

"저기 가타쿠라 씨, 이럴 때 어떻게 하면 좋을까요?"

카운터 너머에서 가타쿠라 씨를 올려다보았다.

"어쩔 수 없을 만큼 분하고 슬픈데, 푸념하면 할수록 허무해지기만 할 때, 어쩌면 좋을까요?"

"그러게요……."

가타쿠라 씨가 고개를 갸웃거리더니 남자에게 물었다.

"소리쳐 보니까 어땠나요?"

"조금은 속이 시원해졌는데, 결국은 개운치 않은 게 사라지질 않아."

남자가 대답했다. 가타쿠라 씨가 빙그르르 뒤쪽으로 몸을 돌렸다.

"예를 들어, 디저트라는 고정 관념에 사로잡히는 대

신 얼음을 갈아 빙수로 중화냉면을 만들어 본다면."

그가 탁 하고 카운터 구석에 박혀 있던 오래된 빙수기에 손을 얹었다.

"발상의 전환이죠. 소리치는 게 소용없었다면 초심으로 돌아가서 머리를 식히고 냉정하게 생각해 보는 건 어때요?"

남자는 입을 다문 채 가타쿠라 씨를 바라보았다. 가타쿠라 씨는 빙수기로 시선을 돌린 채다.

"사태를 논리적으로 파악하고, 무엇을 해야 하는지, 자신의 마음을 정리하는 거죠. 뭔가 새로운 걸 발견할지도 몰라요."

남자는 잠시 생각에 빠져 시선을 내리고 엽차를 물끄러미 보았다.

"바보 자식."

불쑥, 남자가 중얼거렸다.

"바보 자식. 바람이나 피우고. 멍청이."

꿍얼꿍얼.

분노인지 슬픔인지 나로서는 알 수 없었다.

"몰래 빼어간 그놈도 개자식이야."

그의 중얼거림에 내 경험을 덧씌웠다. 태연하게 바람 피운 그 남자애의 뒷모습, 나에게서 남자 친구를 슬쩍 빼어가 버린 그 애의 옆얼굴.

"어느 쪽도 용서 못 하지."

나는 우물우물 혼잣말을 뱉었다. 남자는 아직도 엽차를 바라보고 있었다.

"하지만 칠 년간 양다리 걸친 걸 못 알아차린 내가 제일 등신이야."

"칠 년씩이나!"

놀라 옆자리를 쳐다보자 남자는 정색하며 고개를 끄덕였다.

"그래, 칠 년이나……."

그의 눈빛은 그럴싸하게 느껴질 만큼 진지했다.

"외로워하는 그 애의 마음을 칠 년이나 알아차리지 못한 내가 제일 등신이라고!"

남자의 목소리가 떨렸다.

"등신. 내가 제일 한심해."

또다시 멋대로 이입했다. 그는 칠 년, 나는 아마 한 달이었던가.

"자기 자신을 돌아보는 일은 참 겁나죠."

계속 침묵을 지키던 가타쿠라 씨가 말문을 열었다.

"슬퍼지기도 하고 도망치고 싶어지고. 하지만 그걸 극복한 그 끝에는 허무함 외에 다른 감정을 발견할 수 있을지도 몰라요."

가타쿠라 씨는 남자의 앞에 살며시 알사탕을 내려놓았다.

"자요, 당 충전."

남자는 멍하니 입을 벌리고 사탕을 쳐다보았다. 가타쿠라 씨의 고양이 머리가 고개를 갸웃거렸다.

"괴로우셨죠? 이젠 마음의 짐을 내려놓으실 차례예요."

남자는 으으 하고 낮게 울먹였다. 잠시 이를 악물었지만, 결국 카운터에 눈물을 뚝뚝 떨어트렸다.

아연해지고 말았다. 이런 억세 보이는 남자가, 이렇게 섬세하게 울음을 터트릴 줄은 생각도 하지 못했다.

"지금 내가 해야 할 일은."

남자는 쉰 목소리로 다짐했다.

"내가 외롭게 만들어 버린 그녀의 새로운 행복을 비

는 거. 그거랑, 나도, 새로운 행복을 찾는 거……."

나는 이해할 수 없었다. 이게 올바른 답인가? 아니, 애초에 정답이랄 게 있는 걸까.

남자는 알사탕의 포장을 벗겨 입안으로 밀어 넣고 아드득아드득 부숴 먹었다.

"질질 짜고 있어 봐야 무슨 소용이야. 내일도 출근해야 하고, 평생 끙끙거릴 수만은 없지!"

남자는 갑자기 눈물을 뚝 그치고서는 웃더니, 시원하게 카페를 떠났다.

기세 좋게 열리고 닫힌 문 위에서 도어 벨이 딸랑딸랑 울렸다. 문이 닫히자 가타쿠라 씨는 큰일을 끝낸 사람처럼 후우 하고 한숨을 쉬고서 다시 빙수기와 눈싸움을 시작했다.

"요컨대."

나는 가타쿠라 씨의 뒤통수에 대고 질문했다.

"엎지른 물은 주워 담을 수 없으니까, 반성하고 다음으로 넘어가라는 뜻인가요?"

"쉽게 말하자면 그렇게 될지도요."

으음, 두루뭉술해라.

"여기부터 따분한 카페 주인의 혼잣말인데요……."

가타쿠라 씨는 제빙기에서 얼음을 꺼내 빙수기에 와르르 쏟아붓기 시작했다.

"사실 다른 손님 한 분에게도 말한 거긴 하지만요."

"어라. 그건 누굴까요."

시치미를 뗐다. 배신당했다는 이야기는 가타쿠라 씨에게도 당연히 들렸을 것이다.

"그 분은 반대로 꾹꾹 참기만 하는 타입이라서, 그녀에게는 한 번쯤 소리쳐 보는 것을 추천해 드리고 싶다고 생각해요."

"……흠."

"그녀라면 몇 년이나 마음에 쌓아 둔 채 참고 있을 거예요. 바다는 관대하니까 다른 사람 눈은 신경 쓰지 말고 소리쳐 보면 의외로 상쾌해질지도."

가타쿠라 씨가 후후후 하고 의미심장하게 웃었다. 나도 하하 하고 건조한 웃음을 돌려주었다.

"오지랖 넓은 카페 주인이네요."

"그렇죠. 매일매일이 지루해서 견딜 수가 있어야죠."

써걱써걱 얼음이 갈리는 소리가 났다.

"가타쿠라 씨, 혹시 진짜 중화냉면을 시작하려는 생각이에요?"

"물론이죠. 모처럼 받은 아이디어인데요."

진지한 목소리였다. 괴짜라는 건 척 보면 알 수 있지만, 역시 이상한 사람이다.

"기발한 발상 감사합니다, 마타타비 씨."

가타쿠라 씨는 묘하게 들떠 있었다.

그날 집으로 돌아오는 도중에 나는 자전거를 멈춰 세우고 방파제를 기어올라 바다를 보고 섰다.

저녁놀에 물든 바다가 반짝거리며 시야를 가득 채웠다. 저 멀리 배의 실루엣이 보였다. 하늘에서 갈매기 울음소리가 떨어져 내렸다.

바다를 바라보면서 입으로 크게 숨을 들이마셨다.

"이 바보 멍청아!"

소리를 질렀다.

목소리는 공기를 뒤흔들었다가 넓디넓은 바다로 사라졌다.

신물 나게 넓은 바다 앞에서는 아무리 소리를 질러도

목소리가 파도에 삼켜지는 것 같아서 무심코 마음이 열린다. 바다에서 불어오는 바람이 머리를 부수수하게 흩트렸다.

"뭐가 마음에 안 드는데! 뭐가 불만이야! 회사! 선배! 상사! 변태 부장!"

그리고, 또 그리고.

"나를 배신하고, 이 개자식아!"

지금도 가끔씩 꿈에 등장하는 그 뒷모습을 향해 소리쳤다.

"가로채 간 그 애도!"

그 남자애와 세트로 꿈에 나오는 여자애의 옆얼굴.

"작업복 아저씨는 칠 년, 나는 한 달 만에 눈치챘지만……"

바람이 쌩 하니 불어와 앞머리가 뒤집혀 올라갔다. 눈은 감았고, 목이 메었다.

"한 달 만에 눈치챘지만! 십 년이나 질질 끌고 있다고! 이 나쁜 놈아!"

되돌아보니 그 일로부터 벌써 십 년. 세월이 흘렀다.

"십 년이나 질질 끌기만 하는 나도 바보!"

그 일 때문에 평생 연애를 포기했다. 그렇다고 그게 뭐 어떻다는 건 아니지만.

"멍청이! 진짜 싫어!"

그저 마음껏 소리쳤다.

답은 없었다. 그냥 십 년간 쌓아 둔 울분을 토해 내고 싶었다.

"어라, 마타타비 씨 감기 걸리셨어요?"

다음 날, 가타쿠라 씨는 시치미 뗀 얼굴로 말을 걸었다.

"티 나요? 목소리가 이상한가요?"

"이상한 건 아닌데 평소보다 조금 허스키하네요."

어색한 연기로 모른 척을 하고 있지만, 고양이만큼이나 귀가 좋은 이 사람이라면 어제 내가 소리치는 걸 들었다 해도 이상하지 않다.

"마치 고래고래 소리를 질러서 갈라진 것 같은 목소리네요."

"업무 전화를 받는 데는 아무 문제없으니까 괜찮아요."

어제 드넓은 바다를 향해 소리를 지르고 나니 가슴속에서 부글부글 끓어오르던 게 어딘가로 사라져 버린 느낌이 들었다. 아무것도 해결되진 않았지만, 아주 조금은 마음이 가벼워진 기분이다.

……라고 말하는 건 가타쿠라 씨의 충고대로 흘러간 것 같고 어쩐지 분한 마음이 들어 그냥 입을 다물기로 했다.

"아, 맞아. 빙수 중화냉면 엄청 인기 좋아요."

가타쿠라 씨는 흡족해하며 말했다.

"엇, 벌써 신 메뉴를 완성한 데다 개시까지 하신 거예요?"

"정말 감사드려요. 마타타비 씨의 괴상한 발상 덕분이에요."

"고맙다고 하는 말이에요, 아님 놀리는 거예요?"

가타쿠라 씨가 뒤집어 쓴 그 인형 탈이 제일 괴상하고, 빙수 중화냉면 같은 걸 아무렇지 않게 받아들이는 이 마을 사람들도 충분히 괴상하다. 하지만 이 말도 입 밖으로 내지 않고 마음속에 묻었다.

"의외로 그런 태도가 싫지는 않지만요."

이 한마디만 말하자, 가타쿠라 씨는 신기하다는 듯이 나를 보고는 그러시군요 하고 말하며 웃었다.

## 고양이 남자, 변신하다

업무가 미친 듯이 쏟아져 바쁜 시기에는 토요일에도 출근해야 한다. 그 방침에 따라 토요일이지만 출근했다가 집으로 돌아오는 길이었다.

해가 빨리 진다고 느꼈는데 머지않아 10월에 들어섰다. 벌써 가을인가, 하고 생각에 잠겼다.

자전거 페달을 밟으면서 저녁 메뉴를 고민했다. 그래, 오늘은 가타쿠라 씨의 카페에서 해결하자.

전근해 온 지 약 세 달째. 나는 완전히 그 카페의 단골이 됐다. 일이 끝난 후 들르는 게 일과인 데다가 토요일, 일요일에도 불쑥 얼굴을 비추고 만다. 일주일에 서너 번은 오늘처럼 저녁 식사까지 겸하곤 했다.

해변을 따라 자전거로 달리던 도중 시야의 가장자리로 들어온 무언가 때문에 무심코 브레이크를 잡고 말았다.

땅바닥에 초등학생 정도의 여자아이가 주저앉아 있다.

자세히 보니 상점가에서 나눠 주는 지도를 보고 있는 것 같았다. 핑크색 배낭을 메고 흰색에 후드가 달린 파카를 입고 있었다. 후드에는 길쭉한 토끼 귀가 달려 있었다.

아무래도 혼자인 듯 주변에 보호자 같은 사람은 보이지 않았다. 진지하게 지도를 살피는 걸 보면 미아일까.

말을 걸려다가 그만두었다. 요즘 같은 시대에 설령 좋은 마음으로 다가가도 모르는 사람이 말을 걸면 무서워할지도 모른다. 섣부르게 끼어들었다가 유괴범이다 하고 소리칠 가능성도 부정할 수 없다.

진짜 곤란한 상황이라면 누군가에게 도움을 요청하겠지. 좋아, 엮이지 않는 쪽으로 가자.

끙끙 앓다가 이렇게 결론을 냈다. 초등학생을 무시하고 자전거 페달을 밟으려고 한 순간, 그 아이가 휙 돌아보았다.

"저기요, 아줌마."

"언니겠지!"

……엮이고 말았다.

"그럼 언니!"

여자아이는 터벅터벅 걸어왔다. 마음을 바꿨다. 이렇게 어린 아이가 혼자 있는데 내버려 둘 수도 없잖아.

"무슨 일이니? 길을 잃었어?"

자전거에서 내려 쭈그려 앉았다. 눈높이를 맞춰 물으니 여자아이는 고개를 끄덕거렸다.

"응. 카린은 이 마을에 혼자 온 거 처음이라서 길을 모르겠어."

이름이 카린이구나.

"어디로 가고 싶은데?"

"있지, 카페야. 이름은 까먹었는데, 이렇게 빨간색 지붕에 쪼그만 카페."

카린은 상점가 지도를 흘낏했다.

"근데 지도에는 안 나와 있어."

"아, 혹시."

그 지도에는 상점가 쪽 가게만이 실려 있다. 상점가에서 떨어진 곳에서 영업 중인 빨간 지붕의 카페라면 하나 아는데.

"그 카페 이름이 고양이 나무?"

"맞아! 그런 이름!"

그렇다면 가타쿠라 씨의 가게잖아.

"마침 잘 됐다. 나도 거기 가는 중이니까 같이 갈래?"

"응!"

카린이 나를 향해 작은 손을 내밀었다.

과연 가타쿠라 씨, 깜찍한 겉모습을 한 만큼 이렇게 어린 고객까지 확보했다니. 확실히 놀이공원의 마스코트나 지역 캐릭터처럼 아이들이 좋아할 인형 탈이긴 하다.

오른손으로 자전거를 밀고 왼손으로 카린의 손을 잡은 채 걷기 시작했다. 목적지는 가타쿠라 씨의 카페. 상점가에서 바다 방향으로 돌아 해안 도로로 나왔다. 산들바람이 불어와 머리를 쓰다듬었다.

작은 손을 힐끗 본 다음 물어보았다.

"카린은 몇 학년이야?"

"초등학교 2학년."

카린은 비어 있는 왼손으로 브이 사인을 만들었다.

"남자 친구는 두 명!"

"응? 뭐야, 무슨 말이야?"

반사적으로 카린을 돌아보았다.

"남자애 두 명이 좋아한다고 했어. 고르기 어려워서 둘 다 사귀고 있는 거야."

이게 무슨 일이람. 요즘 아이들은 이렇게 당돌한가. 한 명으로도 귀찮은 애인이라는 생물을 동시에 둘이나 다루고 있다니, 재주도 좋다.

"대단하네. 성가시진 않아?"

"전혀. 둘 다 나랑 같이 숙제도 해 주고, 반장 일도 도와줘서 엄청 도움이 돼."

"……!"

놀라운 초등학교 2학년. 둘이나 쥐락펴락한다는 건가. 그리고 그 남자애들도 그걸 납득하고 있다는 건가.

"우와, 인기쟁이네."

그냥 웃어넘기자. 어린애들의 연애라 봐야 소꿉장난 같은 거다. 카린은 눈도 크고 머리카락도 찰랑찰랑하고 귀엽게 생겼으니까 남자애들도 친해지고 싶은 거겠지.

"언니는 남자 친구랑 잘 안 되지?"

카린이 샐쭉 웃었다. 소꿉장난이나 하면서 어른의 사정에 참견하려 들다니, 되바라지기도 하지.

"언니는 혼자서도 살 수 있는 멋있는 어른인 거야."

"남자 친구가 없다는 거야?"

어린애다운 직구다.

"맞아. 귀찮으니까 안 사귀는 거야."

"아무도 접근하지 않는 게 아니고?"

"성가시니까! 내가! 의도적으로! 만들지 않는 거라고!"

약간 목소리를 높여 까칠하게 대꾸했지만, 카린은 전혀 기죽지도 않고 흐응 하고 콧숨을 내쉬었다.

"외롭지 않아?"

"딱히."

이렇게 사람 마음을 푹푹 찌르는 솜씨. 어쩐지 미카와 이야기하고 있는 듯한 느낌이다.

"하지만 툭 터놓고 말하면 갖고 싶지 않아?"

"아닌데."

성가시니까 필요 없다. 십 년 전부터 스스로 결정한 일이다.

"형광등을 교체하거나 가구 배치를 바꾸고 싶을 때 남자 손이 있으면 좋겠다는 생각은 들지만."

"흐음, 그건 연애가 아니네."

애가 아니라 완전 애늙은이. 기껏 퇴근해서 미카로부터 해방되었더니 어째서 이런 어린애와 연장전에 들어가야 하는 거지. 카린이 히죽 입꼬리를 올리며 미아인 주제에 잘난 체를 이어 갔다.

"연애에 대해서는 남자 친구가 없는 언니보다는 내가 더 꿰고 있으니까, 혹시 어려운 일 있으면 물어봐."

"뭐라고? 내가 너보다 세 배는 더 살았어. 어른을 깔보는 거 아냐."

"쓸데없이 나이만 세 배나 더 먹었지 남자 친구는 안 생기는 거네."

"안 만드는 거야!"

뭐 이렇게 건방진 애가 다 있담?

"그런 식이라면 카린의 남자 친구랑도 연애가 아닌걸."

정곡을 쿡 찔렀다. 카린은 뜨끔 찔린 표정이었다.

"남자 친구야!"

"아니, 아닌데. 친구잖아."

나는 세 배 이상 나이를 먹은 연장자로서 확실하게 내려다보기로 했다.

"카린의 남자 친구들은 카린을 좋아한다고 말하지만 둘이서 독차지하려 싸우지도 않고 사이좋게 사귀고 있지?"

"으응, 그런데……."

"다른 친구들이랑 뭐가 달라?"

"나, 남자 친구인걸.

"그건 아니지."

몸소 깨우침을 준다는 듯이 굴자, 카린은 더 고집스레 어른스러운 체를 했다.

"카린을 여자 친구처럼 소중하게 대해, 주는, 걸."

카린은 발밑의 아스팔트로 눈을 떨궜다.

"……어라, 여자 친구처럼이라니, 여자 친구처럼 대해 주는 건 어떤 걸까?"

툭, 툭, 카린이 신발로 아스팔트를 찼다.

"맞아, 바로 그거야."

나는 하늘을 올려다보았다.

"애초에 그 정의가 분명하지 않은 거야. 결국 연애 놀이라는 거지. 그건 어른이라도 어디까지가 놀이인지 간파하지 못하기도 해."

갈매기 울음소리가 들렸다. 속수무책으로 부정적으로 변해 버리고 만다. 내가 너무 지나치게 생각하는 걸까.

"결혼은 법을 끼니까 정의가 있지만, 연애에는 명확한 정의가 없어. 정의가 없기 때문에 당사자들의 해석 나름이 되어 버리는 거야."

"언니는 어려운 말만 해. 역시 아줌마 같아."

카린이 작게 중얼거렸다. 나는 못 들은 척을 했다.

"하지만 언니가 말하고 싶은 건 알겠어. 역시 나도 남자 친구가 없는 걸지도 몰라."

카린이 고개를 들어 나를 올려다보았다.

"카린이 그렇게 생각한다면 남자 친구가 아닐 수도 있겠네."

"맞아. 카린도 언니도 남자 친구 없는 사람끼리네."

카린이 한숨을 쉬었다. 이봐. 갑자기 가슴이 저린 것

처럼 감상적으로 굴지 말아 줘. 어린애를 상대로 가혹한 말을 한 내가 부끄러워지잖아.

정말, 지금 내가 뭘 하는 거지. 자기 마음속에서도 혼란스러운 연애 고민을 어린아이에게 토로해 버리다니.

하지만 어쩐지 괜스레 말하고 싶어진다. 이유는 모른다. 이 작은 몸에 숨겨진 아우라 때문인지, 카린의 말투가 상대방의 속마음을 끄집어내는 힘을 자아내기 때문인지.

"미안해, 그만 욱해서."

조심스레 사과하니 카린이 방긋 웃었다.

"괜찮아! 초등학생에게 연애 경험으로 져서 분했던 거지!"

가슴이 저리기는 무슨.

역시 되바라졌어. 귀엽지도 않아. 미카 같아. 내 천적으로 임명한다.

"하지만 언니, 이대로면 본격적으로 혼자 남아 버린다고. 느낌이 좋은 사람도 없어?"

카린이 다시 당돌하게 질문했다. 일단 생각해 본다. 한순간 묘한 고양이 머리가 어른거린다.

"느낌이 좋은 사람…… 그냥 좋은 사람이네 정도의 생각이 드는 사람은 있어."

"와, 어떤 사람?"

"이상한 사람. 다른 사람의 고민을 듣는 게 취미 같아."

좋은 사람이긴 하지만 근본적으로는 괴짜다.

조용한 바닷가에서 희미한 파도 소리가 들려왔다. 멀리서 갈매기가 운다.

카린은 커다란 눈으로 나를 올려다보며 고개를 갸웃거렸다.

"이상한 사람인데 흥미가 생겨? 이상해. 언니도 엄청 이상해."

"으음, 인간적으로? 존경…… 아니 존경까지는 아니지만, 그런 인생을 살 수도 있구나 싶어서. 뭐, 따라 하고 싶은 건 아닌데, 아마도 좋은 사람이겠구나 싶달까……."

우물우물 말끝을 흐렸다. 카린은 여전히 나를 빤히 올려다보고 있다.

"그래서 어떡하고 싶은데?"

"뭘 하고 싶다는 게 아니라, 그냥 옆에 있으면 안심이 된다는 거야. 그게 끝."

나만이 아니라 분명 다른 사람들도 그렇게 생각할 것이다. 누구에게나 그런 존재일 테니까.

"계속 옆에 있으면 좋겠어?"

"그거야, 있으면 든든하겠지만. 아니, 아냐. 옆에 두고 싶다는 게 아니라, 그런 독점욕은…… 있나. 아냐, 없나. 그, 뭐지."

정리되지가 않는다. 뭐지, 이거.

"아, 그래. 집에 가면 고양이가 맞이해 줄 때의 안심되는 마음 같은 거야. 그게 다야."

냐스케의 넓적한 얼굴을 떠올린다. 딱 좋은 예다. 아니, 딱 좋은 건가. 뭔가 좀 다르다는 느낌도 든다.

"흐음, 그게 다야?"

카린이 나를 빤히 쳐다본다. 빨려 들어갈 것 같은 커다란 눈동자.

뭐지, 이 느낌.

"……그게 다."

이 이상하게 솔직해지도록 만드는 공기.

"그게 전부가…… 아닐지도 모르지만, 잘 모르겠어."

바람 소리와 파도 소리, 끼룩끼룩거리는 갈매기의 새된 울음소리. 가슴속이 술렁술렁하고, 꽉 조이는 것처럼 괴롭다.

"언니 자신도 모르는 거구나. 어른이란 너무 복잡해."

카린이 다시 고개를 갸웃거렸다.

사람 마음에 불쑥 들어와 묵혀 두었던 감정을 토해내게 만든다. 이 분위기, 처음이 아니다. 미카와 닮았다고 생각했는데 뭔가 전혀 다르다. 근본이 정반대인 것이다.

대체 뭘까. 이 아이의 이 느낌, 분명 어디선가.

마침내 눈에 익은 붉은 지붕이 보이기 시작했다.

"아, 저기 봐! 도착했어. 저 카페 맞지?"

카린과 맞잡은 손을 앞뒤로 휙휙 흔들자 그녀는 반짝 눈을 빛냈다.

"정말이네! 도착했어!"

내 손을 놓고 해맑게 달려갔다. 조금 전까지 되바라졌던 꼬마였는데 다시 순수한 어린아이로 돌아갔다.

"조심해, 달리다가 넘어질라."

"괜찮아! 언니도 빨리 와!"

카린이 파드닥 달려가더니, 가게 앞에서 손을 흔들었다. 나도 얼른 카린을 쫓아가 가게 앞에 자전거를 세웠다.

아직 심장이 낯선 리듬으로 뛰고 있다. 카린 때문에 아무래도 이상하게 두근거린다. 쓸데없는 걸 생각해 버렸다.

애매하게 내버려 두었으면 좋았을걸 괜히 생각해 버려서 복잡해지고 말았다. 망했다, 오늘은 들르지 말고 집에 갈까. 그런 생각을 하고 있는데 카린이 다시 내 손을 잡고 카페 문을 열어 버렸다.

"언니, 얼른. 빨리빨리!"

심장이 쿵쾅거리기 시작했다. 딸랑, 귀에 익은 도어벨 소리가 들렸다.

"어서오세요."

귀에 익은 목소리.

하지만.

"……누구세요?"

눈에 들어온 남자를 보고 내 입에서 나온 첫마디는 그것이었다.

"너무하네요, 마타타비 씨. 저예요, 가타쿠라입니다."

남자는 내 쪽으로 얼굴을 돌리고 정체를 밝혔지만, 내가 아는 고양이 남자가 아니다. 새하얀 털에 삐죽하게 선 기다란 귀. 얼굴에 달린 보라색 눈.

그곳에 있는 것은 — 토끼 남자였다.

"얼굴이 바뀌면 못 알아보시나요?"

"갑자기 토끼가 되어 버리면 완전 다른 사람이라는 생각밖에 들지 않아요."

어째서 갑자기, 초식동물로 변신한 거지. 정말 하나도 이해가 가지 않는다.

"후후, 고양이가 싫어진 건 아니에요. 오늘은 조카가 올 예정이랍니다. 그 아이가 토끼를 정말 좋아해서……."

그리고 가타쿠라 씨는 아 하고 짧게 탄성을 질렀다.

"카린."

"오랜만이야, 유즈 삼촌!"

……응?

"너무 늦어지니까 걱정했어. 마타타비 씨가 데려다준 거야?"

"응. 언니가 같이 손잡고 와 줬어."

카린이 쫄레쫄레 달려가 카운터에서 나온 가타쿠라 씨에게 뛰어들었다. 테이블에 앉아 있던 샐러리맨이 흐뭇이 웃었다. 나만 멍하니 입을 반쯤 벌린 채로 있었다. 그런 나를 보고서 가타쿠라 씨가 카린을 두 손으로 안으며 말했다.

"마타타비 씨, 소개할게요. 제 조카인 카린입니다."

아아, 역시.

"왠지 좀 비슷하다고 생각했어요."

대화를 나눌 때의 그 감각.

"있지, 나 말이야, 저 동네에서 혼자 전철 타고 왔어."

카린이 천진하게 웃었다. 묘하게 맹랑한 구석이 있으면서 이럴 땐 완전히 어린애다.

"오는 도중에 길을 잃었는데, 언니가 데려다줬어."

카린이 가타쿠라 씨를 올려다봤다. 가타쿠라 씨는 나를 향해 정중하게 토끼 머리를 숙였다.

"마타타비 씨, 고맙습니다. 카린이 신세를 졌네요."

그는 카린을 카운터 자리에 앉히고, 자신은 카운터 안쪽으로 들어갔다. 나도 카린의 옆자리에 앉아 메뉴를 살폈다.

"가타쿠라 씨, 평소처럼 블렌드 커피 한 잔이요."

"카린은 따뜻한 커피 우유! 밀크 많이 넣어서."

카린이 자기에게는 조금 높은 의자에 앉아서 다리를 흔들며 보챘다. 가타쿠라 씨는 주문을 받자 바로 제조에 들어갔다. 카린이 빙그르 내 쪽으로 몸을 틀었다.

"나는 맨날 커피 우유를 주문해."

"흐음, 맨날이라니 자주 와?"

"엄마가 데려다줘서 네 번 정도. 처음 두 번은 아마구리 아저씨가 있었어."

"아마구리 아저씨?"

그 이름을 되묻자 가타쿠라 씨가 커피와 커피 우유를 내려놓으며 덧붙였다.

"선대 마스터입니다. 제 스승 같은 분이세요. 카린에게 자주 단밤(아마구리)을 주신 데다 성이 구리하라여서 저렇게 부르고 있는 것 같아요."

"스승이 있었어요?"

처음 듣는다. 어떤 사람이었을까. 카린이 가타쿠라 씨에게 해맑게 물었다.

"아마구리 아저씨, 왜 없어?"

"연세가 많으셔서 은퇴한 거야."

가타쿠라 씨가 담담하게 대답했다. 카린이 입을 삐죽이 내밀었다.

"아마구리 아저씨가 있을 땐 유즈 삼촌, 동물 얼굴 같은 거 쓰지 않았잖아."

"카린, 쓸데없는 말은 안 해도 돼."

아무래도 가타쿠라 씨가 인형 탈을 쓰기 시작한 것은 선대가 은퇴한 이후인 듯하다.

"그렇구나…… 그럼, 카린은 가타쿠라 씨의 얼굴 알고 있구나."

친척이니까 당연한 말이겠지만, 갑자기 그 감각이 현실적인 호기심으로 바뀌었다. 가타쿠라 씨에게 들리지 않도록 카린에게 소곤소곤 귓속말을 했다.

"카린, 저거 벗고 있는 가타쿠라 씨의 사진 같은 거 갖고 있어?"

"없어."

카린은 평소와 다름없는 목소리로 대답했다.

"왜? 언니는 그렇게 유즈 삼촌이 신경 쓰여?"

"신경 쓰이지 않는다고 말하면 거짓말인데…… 뭐랄

까 저걸 뒤집어쓴 게 당연한 일이 되어서, 사실 쓰든 말든 상관없지만. 저걸 쓰면 가타쿠라 씨도 손님들도 대화하기 쉽다고 하고."

평범했던 대화가 또 곧장 상담으로 이어지는 이유 중 하나다.

"말하기 쉽다고 하면."

카린이 다시 어른 흉내를 내며 씩 웃었다.

"남자 친구가 생기지 않는 언니, 유즈 삼촌은 어째선지 곧잘 연애 상담을 받는 편이니 언니도 상담해 보면 어때? 인기가 없다고."

"무슨 소리를 하는 거야, 카린. 몇 번이나 말했지만 나는 의도적으로 혼자 있는 거니까 간섭하지 말아 줄래?"

해맑은 어린애 같았다가 갑자기 맹랑해졌다가, 만만치 않은 꼬맹이다.

"하지만 언니 이대로 계속 아무것도 하지 않으면 '좋은 사람'은 누가 채 갈지도 몰라."

"카린, 너도 조금 가타쿠라 씨의 속이 깊은 성격을 본받아 볼래?"

"싫어."

티격태격 으르렁거리고 있으니, 아무것도 모르는 가타쿠라 씨가 온화하게 끼어들었다.

“맞아, 카린. 오늘은 무슨 일이야? 일부러 혼자서 여기까지 왔으니까 엄마한테는 들키고 싶지 않은 이야기를 하러 온 걸 테고.”

“맞아, 그랬어! 있지, 유즈 삼촌.”

카린이 카운터 앞으로 기우뚱 몸을 숙였다. 이 당돌한 카린이라면 버젓이 연애 고충이라도 토로할 작정이겠지. 나는 휙 얼굴을 돌리고 커피를 마셨다.

그런데 카린은 진지한 눈으로 이렇게 말을 꺼냈다.

“엄마랑 아빠 이제 곧 결혼기념일이잖아.”

“그렇죠.”

가타쿠라 씨가 고개를 끄덕였다. 갑자기 카린을 상대로 손님과 대화할 때처럼 정중한 말투를 쓰기 시작했다.

“뭔가를 준비하실 생각인가요?”

“응. 그게, 엄마랑 아빠를 깜짝 놀라게 하고 싶어.”

카린은 커피 우유를 한 모금 머금고, 꿀꺽 삼켰다.

“그러니까 엄마랑 아빠가 좋아하는 케이크를 만들려고 해!”

그렇게 말한 카린의 눈은 지금까지의 맹랑함이 사라지고, 순진무구한 소녀의 눈동자가 되어 있었다.

"유즈 삼촌, 카페에서 일하잖아? 그러니까 유즈 삼촌이라면 케이크 만드는 법 정도는 알고 있겠지 싶어서. 엄마랑 아빠한테는 비밀로 하고 온 거야."

뭐야. 이런 모습은 똑 부러지게 야무지고, 귀여운 아이잖아.

가타쿠라 씨가 후후 하고 토끼 머리 안에서 웃음을 흘렸다.

"알겠습니다. 그렇다면 협력할게요."

"됐다! 유즈 삼촌, 고마워!"

뭐야…… 귀엽잖아.

"그럼 가게 영업시간이 끝나면 같이 만들까요. 집에는 데려다줄게요."

"응. 그럼 그때까지 여기에서 언니랑 수다 떨래!"

카린이 내 팔을 꽉 끌어안으며 매달렸다.

"어?"

"어허, 카린. 마타타비 씨를 곤란하게 하면 안 되지."

가타쿠라 씨가 타일러도 카린은 나에게 달라붙어 떨

어지지 않았다.

"언니 괜찮지?"

무심결에 다시 귀엽다고 생각해 버렸다.

"으음, 어쩔 수 없네. 연애 이야기만 할 게 아니라면 같이 있어 줄게."

"에, 그럼 숙제 가르쳐 줘."

카린이 배낭에서 수학 문제지를 꺼냈다.

"좋아. 초등학교 2학년 수학이라면 나라도 가르쳐 줄 수 있어."

결국 나는 폐점 시간까지 카린과 함께 보냈다.

"저번에는 카린이 정말 신세가 많았습니다."

평소처럼 고양이 머리로 돌아온 가타쿠라 씨에게서 카린의 이야기를 들었다.

"다정한 언니가 있어서 좋았다고, 다시 놀아 주면 좋겠다고 말했어요."

"저도 어린애랑 노는 건 오랜만이어서 즐거웠어요."

수학 문제를 푸느라 머리를 싸매고 고민하는 카린의 모습은 정말로 귀엽고 사랑스러웠다.

"카린이 케이크를 만들면서도 계속 마타타비 씨의 이야기만 했다니까요."

가타쿠라 씨는 원두를 바각바각 갈면서 후후후 하고 엉큼하게 웃었다.

"굉장히 강경한 연애 마스터라나요."

"뭐라고요?"

커피를 뿜을 뻔했다.

"듣자 하니, 아무래도 짝사랑 중인 것 같은데 그 감정을 애매한 마음으로 대하지 않고 '연애란 무엇인가' 하며 철학하고 있다며…… 아이쿠. 너무 사적인 건 조심하는 게 좋겠네요. 실례했습니다."

"그 녀석, 쓸데없는 소리를!"

잊고 있었지만, 그 녀석은 맹랑함의 극치다.

"그런 거 생각한 적 없어요! 저는 연애 따위에 관심 없고, 바보 같은 짝사랑도 안 하니까요!"

"마타타비 씨도 카린이랑 있으면 소녀 감성을 살짝 보여 주시네요. 아, 소녀 감성이라는 말 더는 안 쓰나요?"

보이지 않아도 안다. 가타쿠라 씨는 지금 고양이 머리

안에서 싱글싱글 웃고 있다.

"아니라니까요, 가타쿠라 씨. 카린이 뭔가 오해를 한 거예요. 저는 그저 지적 호기심을 자극하는 사람이 있다고! 그런 말을 한 것뿐이라고요!"

"좋지 않나요? 가끔은 그런 면을 넌지시 보여 주셔도."

"가타쿠라 씨, 믿어 줘요!"

역시 카린은 내 천적이다.

# 고양이 남자, 양산하다

"날이 선선해졌네요."

어느 토요일, 가타쿠라 씨는 창문 밖에서 흔들리는 나뭇잎을 보면서 말했다.

"뿌리채소가 맛있는 계절이죠."

가게 입구에 있는 파라솔 위로 뻗은 나무에도 단풍이 들었다. 한들한들 떨어지는 붉은 나뭇잎이 아름다웠다. 가타쿠라 씨의 말을 듣고 나니 달콤한 황금빛 속살이 떠올랐다.

"뿌리채소 하니까, 스위트 포테이토* 먹고 싶네요."

"흠…… 좋은데요?"

계절이 가을로 들어서자 이 마을에서 지내는 게 꽤 익숙해진 느낌이었다. 냐스케도 내 방에서 지내는 데 적응한 듯, 창문 밑의 햇볕이 잘 드는 곳에서 뒹굴뒹굴하며 보낸다.

오늘은 휴일이라서 점심도 해결할 겸 카페에 왔다. 폭신폭신한 계란, 반질반질한 화이트 소스. 소스의 바다에는 제철 버섯이 듬뿍 들어 헤엄치고, 입에 넣으면 동시에 몽글몽글하고 사르르 녹는다.

"가타쿠라 씨의 오므라이스, 걸작이에요."

"그렇게까지 칭찬해 주시다니 영광입니다."

그동안 이 가게의 커피가 맛있어서 습관처럼 드나들었는데, 가타쿠라 씨는 커피만이 아닌 요리 솜씨도 뛰어났다.

"대단하네요. 가타쿠라 씨, 요리에 재능이 넘치는데요."

입으로 스푼을 가져가면서 입이 마르도록 칭찬했다. 가타쿠라 씨는 당황하면서 겸손을 떨었다.

---

* 고구마를 쪄서 껍질을 벗기고 체에 걸러 설탕, 우유, 달걀 따위를 섞어 오븐에 구워 낸 요리.

"그렇지도 않아요. 취미인데요."

"어쩜 생산성이 있는 멋진 취미네요……."

"마타타비 씨는 평소에 요리를 하시나요?"

질문이 날아와 뜨끔했다.

"으으음, 뜨문뜨문."

"그러시군요! 그럼 특기인 요리는요?"

"으음……."

저절로 시선이 흔들렸다.

"카, 카레라든가……."

3분짜리.

"그리고 라멘이라든가……"

인스턴트. 중요한 말은 마음속으로 덧붙였다.

"……죄송해요. 거짓말이었어요. 요리 같은 거 전혀 안 해요."

결국 솔직하게 털어놓고 사과하니, 가타쿠라 씨는 인형 탈 속에서 하하 웃었다.

"음, 마타타비 씨다워요."

무슨 의미일까.

평화로운 시간이다. 나와 가타쿠라 씨 이외에는 조용

히 커피를 마시는 샐러리맨 손님 한 사람뿐. 조용하고, 차분하고, 시간이 흘러가는 것조차 잊어버릴 듯하다.

"요즘 일은 어떠세요?"

가타쿠라 씨가 갑자기 나를 현실로 끌어왔다. 귀찮은 녀석 한 명이 뇌리에 떠올랐다.

"'있지, 나쓰미 요즘 연애해?'라고 묻는 애가 있어요."

마지막 한 입 남은 오므라이스를 삼키고, 후우 한숨을 쉬었다.

"동기인 미카라는 애인데요. 연애 이야기를 엄청 좋아해서요. 착하긴 한데, 좀 질려요!"

"오, 미케(삼색 고양이) 씨네요."

가타쿠라 씨가 디저트로 카페모카를 내주면서 헛들은 듯했다.

어제는 점심시간에도 퇴근길의 엘리베이터에서도 미카에게 계속 시달렸다. 처음 왔을 때 흥미를 보였던 전근 이유는 어떻게 알게 된 듯 더 이상 캐묻지 않았지만, 이번에는 내가 퇴근길에 딴 길로 새는 걸 눈치챈 것 같다. 집에 가기 전 카페에 들를 뿐이라고 말하는데도, 가십이라고 생각해 어떻게든 알아내려는 듯했다.

"연애하냐고?! 안 해! 하더라도 너한테는 말 안 해! 하고 쏘아붙이고 싶어져요."

뭐랄까, 미카의 푹푹 찌르는 화법은 상대가 말할 마음마저 꺾어 버린다. 그에 반해 가타쿠라 씨라면.

"또 푸념만 늘어놔서 죄송해요……."

사과하고 싶어질 정도로 가만히 내 이야기를 듣고 있다.

"신경 쓰지 마세요. 저는 듣는 걸 좋아하는 사람이라서요."

가타쿠라 씨는 부드럽게 대답하고 나서 고양이 머리를 조금 기울였다.

"그래서 사랑은 하고 계시나요?"

"안 한다고, 생각해요."

곧바로 중얼거리며 대답했다.

"제가 인식하는 범위 안에서라면 그런 감정은 없어요."

"마타타비 씨는 매사를 신기한 각도에서 바라보시네요."

가타쿠라 씨가 키득키득 웃었다.

"좀 더 심플하게 좋아하면 좋아하는 걸로 괜찮지 않

나요? 저는 고양이가 너무 좋아서 어쩔 줄을 모르겠는 걸요."

"그건 연애가 아니잖아요. 고양이라면 배신당하더라도 조금 실망하는 게 다고."

오늘 아침, 냐스케의 기분이 좋지 않은지 하악거리며 발톱을 세워 위협했다. 조금 기운이 빠졌지만, 가슴이 아릴 정도로 상처받지는 않았다.

"배신…… 인가요."

가타쿠라 씨가 중얼중얼 되풀이했다.

냐스케의 얼굴을 떠올리자 가타쿠라 씨에게 할 보고가 생각났다.

"맞아. 내일 냐스케 예방 접종하러 다녀올 거예요. 돌아오는 길에 여기 들를게요. 냐스케 데려올게요."

가타쿠라 씨의 인형 탈이 눈을 빛냈다.

"냐스케! 만져도 괜찮아요?"

"가타쿠라 씨가 만져도 괜찮다면 얼마든지요."

고양이 알레르기가 있는 것은 가타쿠라 씨다. 그는 잠시 고민하다가 고개를 끄덕였다.

"괜찮아요. 냐스케를 만지기 위해서라면."

"폐점 시간에 가까울 때가 좋겠죠. 바로 털을 뗄 수도 있고 가게의 위생 면에서도 그 편이 좋을 거고요."

"그럼 감사하죠."

언뜻 보기엔 인형 탈이 마스크 대신이 되어 알레르기 물질을 막을 수 있을 듯하지만, 실은 그 인형 탈이 되려 위험할 수도 있다. 탈에 붙은 고양이 털이 세탁할 때까지 계속 달라붙어 있다고, 가타쿠라 씨가 예전에 말한 적이 있다.

"그 인형 탈, 물세탁이 가능한가요?"

"그대로 세탁기에 넣고 돌리면 돼요. 방에 걸어 두면 하룻밤이면 마르고, 품질이 우수해요."

상상해 보려 했지만 불가능했다.

가타쿠라 씨는 작게 숨을 내쉬고, 진지한 목소리로 말했다.

"단지 때가 잘 타고 고양이 털이 잘 붙는 게 난점이에요. 하지만 그보단 제 알레르기 체질이 원망스럽네요."

나는 문득 신경이 쓰여 그에게 물었다.

"가타쿠라 씨는 고양이 알레르기 말고도 고민이 있어요?"

"네?"

"아니, 그러니까, 언제나 손님들의 신세 한탄이나 고민만 들어 주잖아요. 스트레스 안 쌓여요?"

"그건 스트레스 쌓일 일이 아닌데요. 좋아서 하는 일이고요."

신이라 해도 그렇게 마음이 넓지는 않을 것이다.

"최대의 고민은 고양이 알레르기네요."

가타쿠라 씨의 진지한 목소리에 진심이 담겨 있었다.

다음 날, 나는 냐스케를 이동장에 넣어 가타쿠라 씨의 카페로 향했다.

"안녕하세요. 여기요, 가타쿠라 씨, 냐스케예요. 조금 흥분해 있긴 하지만."

폐점 시간 직전의 하늘이 어둑어둑한 시간대. 나는 입구의 문을 반쯤 열어 안을 살펴본 뒤, 밖에 선 채 말을 걸었다.

손님은 없는 듯했고, 가타쿠라 씨는 후다닥 빠른 걸음으로 다가왔다.

"냐스케! 오랜만이네."

가타쿠라 씨가 밖으로 나왔다. 파라솔 아래에 냐스케의 이동장을 내려놓고, 재회가 시작됐다. 나이를 먹을 만큼 먹은 어른 둘이서 땅바닥에 옹송그리고 앉아 머리를 맞댄 광경이 기묘했다. 이동장 안에서 냐스케가 냐아 하고 울었다. 가타쿠라 씨를 기억하고 있는지, 그를 향해 말을 건다.

"귀여워. 고양이는 귀엽구나."

가타쿠라 씨는 이동장의 망에 달라붙어 냐스케를 바라보고 있었다. 인형 탈이 방해되는 것 같다.

"만져 볼래요?"

"만져 볼래요."

가타쿠라 씨의 즉답을 받아, 이동장의 문을 열었다. 냐스케가 골골거리며 가타쿠라 씨에게 다가와 몸을 기댔다. 재회를 기뻐하는 것처럼 보였다.

"아이, 예뻐라. 주사도 잘 참고 대견하네, 냐스케."

가타쿠라 씨는 줄무늬가 그려진 냐스케의 이마를 동글동글 쓰다듬었다. 냐스케도 기분 좋다는 듯 눈을 감았다.

"어라…… 아까까진 주사 때문에 저기압이었는데."

기분이 좋아진 듯했다. 같은 태비 고양이 머리를 한 가타쿠라 씨에게 동료 의식을 느끼는 걸까.

"가타쿠라 씨, 냐스케를 마음껏 만지고 싶다면 인형탈 벗는 게 좋을 걸요? 어차피 영업시간도 지난 참인데, 벗어 버려도 되잖아요."

혹시 몰라 권유해 보았다.

"싫어요."

딱 잘라 거절당했다. 끈질기게 말해 봐야 소용없으니, 포기하고 무릎에 턱을 괴었다.

"뭐, 상관없지만."

"냐스케는 귀엽네요. 행복해서 죽을 것 같아요."

알레르기 반응에 콜록콜록 기침을 하면서도 가타쿠라 씨는 냐스케에 푹 빠져 나는 아랑곳도 없었다.

"이렇게 귀여운 생명체가 있으니까 지구를 소중히 여겨야 하는 거죠."

"고양이의 귀여움을 환경 문제와 직결하는 사람은 처음 보지만⋯⋯ 그렇긴 하네요."

과연 가타쿠라 씨는 고양이가 귀여운 것만으로 지구를 지킬 마음이 생기나 보다.

"귀여움은 정의라고, 흔히 하는 말이긴 하죠."

가타쿠라 씨의 손에 비비적비비적 애교를 피우는 나스케는 확실히 귀엽다는 말로밖에 형용할 수 없다.

귀여움은 정의다. 귀여움이 세계를 구한다. 귀여움은 득이다.

그 순간.

"……귀여워."

그 목소리는 가게 부지 밖에서 들려왔다. 목소리가 들려온 방향을 보고 나는 놀라 말을 잃었다.

시야에 들어온 것은 새카만 세일러복에 단발머리를 한 여자애였다. 얼굴은 여드름투성이에, 두꺼운 안경을 껴 왜곡되어 보이는 데다 심지어 눈물에 젖어 퉁퉁 부어 있었다. 살짝 통통한 체형을 감싼 세일러복은 눈에 익은 것이었다. 일요일의 서클 활동이 끝나고 집으로 돌아가는 중인 듯한 이 근처 중학교의 학생이었다.

"고양이, 귀여워."

여자아이가 허스키한 목소리로 울먹이며 말했다. 펑펑 울어 엉망이 된 얼굴에 나는 멍하니 얼이 빠졌다.

"아이쿠, 무슨 일이에요?"

가타쿠라 씨가 침착하게 물었다. 나도 묻지 않고는 배길 수 없었다.

"무슨 일 있어? 얼굴이 엉망이네."

"날 때부터 이랬어요!"

중학생이 소리를 질렀다. 화를 내는 박력만큼은 만점이다.

중학생은 우당탕 걸어와 땅에서 올려다보고 있는 냐스케를 노려보았다.

"으아아앙!"

그리고 냐스케 앞에 갑자기 웅크려 앉아 크게 울기 시작했다.

무슨 일이지. 너무 놀라 말을 잃은 채 그저 여자애를 바라보고만 있었다. 가타쿠라 씨가 차분한 몸짓으로 소녀의 등을 토닥토닥 두드려 주었다.

"저런…… 자, 좀 진정하시고요."

중학생은 훌쩍훌쩍 코를 마시며 냐스케에게 손을 뻗었다. 냐스케는 커다란 목소리에 놀라긴 했지만, 대범한 성격이라서 도망가지는 않고 중학생의 손에 냄새를 맡았다.

"좋겠다, 고양이는. 귀여워서."

조그맣고 앙증맞은 입술이 작게 움직이며 중얼거렸다.

"귀엽다는 건, 그거만으로 이득이잖아. 나는 평생 루저인데."

"그런 말 하는 거 아……"

당황해서 위로해 주려고 했지만, 중학생이 찌릿 노려보며 말했다.

"언니는 예쁘니까 이해 못 해."

여자애는 이번엔 가타쿠라 씨의 쪽을 돌아봤다.

"오빠도 그걸 쓰고 있으면 귀엽네."

"그런가요?"

가타쿠라 씨가 고개를 갸웃거렸다. 고양이 얼굴은 귀엽지만, 몸통과의 밸런스는 귀엽지 않다고, 나는 생각했다.

"나도 좀 더 귀여웠으면, 조금만 더 귀여웠으면, 보이는 세계가 전혀 달랐을 텐데!"

으앙 하고 중학생이 큰 소리로 오열했다. 냐스케가 놀라 눈을 동그랗게 떴다.

"무슨 괴로운 일이 있었나 보네요."

가타쿠라 씨는 중학생의 퉁퉁 부은 눈을 지긋이 들여다보았다.

"괜찮으시면 가게에서 차라도 내드릴까요?"

"괜찮아?"

물으니 여자애는 유리잔에 입을 댄 채로 얼굴을 숙이고 있었다.

냐스케를 이동장에 넣은 후 카페 안으로 함께 들어가, 가타쿠라 씨가 여자애에게 차가운 홍차를 내준 것이 조금 전이었다. 여자애는 겨우 울음을 그쳤다.

"진정이 됐어?"

다시 한번 물으니 이번에는 작게 고개를 끄덕였다.

"있지."

작은 입술이 유리잔에서 떨어졌다.

"실연, 했어."

처절하게 하늘이 무너져라 울던 소녀가 말하기엔 너무나 귀여운 단어였다. 실례되는 생각이지만.

"저런. 그거 참 마음이 괴롭겠네요."

가타쿠라 씨가 말하자 그녀는 머리를 끄덕였다.

"초등학생일 때부터 계속 좋아했던 애야. 같은 고등학교에 들어가려고 공부도 열심히 했는데."

그런 이유로도 시험 칠 고등학교를 정하는구나. 나는 무심결에 가시 돋친 코멘트를 달았다.

"네 성적으로는 절대 갈 수 없다는 말을 들었는데, 열심히 공부했어. 부모님도 선생님도 반대했지만 반드시 가겠다고 고집 부려서, 학원도 다니고 집에서도 열심히 공부하고, 따라가려고 노력했다고……."

여자애는 다시 안경 너머의 작은 눈에서 뚝뚝 눈물을 떨어트렸다.

"그랬는데도 차였어! 다 망했어."

여중생은 다시 걱센 목소리로 한숨지었다. 그런 뒤 그녀는 홍차 수면에 흔들리는 자신의 얼굴을 노려보았다.

"이것도 저것도 다 이 못생긴 얼굴 때문이야. 이렇게 못생기지 않았다면, 좀 더 나았을지도 몰라."

"그렇지만 세상은 얼굴이 전부가 아니니까."

내가 슬쩍 끼어들자 여자애가 곁눈질로 노려보았다.

"그렇지 않아! 언니도 고양이가 귀엽게 생겼으니까 귀여워하는 거잖아?"

"아니, 물론 냐스케는 귀엽긴 하지만!"

"저는 못생긴 고양이 좋아해요. 특징이 있어 좋지 않나요?"

겨우 입을 열었다고 생각했더니 가타쿠라 씨는 코맹맹이 소리로 핀트가 맞지 않는 말을 늘어놓았다. 알레르기 때문에 재채기가 나오는 듯, 인형 탈 안으로 티슈가 빨려 들어갔다.

"나도 고양이였으면 좋았을 텐데. 나를 좋아해 주는 사람은 아무도 없으니까."

여자애는 다시 웅얼거렸다. 부정적이네. 자기에게 자신이 없으니까 이렇게 된다. 기분이 가라앉으니까 다가오려던 사람도 도망가 버린다. 악순환이다.

"예뻐지고 싶어."

잠긴 목소리로 중얼거렸다. 나는 옆자리에서 그녀의 등을 토닥거렸다.

"그럴 마음이 있다면 괜찮아, 향상심만 있다면! 아직 어리니까 노력하는 대로 점점 귀여워질 거야. 그 남자애가 후회하게 만들어 줘."

"언니는 예뻐서 내 고통 같은 건 이해 못 한다니까."

또 일축해 버렸다.

"언니는 예쁘니까 좋겠다. 남자 친구도 원할 때 원하는 만큼 만들 수 있지?"

여자애가 찌릿 쏘아보았다. 덤터기를 씌워도 너무 씌우는걸?

"그렇지 않다니까. 남자 친구는 만들지도 않고 필요도 없어. 네가 어째서 그렇게 연애에 목숨을 거는지도 이해할 수 없을 만큼 만들지 않았다고."

"왜? 예쁘면서. 예쁘게 태어났으면서 왜 남자 친구를 안 만들어?"

여자애가 정색을 하고 나를 바라보았다. 지엄하다 느껴질 정도로 진지한 눈빛이었다.

역시 중학생의 사고방식인걸. 나는 한숨을 쉬었다. 연애라는 게 외모가 잘났다 못났다로 하고 못 하고가 결정되는 것이 아닌데. 이 아이는 아직 그걸 이해하지 못할 나이일 것이다.

"뭐 어때. 그냥 놔둬."

차갑게 받아넘겼다. 하지만 여자애는 눈물로 더러워진 안경 너머로 새카만 눈동자를 빛냈다.

"안 돼. 납득이 가게 설명해 줘."

쉽게 포기할 것 같지는 않았다. 나는 그녀를 흘낏 보고, 어쩔 수 없이 말문을 열었다.

"고등학생 때 사귀던 남자 친구 때문이야."

절로 한숨이 나왔다. 얼굴을 떠올리는 것만으로 우울해졌다.

"어쩌다 분위기가 그렇게 돼서 사귀기 시작했어. 나도 그 애의 활달한 성격이 재미있고 좋았으니까, 같이 있어 즐거우면 그걸로 됐다고 생각한 거야."

어린애였다. 그래서 더욱 상처가 깊이 남았다.

"하지만 난 동아리나 아르바이트 때문에 그 애랑 좀처럼 데이트를 못 했어."

떠오르는 것은 그 시절 그 아이의 뒷모습. 오늘은 안 돼, 미안해 하고 말할 때마다 그렇구나 하고 발길을 돌리던 그 등.

"어느 날 보니까 그 애 내 친구랑 사귀고 있더라."

"아이고."

카운터에서 탄식이 들려왔다. 올려다보니 가타쿠라 씨가 헛기침을 했다.

"실례했습니다."

하필 그 상대가 친구였다는 것이 당시 어렸던 나에게는 너무나도 잔혹했다. 믿었던 남자 친구와 친구, 그 양쪽을 동시에 잃었으니까.

다시 한번, 여자애를 곁눈으로 보았다.

"그래서 그만뒀어. 사람을 좋아하는 거."

연애는 성가시다. 마음도 쓰고, 머리도 쓰는 데다 상처까지 받는다. 그리고 상처를 준다.

"어설프게 사람을 좋아하게 되면 후회해. 좋아했던 사람을 싫어하게 되어 버린다니까. 그렇다면 골치 아픈 걸 생각하지 않아도 되는, 마음 편한 거리를 유지하는 게 좋다. 이게 내 결론이야."

서로 상처 주지 않고 곁을 지키는 그런 편리한 거리가 딱 좋다.

"너는 계속 좋아했던 남자애한테 상처 입은 거잖아. 자신감을 잃고, 그게 분하고 슬퍼서 울고, 그런데도 아직 그 애가 좋아?"

여자애는 침묵했다. 빤히 홍차가 든 유리잔을 바라보며 생각에 잠겼다.

"그랬던 거군요……."

목소리를 낸 것은 가타쿠라 씨였다.

"정말 좋아하기 때문에 그 사람을 잃을 때나, 그 사람에게 배신당할 때 엄청 괴롭다. 그러니까 처음부터 좋아하지 않으면 된다…… 과연 마타타비 씨, 멋진 발상입니다."

"그렇죠. 전 천재라니까요."

자조하는 투로 말했는데 가타쿠라 씨가 고개를 끄덕였다.

"천재예요. 하지만 이 이론에는 중대한 허점이 있습니다."

"네?"

"상처 입더라도 애통하더라도 포기할 수 없을 만큼 상대가 좋아져 버린 경우. 인간은 그럴 때 이상적인 적당한 거리를 계산하지 못하니까요."

그는 슬쩍 여자애 쪽을 보았다.

"예를 들자면 이쪽에 계신 아가씨처럼요."

여자애가 어리둥절한 표정으로 가타쿠라 씨를 올려다보았다.

"미련이 있기 때문에 아름다워지고 싶다고 말씀하시는 거죠?"

가타쿠라 씨의 질문에 여자애는 조금 고민하더니 마침내 천천히 고개를 끄덕였다.

"그렇다고 생각해. 하지만 나는 상대해 주지 않으니까."

여자애는 눈물 범벅인 얼굴을 손으로 덮었다. 앞머리가 흐트러져 손가락에 얽혔다.

"한 번 차였는걸. 더는 어쩌지도 못 해."

"고작 한 번인 걸요?"

가타쿠라 씨가 부드럽지만 단호한 말투로 반문했다.

"잠시 기다려 주세요."

그는 카운터 구석으로 향했다. 등을 보인 채 바스락바스락 무언가를 꺼냈다.

"이걸 봐 주실래요?"

돌아온 가타쿠라 씨는 여자애의 앞에 접시를 탁 내려놓았다. 접시 위에는 딱 알맞게 구워진 노란 스위트 포테이토가 있었다.

"이건 예순여덟 번째 스위트 포테이토입니다."

나도 여자애도 눈만 깜빡거렸다. 가타쿠라 씨는 정중하게 말을 이었다.

"신 메뉴로 어제부터 오늘까지 만들었어요. 좀처럼 마음에 드는 스위트 포테이토가 만들어지지 않아서 예순여덟 번 구워 겨우 성공했습니다. 괜찮으시면 시식해 주실 수 있을까요?"

예순여덟 번째. 도대체 얼마나 집요한 거야. 가타쿠라 씨도 스스로 그렇게 느끼는지 인형 탈 안에서 씁쓸하다는 듯 웃었다.

"물러날 때를 아는 성격이었다면 좀 더 일찍 포기했을 테지만, 아무래도 저는 집념이 강한 성격이어서요. 정신이 드니 말도 안 될 양을 만들어 버렸더라고요."

접시 위의 스위트 포테이토는 달콤한 향기를 풍겼다. 여자애의 천진한 눈동자에 접시 위의 노란빛이 가득 담겼다.

"그렇게 잔뜩 만들어서 어떡해?"

여자애가 툭 질문을 던지자, 가타쿠라 씨는 스위트 포테이토를 내려다보며 대답했다.

"어제는 때마침 조카가 놀러 와서 먹어 줬어요. 조카

는 맛있다고 말해 줬는데 역시 저는 예순여덟 번째 스위트 포테이토를 만들기 전까진 납득할 수가 없었거든요."

"그러고 보니 가타쿠라 씨, 고양이 알레르기인데 질리지도 않고 고양이를 만지고, 목적을 위해서라면 타협하지 않았죠."

발밑에 둔 이동장을 흘낏거렸다. 냐스케는 얌전하게 잠에 든 듯했다. 가타쿠라 씨가 그렇네요 하고 대답하며 웃었다.

"저도 참 포기를 못하는 게 골치예요."

가타쿠라씨는 힐끔 여자애에게 시선을 옮겼다.

"맨 처음 실패했을 땐 좌절했습니다. 하지만 동시에 몇천 번이든 몇만 번이든 굽자고 각오했어요. 미련 없이 한 번으로 포기할지, 집요하게 계속 도전할지. 그건 각자가 품은 집념 나름이지 않을까요."

"내 집념……."

여자애는 접시를 가만히 내려다보다가 마침내 스위트 포테이토를 집어 들었다. 한 입 베어 물고는 입안에서 소리 없이 굴리다가 나직하게 말했다.

"맛있어."

"다행이다. 질리도록 만든 보람이 있네요."

가타쿠라 씨는 만족한 모양이었다. 여자애는 스위트 포테이토에 남은 잇자국을 바라보았다.

"나도 집요하게 어필해 볼까……."

그리고 다시 한 입, 스위트 포테이토를 베어 물었다.

"나는 못난이지만 어쩌면 만에 하나라는 경우도 있을지 모르잖아."

"긍정적이네. 그런 모습 마음에 들어."

내가 미소를 짓자 여자애는 퉁퉁 부은 얼굴을 구기며 활짝 웃었다.

"로즈힙 티라든가."

여자애가 인사를 하고 떠난 카페에서 내가 말했다.

"그런 미용에 좋은 차를 내줄 거라 생각했어요. 몸속부터 아름다워집니다 하고."

"그 아이의 문제가 외모는 아닐 것 같았어요."

가타쿠라 씨는 가볍게 웃었다.

그 여자애는 포기하지 않을 것 같았다. 몇 번이든 상

처받을 각오로, 마음이나마 최선을 다해 전해 보겠다며, 다시 남자애에게 다녀온다는 말을 남기고 가게를 나섰다.

그 애는 빈말로도 예쁘다 할 수 없었지만, 웃는 얼굴은 매력적이었다.

"상처 입어도 좋다는 각오는 꽤 훌륭하던데요. 아직 어린데도 야무지시고. 하지만 마타타비 씨가 말씀하신 대로 가능한 상처받고 싶지 않다는 마음도 이해가 가요."

가타쿠라 씨는 그렇게 말했지만, 나는 이번 일로 나의 지론이 뒤집힌 것 같은 기분이었다. 짝사랑하는 남자애를 향한 그 아이의 깊은 마음을 생각하지 못했다. 그 정도로 강한 사랑이라니, 상상할 수도 없고 이해도 가지 않는다. 나의 무지를 깨달았다.

"마타타비 씨."

가타쿠라 씨가 조금 목소리를 낮췄다.

"그 후, 상처는 다 아무셨나요?"

"나았을지도 모르죠."

상처를 늘리고 싶지 않다.

"그래도 연애는 귀찮으니까 역시 싫어요. 저는 아까 그 애처럼 정열적인 성격은 못되어서."

"그렇네요. 마타타비 씨는 그러실지도 모르겠네요."

가타쿠라 씨는 작게 웃은 뒤 더 이상 캐묻지 않았다.

"저도 뭐 하나 물어봐도 될까요?"

가타쿠라 씨를 올려다보았다. 그는 그럼요 하고 수긍했다.

"어쩜 그렇게 다정할 수 있어요?"

직설적으로 물어보니 그는 조금 굳어 버렸다. 나는 좀 더 풀어서 다시 한번 물었다.

"좋아서 하는 거니까 스트레스가 쌓이지 않는다고 말했지만, 역시 스트레스가 쌓일 것 같은데요. 손님은 눈앞에서 울고, 화내는데 그 마음을 헤아리고, 진지하게 생각하잖아요."

이 사람이 그에 맞는 보답을 받고 있다는 생각은 들지 않는다.

"고양이를 엄청 좋아하지만 만지면 알레르기가 일어나고요."

자기 자신에게 주는 포상도 만끽하지 못한다.

"그런데도 어째서 이런 피곤한 일을 계속하는 거예요? 어떻게 그렇게 상냥한 그대로 있을 수 있나요?"

가타쿠라 씨는 고양이 머리를 갸웃댔다.

"그렇게 좋은 사람이 아닌데요? 저는 고양이 머리를 뒤집어쓰고 있으니까요."

그는 고양이 머리를 손가락으로 가리켰다. 무슨 대단한 대답이라도 해 줬다고 생각하나?

"저는 제 목적을 위해 취미로 하고 있을 뿐이에요. 지극히 단순한 이유죠."

텅 빈 스위트 포테이토 접시를 흘낏 보았다.

"손님 여러분이 모두 미소 짓는 순간을 생각할 뿐이고요."

뭐야, 역시. 좋은 사람이잖아.

"너무 빛이 나서 눈이 아플 정도예요. 완전 보살이야."

얼빠진 표정의 고양이 머리를 노려보았다. 가타쿠라 씨는 인형 탈 안에서 헤헤 하고 부끄러운 듯 웃으며, 빈 접시를 거둬 갔다. 나는 그 접시를 눈으로 좇았다.

"그렇다고 해도 예순여덟 번이나 스위트 포테이토를 굽다니, 진짜 집요하네요. 포기하고 신 메뉴는 다른 걸로 바꿔도 됐을 텐데."

접시를 정리하는 달그락거리는 소리가 났다.

"왜 그렇게까지 스위트 포테이토에 집착한 거예요?"

이렇게 물으니 가타쿠라 씨는 한순간 경직되었다가 삐거덕거리며 내 쪽으로 돌아섰다.

"마타타비 씨가 먹고 싶다고 말했잖아요……."

"네?"

듣고 보니 그렇게 말했던 것 같기도 하고.

"설마 그 한마디 때문에 만족할 때까지, 예순여덟 번이나, 카린한테 도움까지 받으면서 굽다니요."

가타쿠라 씨는 성실했다. 조금 실망한 듯이 고개를 숙인 가타쿠라 씨에게 미안함이 들었다. 하지만 한편으로는 그 성실함에 마음이 포근해졌다.

"가타쿠라 씨, 그 스위트 포테이토 시제품 아직 남아 있어요?"

가타쿠라 씨가 작게 대답했다.

"있어요. 엄청나게 많이 만들었으니까."

그는 작은 접시에 스위트 포테이토를 올려 나에게 건넸다. 부드러운 노란빛에 갈색으로 익은 부분이 적당히 어우러져 앙증맞았다.

"와, 잘 먹겠습니다!"

곧바로 입에 넣으니, 따끈따끈하고 폭신폭신해서 혀 위에 부드럽게 녹아들었다. 그 달콤함에 그만 넋이 나갔다. 재료의 단맛을 최대한으로 끌어낸 작품이다.

"뿌리채소가 맛있을 계절이네요."

도무지 표현할 말이 떠오르지 않아 무심결에 가타쿠라 씨의 말을 그대로 빌려 왔다.

희미하게 가게 안을 떠다니는 스위트 포테이토의 향기에 이동장 안에 있던 냐스케가 어느 틈엔가 일어나 코를 벌름거리고 있었다.

# 고양이 남자, 죽어 가다

"대체 무슨 일이에요!"

어느 수요일 저녁의 일이다. 회사에서 퇴근하던 도중 나는 카페 입구의 나무 아래에서 고꾸라져 있는 가타쿠라 씨를 발견했다.

땅바닥에 엎어져 있는 그는 앞치마를 걸친, 카페에서 일할 때의 모습이었지만 구두 한 짝이 벗겨진 채였다. 그러나 인형 탈은 그대로였다. 다리 주변에 접이식 사다리가 넘어져 있어 그가 거기에서 추락했음을 설명해 주었다.

"이렇게 추운 데 누워 있으면 감기 걸려요."

"그 목소리는 마타타비 씨인가요?"

엎드린 채로 가타쿠라 씨가 대답해 왔다.

"죄송하지만 손 좀 빌려 주세요……."

"괜찮아요? 왜 이런 꼴이에요."

쓰러진 가타쿠라 씨에게 손을 내밀자 가타쿠라 씨는 내 손을 꽉 잡고 비틀거리며 고양이 머리를 들어올렸다. 고양이 머리에서 파슬파슬 모래가 떨어졌다.

"고양이가 새 둥지에 장난을 치려고 해서 말리다가 사다리에서 떨어졌어요. 걱정 마세요. 고양이도 새 둥지도 무사하니까."

가타쿠라 씨는 조금씩 꿈지럭거리며 몸을 움직였다. 때때로 붙잡힌 손에 꽉 하고 힘이 들어갔다.

가타쿠라 씨의 손은 차가웠다. 손가락이 길고 손톱 모양이 예뻤다. 차갑기는 해도 언뜻언뜻 느껴지는 체온에 조금 두근거렸다.

"가타쿠라 씨는요? 다친 덴 없어요? 머리를 부딪치진 않았나요?"

"이 인형 탈이 헬멧 역할을 해서 충격을 흡수해 주었어요. 다만……."

고양이 머리에서 한숨이 새어 나왔다.

"허리를 삐끗한 건지…… 이 모양이네요."

"못 일어나겠어요? 구급차 부를까요?"

엎드린 그대로 굳어 있는 그에게 말하자 가타쿠라 씨는 설레설레 고개를 저었다.

"아뇨, 괜찮아요……."

"괜찮지 않잖아요."

잡히지 않은 왼손으로 가방 안에서 핸드폰을 찾았다. 가타쿠라 씨는 필사적으로 고개를 저었다.

"정말로 괜찮아요. 그만둬 주세요."

그의 입장에서 생각해 보았다. 하긴 새의 둥지를 지키려다가 고양이와 격투한 끝에 사다리에서 떨어진 고양이 탈을 쓴 남자가 이송되어 오면 비웃음을 살 만도 하다. 자칭 부끄럼쟁이인 가타쿠라 씨에게는 견디기 어려운 일일 것이다.

"알겠어요. 그럼 어디 쉴 수 있는 곳까지는 같이 가요."

잡혀 있던 손을 놓고 그의 겨드랑이 아래로 팔을 밀어 넣었다. 살짝 끌어당긴 후 영차하고 안아 올리자, 그의 머리가 자연스럽게 어깨에 기댄 자세가 되었다.

"아."

빰에 부드럽게 닿는 고양이 탈. 하마터면 앗, 보들보들해 하고 소리칠 뻔했다. 이대로 끌어안고 싶은 절묘한 감촉이었다.

"잠깐…… 멈추세요, 마타타비 씨. 여성에게 기댄다니, 그럴 수는……."

어깨에서 앓는 소리를 내는 가타쿠라 씨의 목소리에 퍼뜩 제정신으로 돌아왔다.

"얕보지 마시라고요. 회사에서 복사 용지 상자를 얼마나 들어 옮기는데요. 자, 이제 저한테 기대어 서 보세요."

"송구합니다, 정말. 그러면 실례할게요."

가타쿠라 씨가 비틀거리며 몸을 일으켰다. 양손이 내 어깨에 달라붙었다. 간지럽고, 따끈따끈하다. 어떻게든 일어나는 데 성공했지만 가타쿠라 씨는 변함없이 나에게 체중을 싣고 얼굴을 내 어깨에 파묻은 채였다. 빰에 부들부들한 털이 닿았다. 가타쿠라 씨는 필사적인데, 나는 태평하게 폭신폭신한 고양이 탈의 감촉을 실컷 만끽하고 말았다.

"어디 누울 만한 곳이 있나요?"

머리 위에서 굼뜨게 대답이 돌아왔다.

"가게 안쪽에 사무실이 있어요. 소파가 있으니까 거기까지만……."

그러고 나서 가타쿠라 씨의 손이 파드득 내 어깨에서 떨어졌다.

"자력으로 가겠습니다."

"무리예요."

딱 잘라 말했다.

"이럴 때 정도는 의지해 주세요. 자, 갈게요. 걸을 수 있나요?"

빙그르 자세를 바꿔, 가타쿠라 씨의 팔을 내 어깨에 둘렀다. 폭신폭신한 머리가 떨어져 버린 것이 조금 섭섭했다.

"자력으로 가겠습니다."

"말하면 좀 들어요. 허리를 차 버리기 전에."

억지로 어르고 달래서 가타쿠라 씨를 비틀비틀 걷게 했다. 키 차이 때문에 가타쿠라 씨의 허리가 딱 좋게 굽어져 편안한 자세를 유지할 수 있는 것 같았다. 가게 문을 여는 김에 문에 걸려 있던 'OPEN' 팻말을 'CLOSE'로 돌려 두었다.

"저기가 사무실입니다."

가게 안으로 들어서자 가타쿠라 씨는 구석에 있는 문을 가리켰다.

옅은 갈색의 벽에 동화되어 숨어 있는 문이었다. 가타쿠라 씨를 끌 듯이 걷게 해 문 앞으로 향했다. 원래는 스태프밖에 들어가지 못할 방이었다. 그런 곳에 일반 손님인 내가 들어가도 되는 걸까. 어쩐지 두근두근했다. 문을 열고 슬쩍 방 안을 들여다보았다.

사무실은 깨끗하게 정리되어 있었다. 방 한가운데에 낮은 테이블이 하나 있고, 벽에 딱 붙어 있는 작은 책장에는 장부나 레시피 북이 꽂혀 있었다. 그리고 역시 벽을 따라 두 사람이 앉을 수 있는 크기의 하얀 소파가 놓여 있었다.

"죄송해요, 마타타비 씨. 이걸로 이제 안심이네요."

가타쿠라 씨가 뭐라 뭐라 말을 했지만, 나는 그 자세 그대로 그를 끌고 와 소파에 앉혔다.

가타쿠라 씨가 털썩 소파 위로 쓰러졌다.

"친절도 하셔라."

"늘 신세를 지고 있으니까요. 이 정도쯤이야."

고양이 머리를 만지기도 했고. 마음속에서 웃음이 멈추질 않았다.

"이런 한심한 모습을 보여서 죄송합니다."

가타쿠라 씨는 소파 위에서 꾸벅 머리를 움직였다.

"괜찮아요. 폭신폭신한 고양이 탈을 꼭 안아 보고, 볼도 비벼서 행복……."

입 밖으로 뱉고 나니 정신이 들었다. 맞아, 나, 아까 가타쿠라 씨에게 가감 없이 찰싹 달라붙었지. 놀이공원의 마스코트인 양 끌어안아 버렸지만, 알맹이는 가타쿠라 씨였던 것이다. 갑자기 부끄러움이 밀려와, 휙휙 머리를 흔들어 털어 내려 했다. 그래서 뭐, 가타쿠라 씨인걸.

"이제 여기서 안정을 취하며 자연스럽게 낫기를 기다리겠어요."

"고양이가 아니잖아요. 제대로 병원을 가세요. 좀 움직일 수 있게 된 후라도 괜찮으니까. 제가 따로 도울 일이 있나요?"

"신경 쓰지 않으셔도 돼요. 마타타비 씨도 퇴근하던 중이셨잖아요?"

그는 아무래도 사람에게 기대는 법을 모르는 것 같다.

"가타쿠라 씨는 평소에 다른 사람들을 너무 받아 주기만 했어요."

나는 소파의 팔걸이에 걸터앉았다.

"그러니까 오늘은 반대로 누군가에게 도움을 받아 봐라 하고 이런 일이 생긴 거예요. 만약 신이 있다면 아마 그렇게 말하고 있을 거라고요."

"그런가요."

"이런 일 외에는 도움이 안 되겠지만, 심부름거리가 있다면 뭐든 말만 해요."

뒤집어 생각하면 가타쿠라 씨의 응석을 받아 줄 수 있는 건 이런 순간밖에 없을 것이다. 마침 그 자리에 있었을 뿐인데 그런 특권을 손에 넣은 나는 왠지 모를 우월감마저 느끼고 있었다.

"그러면 모처럼의 제안이니까 사양하지 않고…… 주방의 가스 불이 꺼져 있는지 보고 와 주실 수 있을까요. 껐을 테지만 걱정되니까 만일을 위해서요. 그리고 커피 메이커의 전원을 꺼 주시면 정말 감사하겠습니다."

신경 쓰지 말라고 했으면서 사실은 걱정이 많았던 듯했다.

"알겠어요, 보고 올게요."

방을 나와 카운터 주변과 주방을 확인했다. 불은 켜져 있지 않다. 커피 메이커의 전원은 터치 한 번으로 껐다.

곧장 가타쿠라 씨의 곁으로 돌아오니, 가타쿠라 씨는 표정이 없는 인형 탈을 문 쪽으로 돌린 채 얌전히 누워 있었다. 인형 탈에 모래가 그대로 달라붙어 있었다. 나는 인형 탈의 얼굴을 가볍게 탈탈 두드려 모래를 떨어트렸다.

"뭐 마실 거라도 드릴까요?"

"그러면…… 억지를 좀 부려도 될까요?"

모래가 떨어져 깨끗해진 고양이 얼굴이 빤히 나를 바라보았다.

"커피를, 마시고 싶어요."

중대한 사건이었다. 사람을 따르지 않는 고양이가 갑자기 애교를 부리는 것 같은 착각이 들었다. 알맹이는 나보다 훨씬 키가 큰 인간 남자인데, 잠깐이었지만 귀엽다고 생각해 버린 나 자신이 미웠다.

“맡겨 주세요! 아, 하지만 가타쿠라 씨가 만드는 퀄리티까지는 무리예요.”

“찬장에 인스턴트커피가 있어요. 그걸 여기 급수기의 뜨거운 물에 타 주시기만 하면 돼요.”

가타쿠라 씨가 힘없이 손끝으로 가리킨 곳에 찬장이 있었다. 분말형 인스턴트커피와 고양이 일러스트가 프린트된 머그 컵이 나란히 놓여 있는 것이 보였다.

“카페 주인에게 커피를 타 주다니, 허들이 너무 높아요.”

어쩐지 긴장됐다. 가타쿠라 씨의 개인적인 물건은 처음 본 듯했다.

“하하, 사실은 꿈이었어요.”

가타쿠라 씨가 작은 목소리로 말했다.

“회사원이 타 주는 커피를 마시는 거요. 뭔가 저도 회사원이 된 것 같은 느낌이 들잖아요.”

아무래도 그는 회사에 다닌 적이 없는 듯 했다. 꿈이었다는 둥 거창한 말을 들으니 더더욱 긴장해 버렸다.

“그렇게 대단한 것도 아니에요. 기대하지는 말아 주

세요.”

머그 컵에 인스턴트커피를 탈탈 넣고, 급수기에서 뜨거운 물을 받아 넣었다. 급수기의 물통이 보글보글 하고 회사에서 질리도록 들은 소리를 냈다.

“설탕이랑 커피 크림 넣을까요?”

“아니요. 아 맞아, 찬장에 컵 하나가 더 있으니까 마타타비 씨도 괜찮으시면 같이 드시죠. 셀프 서비스가 되어 버려 면목이 없지만요.”

가타쿠라 씨가 말한 대로, 찬장에는 접객용인 것 같은 깨끗한 커피 잔이 놓여 있었다. 배려심이 깊은 가타쿠라 씨가 나를 계속 신경 쓰는 게 조금 안쓰러워서, 나도 커피를 마시기로 했다.

컵에서 뭉게뭉게 김이 올라왔다. 고소하고 풍성한 커피 향기가 뺨을 살포시 훑고 지나갔다. 컵 두 개를 테이블에 내려놓았다.

“고맙습니다.”

가타쿠라 씨가 손을 뻗었다. 손에 쥔 머그를 누운 자세 그대로 얼굴로 가져갔다. 나도 컵을 쥔 채로 소파의 팔걸이에 앉아 그 모습을 빤히 관찰했다. 가타쿠라 씨의 머그가 인형 탈의 입언저리에 가까워졌다. 복슬복슬한 고양이의 입 속으로 컵이 빨려 들어갔다.

"아, 맛있네요."

"……거기로 마실 수 있는 거군요."

탈을 벗지 않으면 마실 수 없을 거라고 생각했는데.

가타쿠라 씨가 다시 한 모금, 머그를 기울였다.

"맛있어요. 현직 회사원의 커피. 마타타비 씨의 상사가 부럽네요."

"인스턴트커피 제조 회사의 실력이에요. 저는 따뜻한 물을 붓기만 했으니까요."

"뜨거운 물의 양이 절묘해요."

"그렇게 칭찬해 봐야 아무것도 안 나와요."

가타쿠라 씨의 과한 칭찬이 시작되려고 하기에 따끔하게 노려보았다. 그러자 가타쿠라 씨가 얼른 입을 다물었고, 나는 커피에 후후 입김을 불었다.

"하지만 저도 제 상사가 가타쿠라 씨였으면 좋겠다고 생각한 적 있어요."

가타쿠라 씨가 양손으로 머그 컵을 쥔 채로 느릿느릿 고개를 숙였다. 나는 커피를 한 모금 마시고 말했다.

"혹시 제가 회사를 그만두고 여기서 일하고 싶다 말하면 채용해 주시나요?"

"괜찮겠어요? 그 시점에서 마타타비 씨는 손님이 아니라 이곳이 직장이 되어 버리는데. 제가 직원에게 엄할지도 모르잖아요."

가타쿠라 씨가 되묻기에 상상해 보았다. 아무것도 떠오르지 않았다.

"상상이 안 가요. 저에게 엄하게 야단치는 가타쿠라 씨라니. 인스턴트커피를 탄 것만으로 찬양을 하려는 사람이면서."

물론 내가 알지 못하는 면도 많이 있을 테지만.

"그렇지만 가타쿠라 씨라면 그런 모습도 보고 싶다는 생각도 들어요."

"……직원 식사는 고양이 밥이에요."

가타쿠라 씨는 키득거리며 웃었다.

"윽, 매일 가쓰오부시 맛인가요."

"네, 그러니까 각오해 주세요."

상상이 잘 가지 않지만, 그런 일상도 의외로 괜찮을지도 모르겠다.

"그런 말씀을 하시는 걸 보면 일이 많이 힘드신가 봐요."

걱정하는 목소리로 가타쿠라 씨가 물었다.

"그런 건 아닌데요."

하하 웃자 잔 속의 커피가 미미하게 흔들렸다.

"가끔 왜 이런 일을 하고 있지 하는 생각이 들 때가 있어요. 나는 여기에서 필요한 사람인 걸까 하고. 내가 아니라도 대신할 사람은 얼마든지 있지 않나 싶고요."

오히려 나보다 훨씬 우수한 인재가 내 자리에 들어온다면, 하는 괜한 생각까지 떠올리고 만다.

"진심으로 퇴사를 생각하는 건 아니지만요. 혹시 언젠가 그런 날이 올지도 모르겠네요."

얼핏 책장의 빈자리에 놓인 액자가 눈에 들어왔다. 사진 안에는 익숙한 카페 카운터 안에서 커피를 내리는 남자가 찍혀 있었다. 인형 탈은 쓰고 있지 않다.

"잠깐, 가타쿠라 씨…… 방심하셨네요. 경솔한 거 아니에요?"

일어서서 액자 앞으로 다가갔다. 가까이서 보니 커피를 내리고 있는 사람은 백발이 성성한 초로의 남자였다.

"어라? 가타쿠라 씨 몇 살이에요?"

사진 속 남자가 나이 든 건 의외였다. 가타쿠라 씨가 힘겹게 상체를 세웠다.

"아, 그건 전 사장님이세요……. 아야."

"일어나지 마세요! 뭐야, 전 사장님이었구나."

하얀 와이셔츠에 조금 유행이 지난 조끼, 넥타이는 매지 않았다.

"구리하라 씨였던가요. 어떤 분이셨어요?"

"조금 완고하고 예스럽고, 정이 깊은 분이었어요. 과묵하고 차가워 보이는 인상이었지만, 카린이 오면 말없이 단밤을 내주셨고요. 아이를 좋아하셨던 거였는지도 모르겠네요."

말하자면 고집이 세고, 옛날 사람에, 무서운 인상, 어린아이 외에는 상냥하지 않다는 건가. 사진 속 구리하라 씨는 신경질적으로 미간에 주름을 잡고 있었다. 가능한 상사나 선배로 만나고 싶지 않았다. 그의 밑에서 일했다면, 가타쿠라 씨는 분명히…….

"무서웠나요?"

생각나는 것을 곧바로 물어보았다. 가타쿠라 씨는 헛

기침을 하고는 커피로 목을 축였다.

"그럴 리가요. 무섭다니."

"지금 누구한테 체면을 차리는 거죠? 무서웠나요?"

"……조금요."

그는 겸연쩍이 중얼거렸다. 인간적인 면을 목격한 것 같아 마음속으로 미소를 지었다.

"그만두고 싶었던 적은 없었나요?"

"있었죠. 매일같이요."

가타쿠라 씨가 꼼지락꼼지락 얼굴을 돌렸다. 내가 있는 쪽에서 눈을 돌려 낮은 테이블을 바라보고 있었다.

"설마 이 나이까지 여기에 있을 줄은 생각도 못 했어요."

"왜 그만두지 않았나요?"

"지인의 소개로 취직한 거라…… 그것보단 혼이 나고 무서워서 그만두는 한심한 꼴은 죽어도 보이고 싶지 않아서요."

이 사람은 때때로 지는 걸 싫어한다.

"게다가 고용해 주었다고 의식하고 있어서요."

그리고 매우 겸손하다.

"지금은 저를 혼내는 사람이 없지만, 저도 가끔은 카페에 나오는 게 내키지 않을 때도 있어요."

조금 놀랐다. 표정이 없는, 물론 인형 탈을 뒤집어쓴 탓이지만, 그래도 늘 한결같은 가타쿠라 씨에게도 그런 기분이 들 때가 있다니.

"그런 아침에는 손님들의 얼굴을 떠올려요."

가타쿠라 씨가 폭신폭신한 소파에 파묻힌 채 중얼중얼 말을 이었다.

"오늘은 누가 와 주실까, 어떤 일이 생길까……."

슬쩍 머리가 움직였다. 테이블에서 내 쪽으로 그의 시선이 움직였다.

"마타타비 씨는 와 주실까 하고."

인형 탈과 시선이 마주치자 허둥지둥 눈을 내리깔았다. 그런 말을 들으면 어떻게 반응해야 할지 모르겠다.

가타쿠라 씨가 쿡쿡대며 웃었다.

"아, 너무 떠들었네요. 마타타비 씨랑 있으면 늘 수다쟁이가 되어 버려요. 하지만 그게 제 즐거움이라서 일도 즐거워요."

"……그렇다니 다행이네요."

나는 커피 잔으로 시선을 내렸다. 까만 원이 형광등의 무기질적인 빛에 반짝거렸다.

"조금 더 힘내 볼게요. 회사에서 저를 필요로 하도록."

"이런. 자신의 인생이니까 억지로 버티지 않아도 돼요."

가타쿠라 씨는 다시 테이블 쪽으로 머리를 돌렸다.

"그만두고 싶어질 때도 있다고 생각해요. 그만두고 싶지만 그만두고 싶지 않을 때는 천천히 릴랙스해서 마음을 편히 가져 주세요. 그럴 때 부디 이 가게를 이용해 주시길 바라요."

"맞아요. 그럴게요."

"그럼에도 역시 그만두고 싶다고 결론을 내린 경우에는."

가타쿠라 씨는 거기까지 말하고 입을 다물었다.

그리고 그다음 말은 처음부터 없었다는 듯이 커피를 홀짝이기 시작했다.

"저기요, 애매한 데서 끊지 말아 주세요."

"이상인데요."

가타쿠라 씨가 시치미를 뗐다. 그냥 넘어갈 내가 아

니다.

“아니, 아니죠. 분명히 다음에 할 말이 있었잖아요.”

“주제넘은 소리를 하는 건 그만할래요.”

다음 말을 하는 것이 내키지 않는 건지 부끄러운 건지 알 수 없었지만, 가타쿠라 씨는 더 이상 말하지 않았다.

“정 말하고 싶지 않으면 됐어요.”

포기하고 후우 한숨을 쉬었다. 고양이 머리가 테이블을 바라보고 있었다.

조용하고 별일 없는, 그럼에도 어딘가 사랑스러운 시간이 느릿느릿 흘러갔다. 얼굴이 보이지 않는 가타쿠라 씨는 움직이지 않는 데다 입까지 다물어 버려서 자는지 깨어 있는지조차 알 수 없다.

문득 이 상황의 의미를 깨달았다. 이런 무방비한 가타쿠라 씨라면 고양이 머리를 벗길 절호의 찬스가 아닌가. 오직 지금뿐이다.

“죄송해요, 가타쿠라 씨. 가타쿠라 씨가 힘든 상황이라는 건 알고 있지만.”

소파에서 일어서 컵을 테이블에 내려놓았다. 뒤이어 몸을 테이블과 소파의 사이로 밀어 넣었다. 테이블을 바라보고 있던 가타쿠라 씨의 시선을 가렸다.

"잠시 실례할게요."

살금살금 가타쿠라 씨, 아니 고양이 머리의 볼에 두 손을 댔다. 폭신폭신하고 부드럽다.

"뭘 하실 생각이신가요?"

평소의 침착한 목소리가 인형 탈 안에서 흘러나왔다. 하지만 내 손을 떨쳐 내려고는 하지 않았다.

"오늘 가타쿠라 씨 힘든 일을 겪으셨잖아요."

인형 탈을 휙 하고 약간 위로 당겨 보았다.

"거기에 제가 인형 탈까지 강탈해 가면, 해도 해도 너무하다고 생각할 건가요?"

평소에는 인형 탈 때문에 보이지 않던 목덜미가 슬쩍 드러났다.

그 순간, 가슴이 철렁 내려앉았다.

"생각하죠."

가타쿠라 씨는 저항조차 할 수 없었지만 비장함이 흐르는 목소리로 말했다.

"마타타비 씨가 무방비 상태의 저를 그렇게 괴롭히신다니…… 생각조차 하기 싫으네요."

"네, 네, 죄송하게 됐어요."

나는 그의 인형 탈을 어깨까지 제대로 돌려놓았다.

"오늘은 가타쿠라 씨의 응석을 받아 주기로 약속했으니까, 단념해 드릴게요."

하지만 왜일까. 목덜미를 조금 본 것만으로 미안한 마음이 들었다. 마치 사춘기의 소년 소녀의 옷 갈아입는 모습을 우연히 목격한 것 같은 죄책감이었다. 목 같은 건 평범한 사람이라면 언제든 눈에 보이는 부분인데, 어째서 이런 배덕한 기분이 드는지.

"상냥하셔라. 과연 마타타비 씨. 칭송하지 않을 수 없네요. 이리 감사할 데가."

가타쿠라 씨가 담담한 말투로 까불거렸다. 이겼다 생각하고선 우쭐거리다니.

미안함이 한순간에 증발됐다.

"……그렇게 얌전히 물러날 줄 알았나요!"

와락 하고 소파에 뛰어올라 누워 있던 가타쿠라 씨에게 올라탔다. 가타쿠라 씨는 당황하기 시작했다.

"앗, 무슨……."

우두둑. 사람의 몸에서 났다기엔 무서운 소리가 들린

것은 그 순간이었다.

"아."

정신을 차리고 보니 나는 가타쿠라 씨의 아픈 허리에 온 체중을 싣고 있었다.

가타쿠라 씨는 소리라 부를 수도 없을 만큼 작은 소리를 내며 까무러쳤다. 이건 큰일이다.

"죄송해요! 제가 너무 막무가내였죠."

허둥지둥 소파에서 뛰어내리니 가타쿠라 씨가 벌떡 일어났다.

"엄청나게 아팠는데, 나았어요."

"네?"

"방금 받은 충격으로 어긋났던 관절이 제대로 맞춰진 것 같아요."

"거, 거짓말…… 그게 가능해요?"

가타쿠라 씨는 태연하게 일어나 소파 옆에서 가볍게 몸을 틀었다.

"마타타비 씨 덕분이에요. 감사합니다."

"어, 아니, 네, 천만에요."

아연해 있는 틈을 타 그가 휙 하고 방문을 열었다.

"계속 붙잡아 둬서 죄송해요. 배웅해 드릴게요."

"아니, 저는 됐으니까 아직 문을 연 병원에서 진찰을 받아 보세요."

아무 일도 없었던 듯이 움직이고 있지만 일단 병원에 가 줬으면 좋겠다.

"이제 다 나았어요."

"모르는 일이죠. 이상한 인형 탈을 쓴 채로 구급차에 실려 가도 괜찮다는 거라면 상관없지만."

"혹시 모르니까 병원에는 갈게요."

그렇게 겁을 주고 나서야 가타쿠라 씨는 겨우 말을 들었다.

가타쿠라 씨와 가게 밖으로 나오니 11월의 차가운 바람이 뺨을 간지럽혔다. 어두운 곳에 쓰러진 채로 있던 사다리, 날아간 가타쿠라 씨의 구두. 이미 완전히 해가 진 저녁이다. 겨울이 오고 있다.

"저기 마타타비 씨."

따뜻해 보이는 인형 탈이 말했다.

"걱정을 끼쳐서 죄송했어요. 오늘은 정말 감사합니다."

같은 말을 계속 듣자 어쩐지 낯간지러웠다.

"가타쿠라 씨에게 무슨 일이 생기면 카페가 쉬는 거잖아요. 그러면 제가 곤란하거든요."

차가워진 자전거 안장에 걸터앉아 귀갓길에 올랐다. 아득한 먹빛 하늘에 별이 흩뿌려져 있었다.

# 고양이 남자, 방해하다

"아, 마타타비 씨다!"

한겨울의 카페에 들어서자 정면에 있던 소녀가 나를 불렀다.

하늘하늘한 핑크 원피스에 새하얀 피코트. 스커트 자락 아래로 쭉 뻗은 날씬한 다리. 매끈매끈 새하얀 피부에 어깨까지 늘어트린 검은 머리를 빙글빙글 만 미소녀가 커다란 눈으로 나를 바라보고 있었다.

"으음, 안녕하세요."

인사를 하면서도 혼란스러웠다. 내가 마타타비 씨라고 불린다는 것을 알고 있는 소녀지만, 만난 적 없는 손님이었다. 처음 만난 사이일 텐데, 왜 인사하는 거지?

"모르시겠나요?"

여자아이는 후후 하고 웃었다. 설마 만나 적이 있나? 기억이 전혀 나지 않는다.

"마타타비 씨, 그 아이예요."

카운터 너머에서 가타쿠라 씨가 힌트를 던져 주었다.

"스위트 포테이토."

"아, 으응?"

가타쿠라 씨가 스위트 포테이토를 예순여덟 번이나 구웠을 때 찾아온, 실연당한 중학생.

아니, 그렇지만, 내가 만난 그 여자애는 여드름투성이에, 살짝 통통한 체형에, 머리 스타일도 신경 쓰지 않고, 스스로를 못난이라고 부르던 애였다.

"거, 거짓말! 정말 그때 그 애가 맞아?"

"응. 마타타비 씨가 충고해 준 대로 예뻐지려고 노력했어요. 다이어트도 열심히 했고, 세안에도 더 꼼꼼히 신경 썼고, 안경이 어울리지 않으니까 콘택트렌즈로 바꿨고."

향상심만 있다면 바뀔 수 있다고 말한 기억은 있지만,

설마 이렇게까지 변할 줄이야.

"대단하다! 정말 예뻐!"

"에헤헤, 마타타비 씨의 일갈 덕분이에요."

몽글몽글하게 웃는 얼굴은 괴로움으로 가득 찼던 이전과는 상상도 할 수 없을 만큼 사랑스러웠다.

"그때부터 저 열심히 예뻐져서, 마스터가 말하는 대로 한 번 더 그 애에게 고백했어요."

"오, 어떻게 됐어?"

"사귀기로 했어요!"

여자애가 부끄러워하며 웃었다. 이상하게 눈물이 나올 것 같았다.

"축하해! 열심히 했구나. 정말 노력한 거네."

잔뜩 칭찬해 주고 싶은데, 말문이 막혀 이런 말밖에 나오지 않았다. 그 애는 수줍어하면서 나와 가타쿠라 씨를 번갈아 보았다.

"예순여덟 번까지는 아니지만, 재도전하면 바뀌는 것도 있는 거였어요! 두 분에게 용기를 얻어서 힘을 낸 덕분이에요."

"그런, 나는 그냥……."

"등을 밀어 주셔서 감사해요. 마타타비 씨 덕분에, 지금의 제가 될 수 있었어요."

자신감이 넘치는 그 표정에 찬찬히 마음이 따뜻해지기 시작했다.

"저, 이제 겨우 알겠어요. 마타타비 씨랑 마스터가 저에게 가르쳐 주려 했던 것의 진짜 의미를요."

여자애는 머리카락을 귀 뒤로 넘기며 말했다.

"자기 자신을 사랑할 수 없다면 누구도 좋아해 주지 않는다는 거죠. 긍정적인 자세로 되고 싶은 자신이 될 수 있도록 노력해서 그렇게 행복을 하나씩 손에 넣어 가야 한다고요. 이제 알았어요."

여자아이는 자랑스레 미소 지었다.

"이러한 사정으로 오늘은 남자 친구 집에서 크리스마스 파티를 해요. 마스터의 수제 케이크 예약했어요. 이렇게 행복해진 건 그날 마타타비 씨가 있어 줬기 때문이에요. 정말로 감사했습니다!"

여자애는 나에게 꾸벅 허리를 숙이고, 하늘에 붕 뜬 듯한 걸음으로 가게를 나섰다.

기쁘기도 하고 놀랍기도 해서 멍한 얼굴로 굳은 채

서 있는 나에게 카운터 안쪽의 가타쿠라 씨가 말을 걸었다.

"마타타비 씨가 저 아이의 인생을 바꾼 거예요."

"그런 대단한 일은……."

"불과 몇 달 전의 그 아이는 예상도 하지 못했겠죠. 정말 좋아하는 사람과 크리스마스를 함께 보낸다니."

가타쿠라 씨의 온화한 목소리에 나는 점차 냉정을 되찾았다. 잠시 한숨 돌린 뒤 평소처럼 카운터석에 앉았다.

"그래요, 오늘이 크리스마스 이브였네요."

이 카페도 평소보다는 조금 들뜬 분위기로 카운터 구석에는 작은 크리스마스 트리 장식이 놓여 있었다.

"나는 올해도 평범하게 출근하고, 평범하게 퇴근해서 자는 게 끝인데."

중학생도 남자 친구와 크리스마스를 보낸다고 하는데, 나는.

"가타쿠라 씨, 케이크 주세요."

"후후, 크리스마스 한정 케이크와 일반 케이크가 있는데 어느 것으로 드릴까요?"

"크리스마스…… 아, 아니, 역시 그냥 일반으로. 초콜릿 케이크로요."

"알겠습니다."

온통 크리스마스로 난리다. 하지만 이 카페에서 조용한 시간을 보낼 수 있다면 그건 그것대로 괜찮으려나.

케이크와 함께 자주 주문하는 블렌드 커피를 부탁하고, 커피를 내리는 가타쿠라 씨를 바라보았다. 조용해서 마음이 놓인다.

"올해는 눈이 내릴까요?"

화이트 크리스마스라면 그 스위트 포테이토 여자아이의 크리스마스도 로맨틱하게 남지 않을까 하고 생각했다.

"여기는 기후가 온후해서 눈은 내리지 않아요."

가타쿠라 씨가 조심스럽게 부정했다. 그렇구나, 얼마간 도쿄에서 살았던 탓에 잊어버렸지만 시즈오카는 거의 눈이 내리지 않는 고장이었다.

"가타쿠라 씨는 크리스마스니까 하고, 순록 탈로 바꾸지는 않으시네요."

"작년에 혹평을 받아서요……."

아, 이미 했구나.

"뭐야. 보고 싶었는데. 가타쿠라 씨의 크리스마스 계획은요?"

사적인 이야기는 별로 하지 않는 가타쿠라 씨에게 구태여 물어보았다. 예상대로 그는 대답을 얼버무렸지만, 대신 카운터 너머에서 새된 목소리가 들렸다.

"크리스마스잖아? 매혹적인 여성과 데이트하는 게 당연하지!"

둘뿐이라고 생각했던 나는 깜짝 놀라 목소리가 들려온 곳을 보았다.

"카, 카린!"

카운터 너머에 놓인 작은 의자에 카린이 오도카니 자리 잡고 있었다.

"거기 있었어? 너무 조용해서 몰랐어."

"숙제 하고 있었어. 겨울 방학 숙제는 예상보다 많거든. 여기서 하면 풀다가 막힐 때 유즈 삼촌이 가르쳐 줘."

카린은 작은 의자에 앉아 무릎 위에 문제집을 올려 두고, 다리를 이리저리 흔들었다.

"겨울 방학인데 심심하다며 놀러 왔어요. 눈이 닿는 곳에 있어 주니까 안심이지만요."

가타쿠라 씨는 나에게 커피와 케이크를 내주면서 고양이 머리를 기울였다.

"죄송해요, 마타타비 씨. 모처럼 느긋하게 있고 싶은 시간에."

"아니요, 카린은 귀여운걸요. 카린이 있어도 오늘은 토끼 머리가 아니네요."

"네, 카린이 아무래도 상관없다고 일축해 버려서요."

"역시 카린. 맞는 말이네요."

하지만 신경 쓰이는 게 하나 있다.

"저기."

운은 뗐지만, 끝까지 묻진 못했다.

그는 얼굴조차 숨기는 사람이다. 사적인 일들을 캐물어서는 안 되겠지.

하지만 신경 쓰여. 데이트라니. 가타쿠라 씨가 데이트라니. 매혹적인 여성과 크리스마스 데이트. 그 모습을 상상해 보려 했지만, 고양이 탈을 뒤집어쓴 모습밖에 모르는 나에게는 도무지 그려 낼 수 없는 세계였다.

아니, 그래서 뭐. 가타쿠라 씨가 누구와 어떤 크리스마스를 보내든 자기 마음이잖아. 내가 신경 쓸 일이 아니야. 내가 신경 쓸 일이 아닐 텐데.

……뭘까, 이 가슴이 울컥거리는 느낌은.

"근사한 크리스마스가 되면 좋겠네요."

"아하하, 그러게요."

말끝에 약간 가시를 세워 봤지만, 가타쿠라 씨에게는 전혀 통하지 않았다. 그 대신 카린이 히죽 웃었다.

"마타타비 언니는 솔로지?"

"내버려 둬 주세요."

메롱하고 혀를 내밀자 카린은 더욱 히죽거리며 금세 문제집에 몰두하기 시작했다.

카린에게서 시선을 떼지 않고 곁눈질하며 초콜릿 케이크의 갈색 크림을 뒤적거리고 있자, 도어 벨이 댕그랑 댕그랑 울리며 손님이 온 것을 알렸다.

"어서오세요."

가타쿠라 씨가 인사를 건넸다.

바깥의 냉기를 몰고 들어온 그 남자와 눈이 마주친 순간, 나는 얼어붙고 말았다. 양복 차림에 짙은 녹색 모즈 코트. 훤칠하게 키가 크고, 그럭저럭 단정한 이목구비. 그 남자 역시 나를 보자마자 눈을 크게 뜬 채 굳어버렸다.

어째서 이 녀석이, 여기에.

"나쓰…… 미……."

목을 쥐어짜서 나온 목소리가 가냘팠다. 나는 눈을 피해 커피를 한 모금 마셨다.

"나쓰미 맞지?"

남자가 성큼 달려왔다. 남자를 감싼 공기가 차가워, 나까지 추워지기 시작했다.

"오랜만이야. 이런 데서 만날 줄은 몰랐어!"

정말로. 어째서 고향이랑 멀리 떨어진 이런 곳에, 이 사람이.

"죄송한데, 누구시죠?"

시치미를 뗐는데도 남자는 내 옆자리에 털썩 자리를 잡았다.

"설마 아직도 화가 안 풀렸어?"

"무슨 말씀인지 모르겠는데요."

"진짜 잊어버린 거야? 나잖아. 고등학교 때 같이 다

닌, 가키가와."

이름을 듣자마자 이 사람과 마지막으로 눈이 마주쳤던 순간이 뇌리에 떠올랐다.

내 친구의 허리에 손을 두른 채 힐끗 던진 차가운 시선. 친구였던 아이의 동정하는 듯 뽐내는 듯 복잡했던 표정.

불쾌함이 밀려 올라와 폭발했다.

"시끄러워. 기억하고 있다고."

퉁명스럽게 대꾸하자 가키가와는 실실 웃었다.

"뭐야…… 역시 잊지 못한 거잖아."

"어라, 마타타비 씨, 아는 분이신가요?"

가타쿠라 씨가 촐랑이는 목소리로 물으며 고개를 갸웃거리자, 가키가와는 카운터 너머를 올려다보고 가타쿠라 씨의 인형 탈에 흠칫거리며 어깨를 들썩였다.

"우앗! 뭐야, 이 가게."

"원래 이런 가게니까 트집 잡지 마."

곁눈질을 하면서 가키가와를 말렸다. 그는 다시 나에게로 몸을 돌렸다.

"뭐야, 꽤 사이 좋아 보이잖아. 이 인형 탈 쓴 녀석이 남자 친구야?"

"뭐? 너하고는 상관없잖아."

찌릿 노려보자 가키가와는 한순간 꿈틀거리며 미간에 주름을 잡았다가, 다시 실실 기분 나쁜 웃음을 지어 보였다.

"흐음, 있죠 고양이 오너. 나, 이 녀석의 전 남친."

"그런 일도 있었지."

싫은 건 아니다. 하지만 껄끄럽다. 그렇게 느끼는 건 나만인 걸까.

"오, 그러셨군요."

가타쿠라 씨는 마치 별세계에 있는 것처럼 평온한 목소리로 대응했다.

"주문은 어떻게 하시겠어요?"

정중하게 응대하는 가타쿠라 씨를 무시하고 가키가와는 나를 물고 늘어졌다.

"이제 두 번 다시 사랑 따윈 하지 않아! 라고 하지 않았어? 이제 그만둔 거야?"

"그만두지 않았어. 가타쿠라 씨랑은 아무 사이도 아니야. 너 때문에 나는 여지껏."

내 친구와 사귀기 시작하고 나를 버린 남자. 그때의 눈을 떠올리는 것만으로 구역질이 난다.

"뭐야, 진짜로 애인을 만들지 않은 거야? 너 가끔 그렇게 부담스러운 면이 있더라."

가키가와가 고개를 갸웃거렸다. 이 사람에게 그때의 일은 이 정도인 건가. 그렇군.

"아니면 뭐, 그런 일이 있었으니까 남자가 무서워서, 그런 건가?"

"아냐."

"그러면 나를 아직 잊지 못해서? 아직 좋아해?"

가키가와가 나의 등에 팔을 둘렀다. 오싹하고 등골에 소름이 끼쳤다.

"그, 그만둬."

"저 오너는 관계없다며. 그러면 뭐 좋지 않아? 나랑 있어도."

기분 나빠. 고등학생 때 자주 농담으로 주고받던 대화와 비슷했다. 반가운 마음이 없진 않지만, 지금은 그만했으면 좋겠다.

"그만해. 저기 어린애도 있으니까, 만지지 마."

"부끄러워하긴. 너 옛날부터 튕기면서 좋아했잖아."

찰싹. 가벼운 소리가 나고, 내 허리에서 가키가와의 손이 떨어졌다.

돌아보니 어느 틈엔가 카운터에서 나온 가타쿠라 씨가 가키가와의 손목을 쥐고 있었다.

"죄송합니다. 다른 손님에게 폐가 되니까요."

"뭐야, 이 고양이 새끼는……."

가키가와가 뱀 같은 눈초리로 가타쿠라 씨를 노려보았다.

"다른 손님이라니? 아무도 없잖아. 저 꼬맹이라면 네 친척이나 가족이겠지. 카운터 안에 있었으니까."

"그러니까 이쪽에 계신 손님께요."

가타쿠라 씨가 사뿐히 나에게로 손을 향했다.

"굉장히 귀찮아하시는 것 같아서요."

침착한 목소리였다. 하지만 가키가와의 손목을 잡은 가타쿠라 씨의 손이 파르르 떨고 있었다.

"이 분을 만지지 말아 주세요."

차분하게 가라앉아 있는데도, 깊고, 무겁고, 낮은 목소리였다. 가키가와가 멈칫했다.

"뭐야…… 좀 장난친 것뿐이잖아."

"그러셨나요. 이거 참 실례했습니다. 하지만,"

가타쿠라 씨는 아직 가키가와를 놔주지 않았다.

"농담에도 할 말이 있고 못 할 말이 있죠."

열이 뻗친 듯 가키가와가 벌떡 일어섰다.

"그딴 거나 뒤집어쓰고서 뭘 깔보듯 말하는 거야! 야, 그거 벗어."

가키가와는 잡히지 않은 오른손으로 고양이 탈의 귀를 확 잡아챘다. 고양이 머리가 흔들렸다.

심장이 멈출 뻔했다. 머리보다 먼저 몸이 앞섰다. 나는 가키가와의 팔에 덤벼들었다.

"사람 우습게 보는 건 너잖아!"

가키가와가 비틀거렸다. 가타쿠라 씨가 쓱 그의 손목을 놓아 주었다. 기가 막힌다는 듯 내 쪽을 돌아본 가키가와에게 나는 계속 쏘아붙였다.

"뭐 하러 온 건데! 이 이상 가게에 폐를 끼칠 거면 돌아가."

"뭐, 이딴 기분 나쁜 가게…… 네가 가지 말라고 해도 갈 거야."

가키가와가 낮은 목소리로 말하고, 가방을 챙긴 뒤 혀를 차면서 가게를 나갔다. 난폭하게 닫힌 문이 쾅 하고 비명을 질렀다.

카페가 다시 조용해졌다. 카린은 얼이 빠져 있었다.

"죄송해요, 가타쿠라 씨. 미안해, 카린."

사과하는 목소리는 나 자신이 놀랄 정도로 덜덜 떨렸다.

"저 때문에, 이런 일을 겪게 해서요."

"저야말로 죄송합니다. 이성을 잃었어요. 마타타비 씨가 잘못한 것은 없습니다."

가타쿠라 씨는 옆으로 돌아간 고양이 머리를 정면으로 획 돌렸다.

"모처럼 다시 만나신 건데 뭐라 사죄의 말씀을 드리면 좋을지."

평소의 가타쿠라 씨다. 온화하고 차분한 언행.

"죄송해요."

나는 다시 한번 사과하고, 의자에 털썩 주저앉았다. 가타쿠라 씨는 아무 일도 없었던 것처럼 카운터 안으로 돌아갔다. 카린은 아직 멍하니 입을 반쯤 벌린 채로 있었다.

"지금 그 사람 누구야? 무서운 사람이네?"

"무서운 사람은 아니야."

얼버무리기 위해 활짝 웃으며 말했다.

"미안해요. 크리스마스인데 불쾌한 일만 만들어서. 도대체 뭘까요. 왜 그 녀석이 이 마을에 있는 걸까요."

쓴웃음을 지은 뒤 커다랗게 한 수저 뜬 케이크를 입으로 가져갔다. 폭신하고 부드럽고 달콤했다. 그 맛은 과거의 실수와 다시 마주해 흐물흐물해진 심장을 상냥하게 치유해 주는 느낌이었다.

"맛있어."

툭, 감상을 흘렸다. 가타쿠라 씨는 아무 말도 하지 않았다.

말없이 케이크와 커피를 느릿느릿 입으로 밀어 넣었다. 숙제를 푸는 카린의 연필 소리가 들렸다.

기분 나쁜 녀석과 만나고 만 불쾌감과 함께, 그의 손을 떨쳐 낼 때의 가타쿠라 씨의 손이 떠올라 마음이 조여들었다.

'이 분을 만지지 말아 주세요.'

그렇게 말했을 때, 이 사람은 무슨 표정을 짓고 있었을까.

바보, 두근두근하지 마. 앞으로 매혹적인 여성과 데이트할 사람에게, 이런 감정을 가져서는 안 된다.

"잘 먹었습니다."

쥐어짜 낸 목소리는 금방이라도 사그라들 것처럼 떨렸다.

"또 놀러와."

카린의 귀여운 목소리가 들렸다.

문을 열자 바로 살을 에는 차가운 바람이 세차게 불었다. 자전거에 올라앉으니 공기가 너무 차서 귀가 아팠다.

크리스마스니까, 냐스케에게 간식이라도 사 주자. 바닥을 차고 상점가를 향해 페달을 밟았다.

크리스마스 선물로 새로운 고양이 낚싯대와 고양이용 마타타비 쿠키를 샀다. 가게를 나오니 밖은 어느새 깜깜해져 있었다. 휴대폰의 시계를 보니 벌써 시간은 8시 30분. 어두워질 만도 하다.

빨리 냐스케를 보고 싶어서 최단 경로를 생각했다. 분

명 공원을 가로지르면 해변가로 나갈 수 있었다.

작은 가로등빛으로 어슴푸레하게 밝혀진 공원에 들어섰다. 놀이터의 모래밭에는 만들어진 채로 방치된 모래 산이 봉긋하게 솟아 빛을 받고 있었다. 어두운 공원을 자전거로 달려 가로지르려던 그 순간이었다.

"나쓰미!"

어둠 속에서 나를 부르는 목소리가 들렸다. 브레이크를 잡고 목소리가 들려온 방향으로 고개를 돌리니 어두워서 잘 보이지 않았지만 키가 큰 그림자가 우두커니 서 있는 것을 알 수 있었다. 누구인지는 목소리로 알아보았다.

"역시 나쓰미였네. 닮았다고 생각해서 쫓아왔더니."

그림자가 내 쪽으로 가까워졌다. 가로등 빛이 짙은 녹색의 모즈 코트를 비췄다.

가키가와의 목소리는 예상 외로 차분했다.

"정말 미안해. 오랜만에 만나니 반가워서…… 예전처럼 편하게 대하면 나쓰미도 똑같이 대해 줄 거라 생각했어."

"그랬구나. 나도 대뜸 무시부터 해서 잘한 건 없으니

까. 미안. 그럼 안녕."

다시 자전거 페달을 밟으려 하자 그는 당황하며 달려와 내 앞을 가로막았다.

"야, 잠깐 기다려 봐. 모처럼 오랜만에 만났잖아. 잠깐 얘기 좀 해."

"추우니까 관두자."

"진짜 잠깐이면 되니까. 이젠 나쓰미의 연락처도 모르고, 지금이 아니면 영영 말할 수 없잖아."

집에 가고 싶었다. 하지만 가키가와의 눈을 보고 말았다.

"부탁이야. 이번엔 제대로 현실 도피하지 않고 진지하게 말할 테니까."

이 녀석의 이런 진지한 눈을 본 것이 오랜만이라, 뿌리칠 수 없었다.

"알았어. 나도 잘못한 것이 있으니까 제대로 이야기하자."

이 녀석도 나도 어른답게 행동해야만 하는 때가 온 것일지도 모른다.

자전거를 세우고 가로등 아래에 덩그러니 놓인 벤치

에 앉았다. 찬 공기를 맞은 의자는 선득하니 차가웠다. 올해는 눈을 보지 못했다. 그러고 보니 기후가 온후한 이 마을은 눈이 내리지 않는다고 가타쿠라 씨가 말한 적이 있다.

가키가와는 나에게 닿지 않도록 미묘하게 거리를 두고 앉은 뒤 입을 열었다.

"새삼스럽지만 사과할게. 정말로 미안해. 사실 조금 짜증이 났던 참이라 가게 주인한테 화풀이 한 거야."

"심기가 불편하다는 이유로 날뛰어도 되는 건 강아지까지야. 기억해 두라고."

"엄청난 말을 하네. 뭐, 네 그런 모습이 좋아서 고백했던 거지만."

가키가와가 웃었다. 그립네. 이 사람의 이런 웃는 얼굴을 좋아했다.

"나쓰미, 지금은 여기서 사는 거야?"

"응. 전근 왔어."

"흐음, 내가 다니는 회사는 도쿄인데, 여기는 오늘 우연히 출장 온 거야. 내일은 돌아가. 너와 만나서 정말 다행이야. 크리스마스의 기적일지도."

그가 장난스럽게 빙긋 웃었다. 이 표정, 좋아했었지. 왠지 모르게 눈을 피했다.

"기분 나쁜 농담은 하지 말아 줄래."

"하하, 까칠해!"

가키가와가 웃어넘겼다. 진지하게 이야기한다고 약속한 것에 비해, 대화를 나누는 말투는 고등학생 시절의 그것이었다.

부우우웅, 가키가와의 코트 주머니에서 이상한 소리가 났다.

"저기, 그런 일이 있은 후에 말하는 것도 좀 이상하지만."

가키가와의 목소리가 진지한 음색을 띠었다. 긴장되기 시작했다. 부우우웅. 코트 주머니에서 나는 소리는 계속 이어지고 있었다.

"나중에 어디든 같이 놀러 가지 않을래?"

음성이 귀로 들어오고, 뇌로 전해져, 이해될 때까지 상당히 시간이 걸렸다.

좀처럼 소화할 수 없는 말이어서 입이 막힌 그사이, 당황한 가키가와가 빠르게 말을 이었다.

"아니, 잘 표현할 순 없지만, 나 때문에 연애가 귀찮아지고 그대로 등한시하게 되면서, 지금처럼 되어 버린 거잖아. 너는 이제 나 같은 건 싫어할지도 모르겠지만, 나는 나름의 성의라고 할까, 조금은 괜찮아지면 좋겠단 말이야. 그러니까 가벼운 데이트…… 랄까, 그런 비슷한 느낌으로."

부웅. 코트 주머니에서 나던 소리가 멈췄다.

"무슨 소리야, 그게. 그런 충격 요법 필요 없거든. 됐으니까, 신경 쓰지 마."

농담으로 받아들이고 웃었다. 하지만 그의 목소리는 진지했다.

"내가 네 인생을 망가트린 거나 다름없으니까. 적어도 속죄 정도는 하려고."

"아니거든. 화난 것도 아니고, 미련으로 질질 끌고 있는 것도 아니야. 진짜 그냥 귀찮을 뿐이라고. 조금 고집이 생기긴 했는데, 그렇게 심각한 건 아니니까."

사실은 나도 알고 있었다. 고등학생 때의 사건은 지금 되돌아보면 별것 아닌 일이고, 트라우마라고 할 만한 일도 아니다. 단지 그걸 계기로 연애가 귀찮아졌을 뿐이고. 그 당시 이 사람을 내버려 두고 질리게 한 나도 조금은 잘못이 있지 않나, 그냥 그 정도로 생각하는 일이다.

"그보다는 아까 들른 카페에 제대로 사과하고 가. 상관없는 가게에서 날뛰어서 마스터도 곤란했고, 같이 있던 여자애도 무서워했다고."

카린이 겁먹은 것처럼 보이지는 않았지만, 이야기를 조금 부풀렸다. 가키가와가 으으 하고 앓는 소리를 냈다.

"잘못했다니까. 뭐랄까. 아내랑 싸워서 좀 짜증이 났었거든. 내일 꼭 사과하러 갈게."

그는 겸연쩍다는 듯 발밑으로 시선을 떨어트렸다. 힐끗 가키가와의 왼손을 보자, 약지에 결혼반지가 꼭 끼워져 있었다.

"아내……. 결혼했구나. 그게 놀라운걸."

"응. 뭐, 마이코인데."

마이코. 고등학생 시절 친구의 이름이다.

"그게 더 놀랍다. 십 년이나 계속되다니."

"아니, 헤어졌다가 재회하고, 다시 사귀고……. 아니, 뭐 그건 아무래도 좋잖아."

아무래도 좋은 게 아니잖아. 하지만 그렇구나. 마이코

는 잘 지내고 있구나. 그래, 그건 잘됐네.

그 생각은 목소리로 나오지 않고 새하얀 입김이 되어 공중에서 흩어졌다.

"그런데 결혼도 했으면서 나랑 놀러 갈 생각이었어? 미친 거 아냐?"

질렸다. 이래선 그 당시에 비해 전혀 나아진 게 없어. 나쁜 놈은 아니지만, 근본적으로 바보였다. 미련 따위는 애초부터 없었지만 완전히 질려 버렸다. 부우우웅. 다시 가키가와의 코트에서 진동음이 나기 시작했다.

"아니, 그러니까 잠깐만 내 얘기를 들어 봐!"

가키가와의 주먹이 내 머리를 쿡 눌렀다. 부우우웅. 진동음이 귀에 거슬렸다.

"있지, 아까부터 핸드폰으로 계속 전화가 오는 것 같은데."

일단 주의를 줬다. 가키가와는 주머니에 손을 밀어 넣고 슬쩍 화면을 살폈지만, 전화를 받지 않고 다시 주머니 속으로 핸드폰을 미끄러트렸다.

"중요한 전화는 아니야. 그런 것보다 실은 아내가 바람을 피우는 것 같아서."

가키가와가 진지한 얼굴이 되었다.

"크리스마스인데도 출장이라 미안하다고 사과하니까, 아무렇지도 않게 딱히 상관없다고, 따로 약속이 있다고 하는 거야."

"흐음."

"그래서 신경 쓰이니까 좀 추궁했거든. 그랬더니 아니, 내가 너도 아니고라잖아."

부웅. 다시 진동이 멈췄다.

"처음에는 서로 농담처럼 말했었는데, 점점 수위가 높아져서 부부 싸움까지 됐어. 화해도 하지 않았는데 출장일이 와 버렸고……."

"지금에 이르렀다는 거네. 마이코가 바람을 피우는 거라면 이쪽도 전 여친을 끌어들여 견제하려고. 그런 속셈이구나."

대강 앞질러 말하자 가키가와는 고개를 끄덕였다.

"맞아. 그리고 너랑 놀고 싶기도 하고, 좀 더 제대로 대화도 나누고 싶어."

부우우웅. 다시 코트에서 진동음이 울렸다. 시끄러워.

"나쓰미를 이용하는 것처럼 되어서 미안하긴 한

데…… 이걸로 네 연애 거절주의도 나을지도 모르잖아. 무엇보다 재미있게 해 줄 자신도 있으니까!"

가키가와가 한껏 멋진 척하는 얼굴로 정신 빠진 소리를 지껄여서, 참지 못하고 그만 웃음이 터져 버렸다.

"너 정말 머리가 비었구나? 진짜 미쳤어!"

"야, 웃지 마. 너한테도 나쁜 제안은 아닐 텐데."

부우우웅. 진동음이 거슬려서 견딜 수가 없었다.

"응. 진짜 모자란 머리로 열심히 생각했구나. 웃긴 이야기라고는 생각해."

나는 내 발끝으로 시선을 내렸다.

"하지만 절대 그러고 싶지는 않은데."

진동이 멈추지 않는다.

"너는 견제할 생각이더라도 마이코는 진심으로 슬퍼할지도 모르잖아."

"아니 하지만 먼저 바람피운 건 그 녀석 쪽이고……."

"제대로 이야기해 봤어?"

후드득. 지면을 발끝으로 차자, 알갱이가 큰 자갈들이 발에 차여 날아갔다.

"너는 옛날부터 다른 사람의 이야기는 듣지 않잖아.

마이코도 조심성도 요령도 없어서 오해받기 쉬운 화법으로 말하고. 부부 둘 다 바보니까 제대로 대화를 나누지 않으면 평생 서로 이해할 수 없을걸."

"너 진짜 사람 바보 취급하는구나."

"바보 취급을 하는 게 아니라, 바보라고 생각하는 것뿐이야."

부우우우웅. 핸드폰의 진동이 차가운 공기를 미약하게 흔들었다.

"나한테 미련이 남았다면 그냥 끊어. 나는 할 말은 하는 성격이니까. 너도 마이코도 바보라고 생각하고, 그런 말을 그 사람 앞에서 대놓고 하는 성격이 비뚤어진 여자야."

담담하게 말하고 있자니 추위가 묘하게 몸에 스며들었다. 가키가와는 입을 반쯤 벌린 채 눈썹을 찌푸렸다.

"허? 뭐야 그게, 자기 입으로 그렇게 말한다니 진짜 비뚤어졌네."

"응. 그러니까 나를 신경 쓸 필요는 없고 내버려 뒀으면 좋겠으니까, 그 시끄럽게 울리는 전화나 좀 어떻게 해 봐. 귀에 거슬려서 못 참겠으니까."

부우우우웅. 전화 오는 소리가 길었다. 언제까지 계속 걸 셈인지.

“아내를 견제하기 위해 바람을 피우는 척 같은 변변찮은 짓이나 벌이는 남자라니, 내 쪽에서 사절이야. 그리고 지금 자기가 해야 하는 일을 모르는 건지, 알면서도 도망치는 건지는 알 수 없지만, 그런 면도 그릇이 작다고 생각해. 그리고 그 가게 주인은 오너가 아니고 마스터라고 불러. 뭐, 명확한 구분은 아니고 뭐라 부르든 당사자는 신경 쓰지 않겠지만, 일단은 그래.”

“되게 잘난 척하네…… 왜 그렇게 깔보는 거 같은 시선으로 보는 건데.”

가키가와의 목소리에서 약간의 심통이 느껴졌다. 부우우웅. 휴대폰의 진동음은 그치질 않았다.

“틀린 걸 정정하려고 말하는 게 아니야. 그냥 내가 생각한 걸 말하는 것뿐이지. 내가 말하는 게 틀리다고 생각하면 듣지 않아도 괜찮은데, 전화는 좀 받아.”

가키가와가 다시 핸드폰을 힐끗 본 순간 화면의 불빛이 눈에 들어왔다.

화면에 표시된, 그리운 이름.

"이야기를 하고 싶을 거라 생각해. 개, 요령이 없고 머리는 나쁘지만 솔직한 애고, 너한테 제대로 말하고 싶은 게 있다고 생각해. 바람 같은 거 피우지 않았을지도 모르고, 피웠다고 해도 사과하고 싶은 걸지도 모르잖아."

진동음이 쓸쓸하게 가키가와를 부르고 있었다.

"틀림없이 네 목소리를 듣고 싶은 거야. 그러니까 받아 줘. 바보가 바보 나름대로 필사적이니까 헤아려 주라고, 멍청아."

"아니 아까부터 뭐냐고 그 잘난 척은. 내 제안은 완전 무시하는 거잖아. 기껏 생각해 줬더니."

가키가와의 목소리가 떨리고 있었다. 나로서는 그게 화가 났기 때문인지 추위 때문인지, 혹은 울음이 터질 것 같아서인지는 알 수 없었다.

"됐어, 이제. 모처럼 다시 친구로 돌아갈 수 있다 생각했더니. 그렇게 바보 취급을 당하면 미안함을 가졌던 내가 바보 같잖아."

"응, 그러니까 아까부터 말하고 있잖아. 바보라고."

불쌍한 녀석이다. 그렇게 사랑받고 있는데도 알아차리지 못하다니.

가키가와는 나를 한 번 노려본 뒤, 벤치에서 일어났다.
"잘 있어. 아마 이게 마지막이겠지."
"응, 안녕. 메리 크리스마스."
손을 흔들지도 않고, 눈을 마주치지도 않고, 나는 내 무릎에 시선을 고정한 채 말했다. 저벅저벅, 멀어지는 가키가와의 발소리만이 들려왔다. 지금 고개를 들면 분명 그 뒷모습을 보고 말 것이다. 지금의 나라면 봐도 괜찮을지 모르겠지만, 왠지 얼굴을 들 마음은 들지 않았다.
바보는 나다.
사실 조금은, 같이 가고 싶었던 주제에. 제대로 대화를 나누고, 과거의 일 따위는 깨끗하게 흘려보낼 찬스였는데.
진짜 바보는 나다.
"아아, 추워라."
하늘을 바라보며 중얼거렸다. 새카맣다. 빛이 적은 탓에 밤하늘의 별이 잔뜩 보였다.
"뒷맛이 쓰네. 집에 가야지. 냐스케를 보고 싶어. 마구 쓰다듬어야지."
작지 않은 소리로 하늘에 선언하며 기지개를 폈다. 저

벅저벅, 가키가와가 떠난 방향과는 정반대 쪽에서 다가오는 발소리가 들렸다.

"마타타비 씨."

귀로 들어오는 녹을 것처럼 달콤한 목소리. 가슴이 꽉 죄여서 대답조차 할 수 없었다.

"혼잣말이 너무 많잖아요. 여기, 앉아도 될까요?"

털썩. 목소리의 주인이 벤치에 앉았다. 오른쪽 어깨에서 희미한 체온을 느꼈다. 가슴이 죄이듯이 괴로웠다. 터질 것 같은 울음을 참으면서 슬쩍 옆을 흘겨봤는데, 비명이 터졌다.

순록이다.

이상할 정도로 목이 긴 기분 나쁘게 생긴 순록. 어깨높이는 나와 몇 센티미터 차이도 나지 않는데, 얼굴은 내 머리 위로 50센티미터나 위에 있다. 필요 이상으로 기다란 목 위에 달린 얼굴 중심에 보이는 것은, 둥글고 빨간 코.

"훌륭한 뿔이네요, 가타쿠라 씨."

"흠, 저라는 걸 잘도 알아차리셨네요. 평소랑 다른 얼굴인데."

"이런 일을 할 사람은 가타쿠라 씨밖에 없으니까요……."

과연, 이런 인형 탈이라면 작년에 혹평을 받은 게 이해가 갔다.

목 아래로는 갈색 더플코트와 짙은 녹색의 머플러. 평소 카페에서 보는 복장과는 다르지만 행동과 목소리만으로 충분히 알 수 있었다.

"저기, 이거요. 충동구매를 했는데요."

가타쿠라 씨는 무릎에 올려 둔 봉투에 버스럭거리며 손을 집어넣었다.

"괜찮으시면 같이 드실래요?"

봉투에서 나온 것은 모락모락 하얀 김을 뿜는 붕어빵이었다. 가타쿠라 씨는 붕어빵 가운데를 쩍 가른 뒤, 물었다.

"머리랑 꼬리 중에 어느 쪽이 좋아요?"

"으음, 그럼 머리로 할게요."

"네."

둥근 눈을 한 생선 머리가 내 앞으로 다가왔다.

"뜨거우니까 데지 않게 조심하세요."

“고맙습니다.”

손바닥 위로 붕어빵의 따끈따끈한 열기가 느껴졌다. 모락모락 올라오는 김이 시야 안으로 펼쳐진다.

“언제부터 있었어요?”

반쪽짜리 붕어빵을 바라보면서 묻자 가타쿠라 씨는 조금 틈을 두고서 대답했다.

“죄송해요. 엿들을 생각은 없었는데…… 그, 삼 분 전 정도일까요…….”

“뭐야. 그럼 나와서 쫓아 주면 좋았잖아요. 그 순록 탈을 쓰고 있으니 박력이 넘치는데요.”

삼 분 전이라면 내가 기분 나쁘게 가키가와를 내치던 즈음일까. 그렇구나, 가타쿠라 씨 다 들었겠구나. 뭐랄까 되돌릴 수 없는 실수를 한 심정이 되어 눈을 피했다.

붕어빵을 한 입 물었다. 부드러운 반죽이 입술에 닿았다. 가타쿠라 씨도 기묘한 인형 탈의 틈으로 붕어빵을 밀어 넣고, 우물우물하며 순록 머리를 흔들었다.

“가키가와 씨였나요. 가게에서 만났을 때, 감정적으로 행동해 버려서 죄송했어요. 반성하고 있습니다.”

붕어빵의 달콤한 팥소가 입안에서 녹아들었다. 카페

에서 벌어진 일을 다시 들먹이니 사레가 걸릴 것 같았다.

"마타타비 씨의 소중한 분이었는데, 정말로 실례되는 일을 저질러 버렸어요."

"전혀 그렇지 않아요. 그런 놈은 좀 더 잘근잘근 밟아 줘도 괜찮았다고요."

"또 그러신다. 무리하지 말아 주세요."

가타쿠라 씨한테는 들켰을지도 모른다. 가키가와가, 바보인 주제에 필사적으로 내 사정을 걱정해 준 것이, 아주 조금은 기뻤다는 걸. 만나서 대화를 나누니 그립고, 의외로 즐거웠다는 걸.

"진짜예요. 미련 같은 건 눈꼽만큼도 없으니까요."

가타쿠라 씨는 그렇군요라며 인형 탈을 통해 하얀 입김을 내뱉었다.

"괜한 참견이었네요. 실례했습니다. 단지 걱정됐어요. 마타타비 씨가 자기 자신을 너무 억누르는 게 아닌가. 스위트 포테이토 아가씨를 비롯해 모두를 행복하게 만드는 마타타비 씨가, 자신의 행복은 사양하고 있는 게 아닐까."

가슴이 철렁했다. 간파당한 것 같다.

"저는 마타타비 씨도 행복해지기를 바라요. 마타타비 씨의 인생이니까, 연애를 안 하는 것도 그 사람과 화해하는 것도, 전부 마타타비 씨의 마음이지만……. 자신을 속박하는 규칙 때문에 자기 자신을 괴롭히지 말아 줬으면 싶어요."

그가 말하고자 하는 바는 충분히 이해했다. 그 마음 씀씀이가 무척 기뻤다. 하지만 앞으로는 솔직하게 사랑할게요라는 말은 자존심이 용납하지 않아 입 밖으로 내지 못했다.

"그 자식을 다시 좋아하게 될 리가 없잖아요. 완전히 식었으니까. 어째서 그런 놈이랑 사귀었던 걸까요."

가타쿠라 씨 쪽으로는 눈도 돌리지 못했다. 자갈을 잘근잘근 밟는 신발을 바라보며 변명 같은 말만 주저리주저리 늘어놓았다. 스스로에게 각오를 들려 준다는 의미를 담아서.

"걔네들이 결혼한 거, 딱히 아니꼽게 생각하지는 않아요."

입 밖으로 토해지는 숨이 하얗다. 붕어빵의 김이 옅어지기 시작했다. 찬 공기에 서서히 식어 갔다.

단지 나를 배신해서까지 사귀었고, 결혼까지 했으니까 제대로 행복하게 살아 주지 않는다면 납득이 가지 않는다. 둘 다 바보긴 하지만, 함께 지냈을 때 즐거웠던 나날은 거짓이 아니었으니까.

제발 부탁이니, 행복하게 살아 줘. 나의 소중한 전 남자 친구와 친구야.

툭, 머리에 가벼운 충격이 느껴진 건 그 순간이었다.

가타쿠라 씨의 손이 내 머리에 올라왔다는 것을 알아차리기까지는 조금 시간이 필요했다.

"알고 있어요. 마타타비 씨가, 마타타비 씨 나름대로 상냥하다는 것 정도는."

심장이 멈췄다. 얼굴이 화악 빨개지고, 주변의 온도를 알 수 없어졌다.

손가락이 내 머리카락을 쓰다듬었다. 사락사락, 차가운 머리카락을 따뜻한 손이 다정하게 녹여 주었다.

머릿속은 뒤죽박죽에, 가슴은 죄이고, 온몸의 신경이 찌릿찌릿했다. 다디단 말과 머리카락을 쓰다듬는 커다란 손. 이 기분을 무슨 말로 표현하면 좋은 걸까.

"짜…… 짜증나! 순록남 주제에 무슨 짓이에요!"

"아, 실수. 화나게 했네요."

가타쿠라 씨의 손이 후다닥 멀어졌다.

"나중에 가타쿠라 씨가 바쁠 때 복수해 줄 거예요."

눈을 마주칠 수 없었다. 애초에 인형 탈을 쓴 그와 눈을 마주친다는 것 자체가 어려운 일이었지만, 우습지도 않은 인형 탈조차 똑바로 볼 수 없었다. 붕어빵을 씹어 삼키며 볼에 오른 열을 날려 보냈다.

"애초에…… 어째서 가타쿠라 씨가 이런 시간에 여기에 있는 거예요. 매혹적인 여성과 데이트하는 거 아니었어요? 제 상대를 할 시간 따위 없을 텐데요."

볼이 터지도록 붕어빵을 입에 넣으며 묻자 가타쿠라 씨는 고개를 갸웃거렸다.

"응? ……아, 그 말이군요. 차였어요."

자조하듯 웃으며 말을 이었다.

"차여 버려서 지금부터 가게에 깜빡한 걸 가지러 가는 참이었어요. 겸사겸사 마타타비 씨가 보고 싶어 하던 이 순록 탈도 가게에 두고 올까 싶어서."

"차였다니…… 정말로?"

그렇다면 내 이야기를 들어 줄 처지가 아닐 정도로

풀이 죽은 거 아닌가. 이제와서 일방적으로 떠든 것을 후회했다. 가타쿠라 씨는 담담히 이어 갔다.

"정말입니다. 선물을 사서 줬는데, 돌아가 버렸어요."

"그건…… 저기, 음, 뭐라 하지…… 안타깝네요."

괜찮은 말이 나오지 않았다. 무슨 말을 해 주면 좋을지 알 수 없었다. 언제나 카페에서 가타쿠라 씨가 하는 말을 듣고, 이런 때 사용할 위로의 말을 공부했을 텐데도, 막상 내가 위로해 줘야 할 처지가 되자 한마디도 떠오르는 말이 없었다. 말문이 막힌 나에게 가타쿠라 씨는 변함없이 차분한 어조로 이야기했다.

"괜찮아요. 그 애가 저를 물주 정도로밖에 생각하지 않는다는 건 알고 있었고, 부탁하지 않아도 선물은 살 생각이었으니까요."

"그런…… 그게 뭐예요, 너무 오냐오냐 받아 주는 거 아니에요?"

여자 보는 눈이 없어도 너무 없다. 보답받지도 못하는데 조공이나 바치고 있다니, 일편단심이라고 하기에도 불쌍하다. 그런데도 가타쿠라 씨는 괜찮다며 웃고만 있었다.

"선물을 같이 골라 준 것만으로도 고마운 일이죠. 초등학생인 여자애가 갖고 싶어 할 만한 건 본인이 가르쳐 주지 않으면 절대 알 수 없으니까요."

응?

"초등학생인 여자애?"

"네. 어라, 말 안 했나요? 매혹적인 여성이라는 건 카린이었는데요."

목소리도 나오지 않았다. 입을 벌린 채로 굳어 버렸다.

가타쿠라 씨는 인형 탈 안으로 꾸물꾸물 붕어빵을 흡입했다.

"초등학생들 사이에서 그런 게 유행이라네요. 컬러풀한 비즈나 자기 손으로 액세서리를 만드는 장난감. 하나 또 배웠어요."

뭐야 그게. 나는 분명 가타쿠라 씨와 나란히 걷는 아름다운 여성이 존재한다고 생각했건만. 틀림없이 성인 남녀의 데이트가 기다리고 있을 거라고.

그게 단지 조카를 보살피고 있었을 뿐이었다니…….

"바보…… 난 진짜 바보야."

"응? 왜 그래요?"

가타쿠라 씨는 이상하다는 듯 나를 바라보고 있었다. 완전히 착각에 빠졌던 어리석은 과거의 자신과 왠지 모르게 안심하고 있는 지금의 나, 양쪽 모두 원망스럽다.

갑자기 가타쿠라 씨가 뭔가를 떠올린 듯이 아 하고 탄성을 뱉었다.

"맞아. 이거."

무릎 위의 봉투를 다시 뒤적거리기 시작했다.

"괜찮으시다면 받아 주세요."

가타쿠라 씨는 봉투에서 스르르 상자 하나를 꺼냈다. 하얀 바탕에 금색으로 눈사람 모양이 새겨진 포장지에 싸여, 금색 리본이 달려 있었다.

"제가 드리는 크리스마스 선물입니다."

툭, 내 무릎 위로 상자가 놓였다. 가슴이 두근거린다.

"에, 그럴 수는……."

"냐스케가 가지고 놀지는 모르겠지만, 새로 나온 장난감이에요."

뭐야, 냐스케 거였구나…….

"사실 오늘 가게에 오셨을 때 드리려 했는데, 깜빡했지 뭐예요. 지금 여기서 만나 정말 다행이에요."

"감사합니다. 냐스케도 기뻐할 거라고 생각해요."

몇 센티미터 오른쪽의 온기가 몸을 상냥하게 몸을 데웠다. 머리를 쓰다듬어 준 손이 그리웠다. 가타쿠라 씨와 사이에 놓인 간격에 아쉬운 듯, 부끄러운 듯, 복잡한 기분이었다.

갑자기 사르르 하고 볼에 차가운 것이 스쳤다.

"비?"

고개를 드니 새카만 하늘에서 가늘고 하얀 것이 솔솔 내려오고 있었다.

"아니, 눈인가?"

온후한 이 고장에서 눈은 내리지 않을 터였다. 가타쿠라 씨가 벌떡 일어섰다.

"바람을 타고 날아온 눈이네요."

둥실둥실. 하얀 얼음 알갱이가 공중에서 춤을 췄다. 새까맣게 어두운 하늘에 하얀 낱알이 가로등 빛을 반사해 반짝반짝 빛났다.

"눈은 내리지 않지만 이렇게 추울 때는 가끔씩 바람을 타고 눈이 날아와요."

깃털 같은 얼음 알갱이에 시선을 빼앗겼다. 기억이 났

다. 다른 지방에서는 좀처럼 볼 수 없는, 바람을 타고 날아오는 눈.

동해 쪽에서 내린 폭설이 강바람을 타고 작은 알갱이로 변해 흘러들어 오는 것이다.

눈송이 하나가 내 손가락 위로 떨어졌다. 손에 닿자마자 녹아 사라져 흔적조차 남지 않았다.

"이렇게 바로 사라져 버리네요……."

닿는 순간 사라져 버린다.

이 얼마나 덧없고, 이 얼마나 아름다운지.

"이만 갈까요."

가타쿠라 씨가 툭 하고 자갈을 찼다.

"그럴까요, 날이 추워서 감기에 걸릴 수 있으니까요. 가요, 우리."

순록 머리를 향해 웃어 보였다.

가타쿠라 씨의 갈색 코트가 어둠에 물들어, 그 자신이 하얀 싸락눈의 배경으로 녹아들어 있었다.

## 고양이 남자, 사랑받다

올해 연말연시는 처음으로 냐스케와 함께하는 귀성이었다.

지금 사는 곳과 친가는 같은 현에 있긴 하지만, 가로로 긴 시즈오카현은 끝과 끝이 꽤 멀고 동과 서로 나뉘어 문화마저 다를 정도였다. 이동하는 내내 냐스케는 좁은 이동장에 있는 것이 답답한 듯 저기압이었지만, 막상 친가의 바닥에 내려놓자 친가에서 키우는 줄무늬 고양이 냥키치와 어울려 미닫이문의 장지를 뚫는 대형 사고를 저질러 주었다.

냐스케, 냥키치와 함께 고타쓰에서 녹진녹진하게 늘

어져 있는 사이 휴가는 순식간에 지나갔고, 나는 다시 아사기초로 돌아왔다. 새해를 맞이한 '카페 고양이 나무'의 문에는 서양식 건물에 어울리지 않는 금줄을 둘렀고, 카운터에는 작은 가가미모치가 장식되어 있었다. 가타쿠라 씨와의 맥락 없는 대화는 마치 친가에서 머물 때와 비슷한 안도감을 주어서, 매일같이 드나드는 나날이 반복되었다.

그리고 어느 틈엔가 1월이 지나고 날짜는 2월 중순으로 접어들고 있었다.

오늘은 오는 2월 최대 이벤트의 날. 아메쇼 지부장의 인기는 넘쳐났다.

아니, 아메쇼 지부장은 언제나 여자 사원들에게 인기가 있었지만, 오늘은 한층 더했다.

"지부장님, 늘 감사드려요. 해피 밸런타인."

미카가 애교 넘치는 목소리로 지부장에게 다가가는 것을 목격한 것은, 그날 저녁의 일이었다.

남자 사원들에게 주는 밸런타인데이 초콜릿은 여자 사원들 모두 조금씩 돈을 걸어 '모두로부터'라는 명목으로 전원에게 전달하는 것으로 합의했을 터였다. 하지만 이 회사에서 적극적이라고 일컫는 여자 사원들은 마음이 있는 남자 사원에게 건넬 특별한 다른 것을 준비해 온 듯했다.

젊고 수입도 안정된 지부장은 여자 사원들로부터 흔들리지 않는 지지를 받았고, 나는 그가 미카 외의 세 명의 여사원에게 초콜릿을 건네받는 것을 목격했다.

"고마워, 다카노 씨."

지부장도 자신의 인기를 자각하고 있기에 여유 넘치는 미소로 미카에게 선물을 받아 들었다. 몹시 흡족해하고 달콤한 기분에 젖은 것이 보였다.

"다카노 씨는 인기가 많을 것 같아."

"에이, 그렇지 않아요."

미카의 뒤집힌 목소리가 날아왔다. 평소와 캐릭터가 다르잖아 하고 입속에서 중얼거렸다.

꺅꺅거리며 붕붕 뜬 두 사람을 곁눈질하면서 퇴근할 준비를 했다. 물론 나에겐 이 회사에 특별한 사람 같은 건 존재하지 않는다.

"아리우라 씨는?"

"네?"

갑자기 지부장이 불러서 얼빠진 대답이 나왔다. 미카가 콧소리를 잔뜩 섞은 애교 넘치는 목소리로 도움의 손길을 내밀었다.

"아, 못 들었어? 남자 친구 없냐는 말이었어."

"없어요."

단호하게 대답하자 지부장이 흐응 하고 중얼거렸다.

"없구나."

"없어요."

"후보는?"

"……없습니다."

잠시 대답이 막혔다.

"지부장님, 나쓰미는 옛날부터 진심 초콜릿 같은 건 준비한 적 없고, 밸런타인데이 즈음에는 자기가 먹을 초콜릿을 사서 즐기는 타입이에요."

미카가 덧붙였다. 그런 거 한 적 없…… 아니, 있구나.

"비싼 초콜릿이 풀릴 시기라서 자기에게 선물을 주는 거죠."

싱긋 웃으며 말을 맞췄다. 지부장이 깔깔거렸다.

"밸런타인데이를 즐기는 법으로 여성스러움의 차이가 적나라하게 보이는걸."

그 발언, 흠잡을 데 없는 성희롱인데요.

하지만 지금 내가 해야 맡은 역할은 미카를 돋보이게 해 주는 것이니, 뭐 상관없나 하고 넘어갔다.

"먼저 실례하겠습니다."

돌아가자. 준비를 마친 뒤 가방을 들었다. 가방과 함께 작은 복숭아색 종이봉투를 손에 쥐고 빠른 걸음으로 사무실에서 도망쳤다.

남자 친구는 없습니다. 남자 친구 후보도 없습니다. 자신에게 줄 초콜릿을 산 것도 사실입니다.

하지만 주고 싶은 사람이 없다고는 말하지 않았어요.

이렇게 잔업을 피해 씩씩하게 자전거를 굴려 빠져나왔다. 목적지는 언제나 들르던 곳이다.

바퀴가 자그마한 돌멩이를 밟을 때마다, 자전거 바구니에 들어 있는 종이봉투와 가방이 덜컹덜컹 흔들렸다. 결코 고백용 초콜릿이라 말할 생각은 없지만, 평소에 신세를 진 사람에게 주는 의리 초콜릿이다. 그렇다, 의리.

회사에서 전달한 의리와 똑같은 것. 오히려 줘야만 하는 의무가 있다.

해안 도로로 나와 빨간 지붕을 향해 달렸다. 입에서 나오는 숨이 하얗다. 자전거로 바람을 가르자 차가운 공기가 몰려와 추웠다. 하지만 몸은 뜨거워졌다.

끼익. 브레이크를 잡아 삐걱거리는 소리를 내며 카페 앞에 자전거를 세웠다. 문에 손을 올린 채로 잠시 멈춰 섰다. 문을 여는 데 엄청난 용기가 필요했다. 일단 호흡을 정리하고, 있는 힘껏 손잡이를 당겼다. 자, 그럼.

"안녕하세요, 가타쿠라 씨……."

문을 열자 펼쳐진 광경에 절규했다.

이 많은 사람들은 대체 뭐지.

테이블도 카운터석도, 어디를 보나 손님으로 꽉꽉 차 있었다. 가타쿠라 씨를 말하자면, 카운터에서 나와 쟁반을 들고 바쁘게 이리저리 돌아다니고 있다. 평소처럼 손님의 이야기를 느긋하게 들을 여유조차 없어 보였다. 평상시의 한산하던 가게는 어디 가고 오늘은 만원사례. 이런 '고양이 나무'는 처음 보았다.

"어서 오세요, 마타타비 씨."

고양이 탈이 내 쪽으로 고개를 돌렸다. 말이 빨라지지도 않고, 극히 차분한 어조였다.

"바빠 보이시네요."

"네, 그러게요. 고양이 손이라도 빌리고 싶을 정도입니다."

가타쿠라 씨가 나를 자리에 안내하려고 하자 그보다 먼저 귀에 익은 목소리가 들려 왔다.

"마타타비 언니, 여기 비었어."

고개를 돌리니 카운터의 가장 구석진 곳에서 카린이 손을 흔들고 있었다. 나는 카린 옆의 빈자리에 앉았다.

"왜 하필 오늘 이렇게 문전성시인거야 하는 얼굴이네."

좋아하는 커피 우유를 마시며 카린이 빙긋이 웃었다.

"유즈 삼촌도 참. 인기 없는 고등학생 트리오한테 부탁받아서 쿠키를 구웠거든."

뒤를 돌아보자 신통치 않아 보이는 남자 고등학생 세 명이 테이블 자리를 차지하고 있었다. 왠지 모르게 그 세 명은 하나같이 여자 친구가 없을 것 같았다. 실례되는 생각이지만 첫눈에 그런 인상을 받았다. 카린은 그

세 명을 곁눈질로 보며 말을 이었다.

"그러더니 유즈 삼촌이 모처럼이라며 쿠키를 잔뜩 구워서, 손님에게 나눠 주는 서비스를 하고 있는 거야. 그것 때문에 엄청 사람이 몰려서 이 모양이라고."

"아아, 그래서……. 모두 가타쿠라 씨의 쿠키에 눈독을 들이고 온 거구나."

"응, 모름지기 사람이라면 공짜라는 말에는 약하니까. 그것도 유즈 삼촌이 구운 쿠키라면 맛도 보장되어 있으니 사람이 몰리는 것도 무리가 아니지."

카린은 초등학생 2학년답지 않게 유창하게 견해를 늘어놓으며 커피 우유를 마셨다.

테이블 자리의 남자 고등학생들은 고양이 모양 쿠키를 욕심껏 먹으며 한껏 고조된 상태였다.

"마스터, 나 예상했던 대로 마스터에게밖에 받지 못했어!"

"엄마한테 받은 게 있으니까 내가 좀 더 낫네."

"멍청아, 그건 노카운트야."

눈물 없이는 들을 수 없는 대화다. 남성인 가타쿠라 씨로부터, 심지어 조르고 졸라 받은 쿠키뿐이라니. 지부장처럼 인기 있는 사람이 있다면, 이렇게 가여운 아이들도 있다. 밸런타인데이는 잔혹하다.

"주문은 결정하셨나요?"

뒤에서 가타쿠라 씨의 목소리가 들렸다. 예상치 못하게 가까이 있었다.

"카페오레요."

"알겠습니다."

가타쿠라 씨는 카운터의 안쪽으로 들어서는가 싶으면 손님에게 호출을 받고, 들어서면 또 다시 다른 손님의 호출을 받고 나갔다가 카운터로 돌아갔다. 바빠 보이네. 이래서는 건네줄 타이밍이 영영 오지 않을 것 같아 종이봉투를 흘낏 본 뒤 작게 한숨을 쉬었다.

카린은 남고생들과 똑같은 고양이 모양 쿠키를 아작아작 갉아먹고 있었다.

"오늘 유즈 삼촌은 인기인이네, 선심을 턱턱 써서 그래. 이렇게 될 거라고 예상했어야지. 삼촌은 바보야."

초등학생 조카에게 바보 취급을 받고 있다. 딱하다.

"네, 마타타비 씨. 오래 기다리셨습니다."

어느 틈엔가 옆에 서 있던 바보 삼촌이 내 앞에서 카

페오레를 내밀었다. 카페오레 옆에는 고양이 모양 쿠키가 담긴 작은 봉투가 놓여 있었다.

"제가 드리는 밸런타인데이 선물입니다."

선수를 빼앗겼다.

"감사합니다. 저, 가타쿠라 씨……."

"마스터!"

뒤에서 날아온 새된 목소리가 내 목소리를 덮어 버렸다. 여자 고등학생이 네다섯, 무리를 지고 있었다.

"여기 초콜릿 줄게요. 늘 고마워요."

"나도!"

웅성웅성 다가서서, 각각 가타쿠라 씨에게 상자나 봉투를 내밀었다. 가타쿠라 씨가 휘청거리며 고양이 탈을 설레설레 저었다.

"죄송해요. 손님께 받을 수는 없……."

하지만 그런 말로 쉽게 물러날 여자 고등학생 군단이 아니다.

"딱딱한 말은 하지 말고! 마스터 덕분에 남자 친구랑 화해할 수 있었으니까."

"나도!"

"사랑해요, 마스터!"

여자 고등학생들은 꺄꺄 소란을 피우며 거절하는 가타쿠라 씨에게 귀엽게 포장된 초콜릿을 떠넘겼다. 가타쿠라 씨는 결국 마지못해, 양손에 버겁도록 선물을 받았다.

"감사합니다."

"그럼, 마스터 또 올게요!"

여고생 무리가 만족한 듯 가게에서 나갔다. 가타쿠라 씨는 그녀들을 배웅한 뒤, 품에 가득 찬 선물을 카운터 너머에 감춰 두었다.

"곤란한 일이네요."

"좀 더 기뻐하라고요…… 여고생들이 주는 거잖아요?"

나는 아저씨 같은 말을 하면서 카페오레를 한 모금 마셨다.

"맞아! 조금은 우리에게 양보해!"

뒤에서 남자 고등학생들이 지원 사격을 해 왔다. 가타쿠라 씨는 고개를 기울였다.

"물론 감사하죠. 정말 기쁩니다."

여고생에게도 선수를 빼앗겼다. 주변을 살폈다. 지금이라면 바쁜 건 일단락되었나.

"저기, 가타……."

"마스터 군, 안녕!"

내 목소리를 싹 지워 버리는 것처럼, 다시 새로운 손님이 들어왔다. 가타쿠라 씨가 응대하기 위해 멀어졌다. 사이 좋아 보이는 아주머니들이 트리오로 찾아왔다.

"이거 줄게! 우리 집 텃밭에서 딴 야채. 그리고 남편이 낚아 온 생선. 그리고 이건 초콜릿. 직접 만들었어."

"감사합니다."

벽으로 내몰려 받지 않을 수 없어 보였다. 가타쿠라 씨가 그녀들의 초콜릿을 받아 들자, 세 명 모두 기분 좋은 듯 웃으며 가타쿠라 씨의 어깨를 툭툭 쳤다.

"네 덕분에 남편이랑 잘 해결됐어."

"우리 집도 원만해."

"그건 다행이네요."

아주머니 트리오가 자리에 앉자, 이번에는 엄마와 함께 온 유치원생이 들어와, 가타쿠라 씨는 그 아이에게서도 초콜릿을 받았다.

"마스터, 이거 줄게."

"아이쿠, 감사합니다."

"마스터! 여기도!"

부르는 소리에 가타쿠라 씨가 뒤를 돌아보자, 예의 인기 없는 남자 고등학생 세 명이 바짝 다가섰다.

"마스터의 쿠키 맛있었어! 결혼해 줘!"

"그건 좀 생각해 봐야 할 것 같네요."

결국 남자에게까지 초콜릿을 받아 버렸다. 남녀노소를 불문한 인기였다. 아메쇼 지부장이라도 혀를 내두를 정도다.

"마타타비 언니."

카린이 옷소매를 잡아당겼다.

"아까부터 무슨 말을 하고 싶어하는 거 같네."

"아, 그게…… 응. 그렇지만 가타쿠라 씨도 바쁜 거 같고, 나는 나중에 말해도 돼."

"양보 안 해도 되는데, 마타타비 언니도 손님이니까. 유즈 삼촌은 부르면 올 텐데. 내가 부를까?"

카린은 양손으로 컵을 들고 입으로 가져갔다.

"아니야, 됐어. 정말로 괜찮으니까."

가타쿠라 씨는 이번엔 중학생으로 보이는 여자애에게 과자를 받았다. 과자가 앞치마 주머니에 꽂혀서 당황하고 있다.

“이 사람들 가타쿠라 씨의 무료 나눔 쿠키를 위해 모인 게 아니네.”

카린에게 중얼거리듯이 말했다.

“가타쿠라 씨에게 감사 인사를 하고 싶어서 온, 그런 의리가 있는 사람들이라고 생각해.”

원래 ‘의리 초코릿’이라는 것은, 분명 그런 의미가 담겨 있는 것일 테다.

“이만큼이나 인망이 있다는 거네. 마을 사람들 모두에게 사랑받고.”

저 사람은 그런 사람이다. 누구에게나 빠짐없이 다정하다. 그 다정함을 이런 때에 돌려받는 것이겠지.

카린은 흐응하고 콧소리를 냈다.

“그런가. 뭐, 진심으로 주는 건 없어 보이니까, 어떤 의미론 불쌍한 사람이야.”

어린아이는 가감 없이 말하니까 잔혹하다. 나는 쓴웃음을 지으며 가타쿠라 씨를 변호했다.

"에이, 가타쿠라 씨는 그런 사람인 거야. 저 사람은 놀이동산의 마스코트 같은 존재라서 모두의 존재 같은 것 아냐?"

"그러네. 저 안에 든 사람에게 신경 써 주는 건 마타타비 언니 정도고. 모두 유즈 삼촌을 마스터라고 부르는데, 마타타비 언니만 가타쿠라 씨라고 부르잖아. 무슨 이유가 있는 거야?"

역시 카린. 그런 걸 알아차릴 줄이야.

"이유 같은 건 없어. 그냥 왠지 모르게 그렇게 되네."

캐물으면 귀찮아지니까 적당하게 얼버무렸다.

카린과 이야기하고 있는 사이에도 가타쿠라 씨는 분주하게 일하고 있었다. 그 모습이 너무나 바빠 보여서, 말을 거는 것이 미안할 정도였다.

"……역시 카린의 힘을 좀 빌려 볼까."

"응? 좋아. 유즈 삼……"

"아, 부르지 않아도 괜찮아."

카린을 제지하고 나는 복숭아색 봉투를 가슴 높이까지 들어올렸다.

"영업 시간 끝난 뒤에라도 괜찮으니까, 이거 가타쿠

라 씨에게 전해 줄래?"

"우와아."

카린은 감격하면서 일단 받아들었지만, 곧장 나에게 돌려주었다.

"그만두는 게 좋을 걸. 유즈 삼촌은 바보라서 이런 거에 엄청 기뻐할 거야."

"아니, 그냥 의리니까."

다시 한번, 카린에게 종이봉투를 떠넘겼다. 바로 돌아왔다.

"의리라도 기뻐할 거라니까. 실제로 지금 모두에게 이것저것 받아서 잔뜩 들떴잖아."

가타쿠라 씨를 힐끗 훔쳐보았다. 딱히 들뜬 것처럼 보이지는 않았다.

"어디로 봐서?"

"모르는 건가. 포커페이스일 뿐이지, 엄청 기뻐하고 있다고."

포커페이스랄까, 그냥 인형 탈 때문에 표정을 모르겠는 거잖아.

"카린은 계속 삼촌을 봤으니까 알아보지만, 네 삼촌

은 걸핏하면 아무거나 기뻐하는 성격이란 말이야. 뭐든지 좋은 방향으로 받아들이니까."

"하긴, 엄청 긍정적이지."

"그렇다니까. 그러니까 언제 만나더라도 기분이 좋은 상태라고."

카린이 쿠키를 베어 물었다.

"그러니까 섣부르게 먹이를 주면 안 돼."

가타쿠라 씨는 초등학생에게 완벽하게 바보 취급을 받고 있다.

"그럼 카린, 이거 부탁할게."

재차 종이봉투를 카린에게 떠안겼다. 카린은 커피 우유를 뿜을 뻔했지만, 실제로 뿜지는 않았다.

"내 말 제대로 들었어?"

"제대로 들었는데, 기뻐해 준다면 목적 달성인걸."

"흐음…… 용기 있네."

카린이 샐쭉 입꼬리를 들어올렸다.

"유즈 삼촌, 다음 달에 줄 보답에 엄청 공들일걸? 신나서 거대한 케이크를 구워 버릴지도 몰라. 양동이에 파르페 같은 걸 만들지도 모른다고?"

“이미 쿠키도 받았으니까. 이건 그 보답도 겸해서야. 손님도 붐비고 계속 내가 자리를 차지하고 있을 순 없잖아. 회전도 안 되고. 카린은 이걸 전해 주기만 하면 되니까.”

카린의 무릎에 종이봉투를 내려놓고, 나는 쿠키를 베어 물었다. 코코아의 풍미가 부드럽게 입안에서 퍼져 나갔다. 달콤하고, 촉촉하고, 다정해서 행복해졌다. 하지만 둘러보면, 다른 손님들도 모두 받았다. 이건 나만을 위한 특별한 쿠키가 아니라는 현실을 새삼스럽게 받아들였다.

카린이 뾰로통한 얼굴로 봉투를 돌려주었다.

“진짜 싫어. 나까지 휘말리게 하지 마. 저 바보 삼촌이 잔뜩 들뜨면 어떡하냐고.”

“카린…… 계속 그러면 언니 울지도 몰라…….”

테이블에 엎드려 비련함을 연기했다. 카린은 한숨을 쉬었다.

“어쩔 수 없네…… 알았어.”

우는 척하는 한심한 어른을 도무지 눈 뜨고 볼 수 없어서였을까. 카린은 결국 고개를 끄덕여 주었다. 눈물

작전으로 목표를 달성한 나는 종이봉투를 카린의 손에 쥐여 주었다.

"고마워. 마타타비 씨가 고마워요라 말했다고 전해 줘."

나는 카린에게 종이봉투를 떠넘긴 뒤 바로 카페에서 나왔다. 계산을 할 때도 손님들이 끊임없이 들어와, 가타쿠라 씨가 나를 제대로 상대할 여유 같은 건 없었다. 카린에게 부탁한 것이 정답이었다.

집으로 향하는 길, 자전거의 페달을 밟으면서 생각했다. 이걸로 된 거다.

다른 손님들과 똑같이 취급하지 말아 줬으면 한다든가, 조금이라도 특별하게 봐 줬으면 한다든가 하는 건 뻔뻔한 생각이다. 그 고양이 머리는 마을 사람들에게 사랑받는 마스코트 같은 존재이고, 홀로 독차지해서는 안 될 사람이었던 것이다.

2월의 바람이 용서 없이 가슴속을 파고들었다. 바다에서 불어 오는 바람이 얼음처럼 차가워, 안장에서 엉덩이를 뗀 채 페달을 밟으며 귀가를 서둘렀다.

처음 보는 번호로 전화가 걸려온 것은 그로부터 몇 시간 뒤의 일이었다.

느긋하게 텔레비전을 보는 휴식 시간을 휴대폰의 요란한 벨소리가 방해했다. 등록되지 않은 번호였기 때문에 무시할까도 생각했지만, 그 순간에는 왠지 모르게 받고 싶었다.

"여보세요."

뒹굴거리고 있던 탓에 이상하게 낮은 목소리가 나왔다. 전화 상대는 발랄하게 말했다.

"안녕하세요."

들은 기억이 있는 목소리다.

"안녕하세요."

일단 대답을 해 보았다. 누구였더라.

아무렇게나 뻗은 다리에 냐스케가 몸을 비벼 왔다. 냥 하고 울며 애교를 부리는 그 녀석의 얼굴을 보자, 머릿속에서 무언가 팍 떠올랐다.

"가타쿠라 씨?"

"아, 핸드폰으로 전화 드린 건 처음이네요."

가타쿠라 씨는 즐거운 듯 웃고 있다. 나는 얼결에 자

세를 바로 하고 빠르게 말했다.

"맞아요. 처음에 준 연락처는 카페 번호였잖아요."

핸드폰 번호 같은 것도 몰라서 냐스케의 사진을 보내는 것조차 어려웠다. 전화를 걸었다는 건, 지금은 인형 탈을 벗고 있다는 건가. 그런 실없는 생각을 했다.

"무슨 일이세요. 전화를 다 하시고."

바로 본론에 들어갔다. 어쩌면 카린이 대신 건네주었을 종이봉투에 감사 인사를 하기 위함일까? 가타쿠라 씨는 전화 너머에서 쓴웃음을 지었다.

"두고 가신 물건이 있어요. 이거, 오늘이 아니면 곤란한 선물이지 않나요?"

냐스케와 눈을 마주쳤다. 내가 뭘 두고 온 거지.

"카린이 기억하고 있었어요. 이 종이봉투, 마타타비 언니가 소중하게 가지고 있었다고."

그 녀석! 내 부탁을 까먹었다고는 생각되지 않았다. 분명 일부러 한 짓이다.

가타쿠라 씨는 즐거워하며 말을 이었다.

"의외네요. 마타타비 씨 같은 분이 위대한 사제의 처형일에 들떠서 얼이 빠지다니."

"저도 여자 사람인걸요. 이벤트에는 참가한다고요. 그보단 오늘 그 누구보다 들떠서 얼빠진 사람에게는 그런 말 듣고 싶지 않아요."

눈앞에 없는 가타쿠라 씨에게 토라졌다. 가타쿠라 씨는 후후후 웃더니 갑자기 진지한 목소리로 말했다.

"이렇게 중요한 걸 잊어버리셔서 당황하진 않으셨나요?"

"전혀요. 당황하지 않았는데요."

나는 초등학생에게 인생의 가르침을 받은 것 같았다.

자신이 할 일은 자신의 힘으로 해결해라. 카린이 보내는 메시지일 테다.

"그거 가타쿠라 씨에게 줄 선물이에요."

자연스럽게 말하려 했다. 약간 말끝이 떨린 것 같기도 하지만, 틀림없이 자연스러웠을 거다.

한순간, 침묵이 흘렀다.

"네?"

가타쿠라 씨가 작게 목소리를 흘렸다. 다시 한번 말해야 할 듯했다.

"그러니까 가타쿠라 씨에게 주려고 한 거예요. 받아

주세요."

"세상에."

가타쿠라 씨는 평범하게 감탄했다. 정말로 내가 밸런타인데이에 흥미가 없는 여자라고 생각했던 것 같다. 허둥지둥 말을 덧붙였다.

"의리니까요! 그, 그거잖아요. 평소에 신세도 지고 있고, 오늘만 해도 쿠키를 받았고, 냐스케의 일이라든가, 여러 가지, 그런 걸 포함한 의리니까요. 저는 의리 있는 사람이라고요."

"하하, 괜찮아요. 알고 있어요. 고맙습니다."

가타쿠라 씨의 목소리는 평소 카페에서 듣는 것과 별반 다를 것 없이 똑같았다.

"아시면 됐어요."

그에 대꾸하는 나는 스스로조차 놀랄 만큼 기어들어가는 목소리였다.

"사실은."

목소리가 갈라졌다. 이대로 사라져 버릴 것 같았다.

"얼굴을 보고 제대로 말하고 싶었던 게 잔뜩 있었어요."

가타쿠라 씨가 바빠 보인다는 이유로 나 자신에게 핑계를 대고, 직접 말하지 않고 도망쳤을 뿐이다.

"전화로라면 어떻게든 말할 수 있을 것 같은데…… 괜찮을까요."

"네, 그럼요. 말씀해 주세요."

가타쿠라 씨는 침착하게 대응했다. 나는 무릎을 끌어안았다. 냐스케가 앞발을 이마에 비비며 얼굴을 씻고 있었다.

"그 종이봉투 안을 봐 주실 수 있나요."

"열어도 되나요?"

"열어 주세요."

부스럭부스럭. 종이가 구겨지는 소리가 났다. 와 하고 가타쿠라 씨의 폭신폭신한 감탄사가 들려왔다.

"귀여운 고양이님이네요."

잡화점에서 발견한 냐스케와 똑 닮은 고양이 모형이었다. 기뻐해 주는 걸까.

"처음에는 초콜릿으로 할 생각이었는데요. 디저트로는 가타쿠라 씨에게 이길 수 없을 것 같아서, 알레르기 걱정 없는 냐스케입니다. 카페에 데리고 가는 것도 좀처럼 기회가 나질 않으니까요."

"냐스케랑 똑같네요. 정말 귀여워요."

귀엽다는 말만 연발하는 가타쿠라 씨에 나도 모르게 마음이 노곤노곤 풀어졌다.

"있잖아요, 가타쿠라 씨, 처음 만난 날 기억하세요?"

"물론이죠. 상처 입은 마타타비 씨가 정신없이 울면서 오셨잖아요."

나도 그날을 떠올리며 말을 이었다.

"그저께, 맛있는 초콜릿을 찾아봤어요. 비싼 초콜릿이 풀릴 시기니까, 맛을 본 다음에 가장 맛있는 초콜릿을 가타쿠라 씨에게 주고 싶다고 생각해서요."

몸을 비벼 오는 냐스케를 쓰다듬으면서 조금씩 속마음을 털어놓았다.

"하지만 아무리 먹어 봐도 이거다 싶은 게 없었어요. 제가 지금까지 먹은 초콜릿 중 가장 맛있는 초콜릿을 뛰어넘는 게 나오질 않았거든요."

가타쿠라 씨는 조용히 이야기를 듣고만 있었다.

"그날 가타쿠라 씨에게 받은 초콜릿보다 맛있는 초콜릿이 어디에도 없는 거예요."

달콤하고, 다정하고, 혀가 녹을 것 같은, 그날의 초콜릿이 잊히질 않는다.

"역시 디저트로는 가타쿠라 씨에게 이길 수가 없는데, 그렇다고 그런 장식품 하나에 담길 마음이 아니니까요. 하지만 막상 말로 하려고 해도 어떻게 표현하면 좋을지 모르겠어요. 감사함인지 무엇인지, 저 자신도 잘 모르겠으니까요. 어쨌든 도무지 갈무리되지 않는 마음이 넘쳐흘러서, 그치질 않아요."

수화기에 끊임없이 생각나는 대로 말을 밀어 넣었다.

가타쿠라 씨는 침묵을 지키고 있다. 나도 거기서 목이 잠겼다. 굉장히 부끄러운 말을 뱉고 만 자신을 더 이상 견딜 수 없었다.

"……라고, 냐스케가! 말하고 있어요!"

내 쪽을 멍하니 보고 있던 냐스케에게 책임을 전부 떠넘겼다.

"아, 이거 다 냐스케가 하는 말이에요! 냐스케가 가타쿠라 씨를 정말 좋아한다고! 집사가 늘 신세 지고 있다고! 감사 인사를 하고 싶으니까 내 분신을 준다냥!이라고 하네요! 반 정도는 제가 드리는 말씀이지만."

냐스케의 목을 조물조물 쓰다듬으며 필사적으로 이성을 유지했다. 전화로 이야기한다고 방심한 나머지 너무 떠들고 말았다. 부끄러워서 정신을 잃을 것 같다.

가타쿠라 씨는 그때까지 입을 다물고 있다가, 마침내 진지한 목소리로 대답했다

"아니…… 통화라 다행이네요. 만약 이 자리에 있었다면 덜컥 껴안을 뻔했어요."

심장이 멈춘 것 같았다.

"냐스케가 이 자리에 있었다면 정말…… 놔주지 않았을 거예요, 저……."

아, 냐스케를……. 아니, 나도 참. 이제 이 패턴에도 그만 익숙해지란 말이야.

"놀라게 좀 하지 마세요."

잠깐이었지만 두근거리고 만 스스로를 비웃었다. 가타쿠라 씨도 아하하 하고 경쾌하게 웃었다.

"하지만 마타타비 씨를 꼭 안으면 성가셔 할 거잖아요."

"네?"

귀를 의심했다. 하지만 확실히 귓속으로 들어온 말이

심장을 철렁하게 만들었다.

"꼭 껴안아도 화내지 않을 때는 제가 허리를 다쳤을 때 정도잖아요."

무슨 작정인 걸까. 전화 너머의 고양이 남자는 담담한 어조로 말도 안 되는 소리를 하고 있다.

"그 농담…… 하나도 안 웃기니까요!"

"하하하, 네, 죄송합니다."

어디까지 장난인지 전혀 파악이 되질 않았지만, 가타쿠라 씨는 그렇게 말한 뒤 후 하고 숨을 돌렸다.

"냐스케의 분신, 감사합니다. 내일부터 가게에 장식해 둘게요."

"응, 다행이에요. 마음에 들어하신 거 같아서."

"그럼 안녕히 주무세요."

"네. 안녕히 주무세요."

삑. 통화가 종료되는 소리가 났다.

잠시 귀에 핸드폰을 댄 채로 숨 쉬는 걸 잊고 있었다. 옆에 앉은 냐스케를 끌어당겨 품에 안은 뒤 크게 심호흡을 했다. 얼굴이 화끈거렸다.

도대체가 무슨 생각을 하는지 알 수 없는 사람이다.

농담으로 하는 말인지, 나를 놀리고 재밌어하는 것인지, 그게 아니면…….

아등바등 머리를 굴리면서 어떨결에 냐스케를 꽉 부둥켜안았다. 불편했는지 품 안에서 냐스케가 냐아아 하고 울었다.

오늘 밤은 아무래도 잠들지 못할 것 같다.

# 고양이 남자, 들키다

"소문을 들었는데, 아메미야 지부장 4월에 전근이래."

미카가 나에게 그 이야기를 해 준 것은 점심시간, 파스타를 먹는 중의 일이었다.

금시초문이다. 그 아메쇼가 전근이라니.

"몰랐어. 어디로 간대?"

"본사라는데. 본사의 영업부 부장으로 영전이라고."

미카는 파스타와 함께 나온 샐러드를 포크로 푹 찌르며 권태 섞인 한숨을 쉬었다.

"너무 외롭잖아……. 나 지부장 정말 좋아했는데."

"아, 응. 밸런타인데이에 초콜릿도 줬었지."

"응. 이래 보여도 꽤 진심이었어. 진심으로 좋아했어."

이것도 금시초문이다. 완전히 연예인을 좋아하는 것과 비슷하다고 생각했는데 이렇게 코앞에서 사내 연애가 싹트려 했었다니.

"지금이라도 고백해 버리면 어때?"

별로 흥미가 당기지는 않았지만 일단 등을 떠밀어 보았다. 미카는 눈을 치켜뜨며 나를 노려봤다.

"남 일이라고 쉽게 말하는데, 그런 용기가 나겠어?"

그런가. 그렇겠구나.

"응, 미안. 하지만 이대로 그냥 있는 것도 좀 그래서."

"나쓰미는 좋겠다. 아직 전근 갈 찬스가 있으니까."

입으로 스프를 떠 넣다가 손이 멈췄다.

"그래?"

"어라, 당사자가 모르는 거야? 뭐, 나도 건너 들은 정보긴 하지만."

미카는 뭉친 양상추를 입으로 집어 넣었다.

"네가 이쪽 지사로 좌천된 건 잠깐의 반성 기간이었대. 그러니까 네 태도에 따라 다시 본사에 돌아갈 수 있을지도 모른다던가 하는 이야기를 들었어."

전혀 몰랐다. 계속 여기에 남는다고 생각했는데, 아니었구나. 그렇구나, 다시 본사로.

미카가 으으 하고 앓는 소리를 냈다.

"나도 본사로 이동되면 좋겠다……. 지부장 따라서 본사로 가고 싶어."

본사 이동 목적이 연애라니 조금 의문이 생겼지만, 그 열의는 이해가 갔다.

"쫓아가고 싶을 정도로 좋아했구나."

미카는 입을 다물고 고개를 끄덕였다. 애달픈 눈빛으로 샐러드를 바라보고 있다. 미카의 슬픈 표정을 보고 있자니 나까지 안타까워졌다. 이럴 때 가타쿠라 씨라면 뭐라고 말하려나.

"있잖아, 미카…… 전에 고양이가 싫다고 했잖아."

"뭐?"

미카가 눈을 휘둥그레 뜨고 얼굴을 들었다.

"뭐야, 갑자기 왜 고양이 이야기야?"

"지금도 고양이, 싫어?"

"싫어."

미카는 딱 잘라 말했다.

"털도 부숭부숭하고. 뭐랄까 생리적으로 좀 안 맞아."

아, 그럼 안 되겠다.

"뭐야, 나쓰미…… 고양이 얘기는 왜 꺼내?"

미카가 의아하다는 표정으로 나를 바라보았고, 나는 웃어 넘겼다.

"아무것도 아니야."

고양이가 싫다면, 그 카페와는 맞지 않는다.

퇴근길, 자전거를 타고 달리던 중 생각이 났다. 냐스케의 밥이 슬슬 떨어질 때다. 사 가야지. 겸사겸사 카페에도 들러 가타쿠라 씨에게 미카의 이야기를 상담하자.

평소와 조금 루트를 바꿔 상점가에서 특히 더 붐비는 쪽으로 방향을 틀었다. 아사기초 상점가는 아파트에서 회사로 향하는 해변 도로와 이어져 이 마을에서 가장 사람들의 왕래가 많은 곳이었다. 그래 봐야 역시 사람이 줄어든 작은 항구 마을. 활기는 부족하고 쇠락한 분위기다.

초라한 외관의 가게가 줄지어 늘어서 있지만, 어느 가게든 제대로 문을 열었고 드문드문 손님도 있다. 저녁 6시, 이런 조용한 마을로서는 북적이는 시간대다. 그렇게 자그마한 가게가 대다수지만, 딱 하나 조금 커다란 면적을 차지하고 있는 것이 '슈퍼마켓 아사기'다. 대체로 뭐든지 살 수 있어서 이 마을에서 생활하는 데 중요한 곳이라고, 미카가 가르쳐 주었다. 그 이후 나도 이 슈퍼마켓의 단골이다.

가게 안으로 들어가 애완동물 용품이 모여 있는 코너로 발을 옮겼다. 캣푸드 종류도 많았다. 통조림이나 캣밀크, 장난감도 여러 가지 갖추어 두었다. 그중에는 눈에 익은 고양이 낚싯대도 있다. 예전에 가타쿠라 씨에게 받은 장난감이다. 가타쿠라 씨도 이곳에서 장을 보는 것 같았다. 요리 재료도 분명 이 슈퍼에서 사는 거겠지.

잠시 주변을 두리번거려 보았다. 30대로 보이는 남자가 눈앞을 가로질러 갔지만, 가타쿠라 씨와는 체형이 전혀 달랐다. 만약 이 가게에 가타쿠라 씨가 있다 하더라도, 나는 알아보지 못할 것이다. 왜냐면 그 사람은 밖에 있을 땐 인형 탈을 쓰지 않으니까. 고양이 머리가 아닌 가타쿠라 씨를 간파해 낼 자신이 없다.

고양이 사료와 내가 먹을 인스턴트 면을 사서 가게를 나왔다. 맞은편 반찬 가게에서 막 튀겨 낸 고로케 냄새가 났다.

"감사합니다!"

반찬 가게 아줌마의 명랑한 목소리. 나는 자전거의 스탠드를 발로 걷어 올리며 반찬 가게 쪽으로 흘낏 시선을 던졌다. 고로케를 산 것 같은 청년이 딱 내 쪽으로 돌아선 순간이었다.

찰랑찰랑한 검은 머리의 젊은 남자로, 새하얀 셔츠에 슬랙스, 넥타이는 매지 않은 차림이었다.

어디서 만난 것 같은 느낌이 들었다. 이상한 감각이다. 얼굴은 기억에 없는데 분위기는 익숙하다고 해야 할까.

"아."

눈이 마주치자 남자가 작게 감탄사를 뱉었다. 그 남자도 나에게 반응을 보였다고 하는 것은…….

"저기, 우리 어디서 만난 적 있죠?"

과감하게 말을 걸어 보았다.

"아뇨…… 그런 적 없는데…… 마타타비 씨라니 전혀……."

거기까지 말한 남자는 헉 하고 숨을 삼켰다.

어라, 지금…….

마타타비 씨라고 했지?

"아! 설마!"

내가 소리치자 남자가 어깨를 움찔거렸다.

"우와아아!"

그리고 전속력으로 도망쳤다. 막 계산을 끝낸 고로케를 반찬 가게 카운터에 버려둔 채로.

"저기요!"

반찬 가게 아주머니가 불러도 소용없었다.

"이걸 어째. 계산도 다 끝냈는데 두고 갔네."

"제가 전해 줄게요! 아마 아는 사람일걸요."

나는 덩그러니 놓인 고로케 봉투를 쥐고 자전거에 올라탔다.

"그럼, 부탁할게!"

아주머니의 응원으로 배웅을 받으며 페달을 밟았다.

애매하게 사람들이 오가는 상점가에서는 자전거가 불리하다. 조금 전 도망친 남자는 움직이기 불편한 옷차림을 했으면서도 쓸데없이 발이 빨랐다. 자전거 핸들을 이리저리 꺾으며 쫓아갔지만, 노력이 무색하게 그는 좁은 골목으로 모습을 감췄다.

"저기요! 이거 놓고 갔어요!"

골목에서 길게 목을 빼고 외쳤지만 닿지 않은 듯, 남자의 뒷모습이 모퉁이를 꺾어 사라졌다. 길이 좁았다. 자전거로 들어가는 것이 불가능할 정도는 아니지만 까다로워 보였다. 골목으로 쫓아가는 것은 포기하고 상점가의 대로변으로 돌아왔다.

놓쳐 버렸다. 하지만 그가 어디로 도망쳤는지는 대략 짐작이 갔다. 내 예상이 맞는다면.

손에 든 고로케 봉투를 자전거 바구니에 넣고, 해안 도로를 향해 바퀴를 굴렸다.

예상대로다. 해안 도로의 인도를 터벅터벅 걸어가는 남자를 발견했다. 새하얀 와이셔츠에 슬랙스, 찰랑찰랑한 검은 머리카락이 바닷바람에 흩날렸다. 조금 전 그 남자가 틀림없다.

자전거에서 내려 슬금슬금 걸어 뒤를 밟았다. 섣불리 말을 걸었다가는 다시 도망칠 것 같아서 우선은 진짜 '그 사람'인지 확인하기로 했다.

등 뒤에서 관찰해 보니, 더더욱 그 사람과 닮은 것 같다는 느낌이 들었다. 신장, 체형, 연령도 예상했던 것과 대체로 일치했다. 분위기도 어딘지 모르게 비슷해서, 의심은 더욱더 확신으로 변했다.

"저기요."

말을 걸자 청년이 뒤를 돌아보곤 그대로 굳었다.

"도망치지 말아 주세요. 잡아먹지 않으니까요."

일단은 붙잡아 두었다. 그는 멈춰선 채로 눈을 이리저리 굴리며 시선을 피했다. 나는 한 발짝 다가가 거리를 좁혔다.

"가타쿠라 씨."

청년이 한 발짝 뒤로 물러났다.

"으, 으음."

나는 다시 한 발짝 다가섰다.

"가타쿠라 씨죠?"

청년은 뒷걸음질 쳤다.

"가타쿠라 씨가 아닙니다."

내가 다가섰다.

"음…… 계속 그렇게 시치미 뗄 작정이에요?"

청년은 다시 뒤로 물러났다.

"가타쿠라 씨가 아니에요."

"아니, 가타쿠라 씨 맞잖아요! 이제 거짓말은 그만해도 된다고요!"

"아니에요! 아닙니다, 마타타비 씨."

"또 마타타비 씨라고 말했으면서."

어째서 그렇게 완고하게 부정하는 거야. 익명을 고집하는 건 알고 있지만, 이제 그만 포기해도 될 텐데.

"죄송해요, 좀 급해서!"

청년은 또 다시 전속력으로 달리기 시작했다.

"아! 이봐요! 도망치지 말라니까!"

자전거에 올라 뒤를 쫓았다. 가타쿠라 씨라는 걸 인정하지 않아도, 최소한 고로케라도 돌려줘야지.

해안 도로를 똑바로 달리자, 바닷바람 냄새가 나며 평소의 귀갓길로 들어섰다. 저 멀리 카페가 보였다. 발이 빠른 청년은 익숙한 걸음으로 질주하고 있다. 하지만 이쪽은 자전거이기 때문에 따라잡을 수 있을 것 같았다.

"기다려 주세……."

말을 거는 도중에 말문이 막혔다.

가타쿠라 씨로 의심되는 청년은 발칙하게도 카페로 도망쳐 들어갔다. 이래서는 스스로 정체를 인정하는 꼴이 아닌가.

"가타쿠라 씨!"

나도 자전거를 던지다시피 세워 놓고, 카페 안으로 뛰어들었다.

"가타쿠라 씨, 기다려……."

"어서 오세요."

평소의 온화한 목소리가 들렸다.

어라?

생각이 멈췄다. 가타쿠라 씨는 평소처럼 고양이 탈을 쓰고, 카운터 안쪽에서 커피를 내리고 있었다.

"옷 갈아입는 게 빠르시네요?"

"응? 무슨 일이에요, 마타타비 씨."

얄미울 정도로 침착하다. 조금 전 수상하기 짝이 없던 모습과는 정반대다.

"인형 탈을 쓴 것만으로 그렇게 성격이 바뀌……."

말하는 도중에 알아차려서, 말끝을 얼버무렸다. 시야의 끄트머리, 창가의 테이블에 폭 엎드린 샐러리맨이 눈에 들어왔다. 찰랑찰랑한 검은 머리카락, 새하얀 와이셔츠에 슬랙스. 쌕쌕거리며 거칠게 숨을 내쉬고, 어깨를 떨고 있다.

"아!"

맞아, 이 사람. 어디선가 본 적이 있다 생각했더니, 이 카페에서 자주 이 자리에 앉아 커피를 마시는 샐러리맨이다.

"죄송해요. 정말로 가타쿠라 씨가 아니셨군요."

가까이 다가가자 샐러리맨 청년이 간신히 얼굴을 들었다.

"겨우 납득해 주시는 건가요……."

과연 낯이 익었다. 얼굴을 제대로 본 적은 없지만, 일주일에 세 번은 마주치던 사람이었다. 마침 뒷모습과 목소리가 가타쿠라 씨와 닮은 탓에 착각하고 말았다. 잘 생각해 보면 가타쿠라 씨가 반찬 가게에서 파는 고로케를 살 것 같진 않았다. 자기가 튀기면 튀겼지.

"뭔가 흥미진진한 사건이 일어났던 것 같네요."

가타쿠라 씨가 물을 가져오자 청년은 가타쿠라 씨의 고양이 머리를 올려다보며 한탄했다.

"최악이에요, 마스터. 반찬 가게에 고로케를 두고 왔어요."

"아, 고로케라면 여기 있어요."

챙겨 온 고로케를 청년에게 쓱 내밀자 그의 눈이 휘둥그레졌다.

"가져와 주신 건가요?"

"네. 기껏 챙겼는데, 도망쳤잖아요."

"죄, 죄송해요. 그도 그럴게 쫓아오니까."

청년은 눈알을 굴려 나를 올려다보면서 고로케를 받았다.

"그보다 제가 말을 걸었을 때 왜 모른 척하셨어요?"

나는 그의 맞은편 의자에 앉았다. 청년은 흠칫하고 몸을 움츠렸다. 가타쿠라 씨는 인형 탈 안에서 후후 웃은 뒤 카운터 안으로 돌아갔다. 청년은 계속 눈을 피했다.

"아니…… 그게. 깊은 의미는 없는데요."

"네?"

"저는 늘 여기 앉아 있잖아요."

청년은 테이블을 툭 치며 가리켰다. 확실히 그는 이 자리가 마음에 들었는지 볼 때마다 이곳에 앉아 있었던 것 같다.

“여기 있으면 마타타비 씨와 마스터의 대화가 들려요. 그러니까 저는 일방적으로 마타타비 씨를 알고 있어서.”

“허어.”

“하지만 마타타비 씨는 저를 공기처럼 느끼셨을 테니까…… 일방적으로 알아보면 좀 스토커 같아서 기분 나빠 하실 거라 생각했어요.”

“그, 그런 생각 안 한, 한다고요.”

딱히 그 존재를 의식하지 않았던 청년이 나를 보고 있었다는 데 조금 놀라긴 했지만.

“사실 마타타비 씨와 마스터의 대화를 듣는 게 소소한 즐거움이었어요. 라디오를 듣는 거랑 비슷한 감각으로.”

청년이 쿡 웃음을 터트렸다.

“맨날 만담처럼 대화하잖아요. 묘하게 철학적인 듯하다가 알고 보면 아무래도 좋은 이야기기도 하고. 대화에 참가하지도 않으면서 여기서 조용히 듣고만 있었어요.”

청년은 자기도 모르게 실실 웃으면서 말하다가 나를

보고는 파드득 놀라 눈을 돌렸다.

"죄송해요, 기분 나쁘시죠."

"신경 쓰지 마요. 들릴 만큼 큰 소리로 이러쿵저러쿵 떠든 건 저니까요."

청년은 다시 흘낏 내 눈치를 살피더니 슬쩍 물을 마셨다.

"말하자면, 저는 마타타비 씨의 팬 같은 거예요. 제대로 표현할 수는 없는데, 그런 느낌이랄까. 어쨌든 동요한 나머지 도망쳐 버려서 죄송합니다."

청년이 꾸벅 머리를 숙였다.

"뭐야, 그런 거면 말을 걸어 줬으면 좋았을 텐데요."

쓴웃음을 짓자, 그도 헤헤 하고 멋쩍게 웃었다.

"낯가림이 심해서요. 하지만 마타타비 씨가 그렇게 말씀해 주시니까, 대화에 끼어도 괜찮을까요?"

"네. 저도 여기 매일 오니까요."

결국 가타쿠라 씨의 맨 얼굴을 보게 된 건 아니었지만, 이 사람과 말을 나눈 건 조금 기뻤다.

"당신은 가타쿠라 씨랑 이야기하러 오는 게 아닌 거였네요."

"네…… 회사에서 쓸 자료를 정리한다든가, 조금 숨을 돌리고 싶을 때 찾아오고 있어요. 물론 마스터와도 대화를, 나눠 보고 싶긴 했지만……."

청년이 카운터 쪽으로 시선을 던졌다. 가타쿠라 씨는 무슨 일을 하고 있었지만, 여기선 잘 보이지 않았다.

"다른 손님 분들은 마스터에게 연애 상담이라든가 인생 상담을 하시잖아요. 저도 사실은 들어 주셨으면 하는 일이……."

"아, 그러면 이 자리에서는 안 돼요. 카운터석으로. 얼른 가요!"

나는 의자에서 일어나 손짓했다. 익숙한 카운터 자리에 앉은 뒤, 청년에게 옆자리에 앉으라고 재촉했다.

"가타쿠라 씨! 늘 마시던 커피 주세요, 따뜻한 걸로요."

"저는…… 저도 늘 마시던 블렌드 커피로."

청년이 의자에 앉으며 주문했다.

"알겠습니다."

가타쿠라 씨는 기분 좋게 주문을 받고 준비를 시작했다. 익숙하지 않은 자리에 앉아 긴장하고 있는 건지, 청년의 뺨이 붉게 물들었다.

"저기, 마스터. 들어 주셨으면 하는 이야기가 있는데요."

더듬더듬하며 말을 꺼냈다. 가타쿠라 씨는 이상할 만큼 귀가 좋기 때문에 조금 전 청년의 중얼거림도 들렸을 거다.

"저라도 괜찮으시다면 들어 드릴게요."

"사실은…… 마음이 쓰이는 여성이 있어요."

청년이 띄엄띄엄 이야기했다. 나는 그의 옆얼굴을 바라보고 있었다.

"하지만 용기가 없어서 말도 못 붙이다가, 오늘 처음으로 대화를 주고받았어요."

한눈에 봐도 그는 상당한 부끄럼쟁이다. 청년은 떨리는 목소리로 말을 이었다.

"마스터는 누구에게서든 바로 고민 상담을 받잖아요. 어떻게 사람의 마음을 사로잡는 거죠?"

"인형 탈 효과일까요."

가타쿠라 씨가 즉답했다. 확실히 안에 든 사람은 신경 쓰지 않고 놀이동산 마스코트를 끌어안는 것과 똑같이 가타쿠라 씨를 마스코트처럼 받아들였기에 고민을 털어놓는 사람도 적지 않았다.

“하지만 손님께서 똑같은 인형 탈을 써 버리시면 마타타비 씨가 더더욱 저와 구별하지 못하게 될 거예요.”

“그러네요. 이 마을에서 고양이 머리는 한 사람으로 충분해요.”

구분이 가지 않아서도 있지만, 여러 의미로 한 사람이면 충분했다.

“저도 상당히 낯을 가려서요, 적당한 충고를 드리기는 어렵지만요.”

가타쿠라 씨는 그렇게 운을 떼고 카운터에서 커피를 내밀었다.

“제가 고양이와 친구가 될 때의 방법을 전수해 드릴게요.”

상담의 요지는 마음이 가는 여성과 대화를 나누고 싶다는 거였는데, 가타쿠라 씨는 고양이와의 커뮤니케이션 방법에 대해 설명하기 시작했다.

“우선 시선의 높이를 맞춰 인사합니다. 빤히 눈을 바라보면 고양이는 노려본다고 착각해 버리니까, 천천히 눈을 깜빡이며 사이좋게 지내고 싶다는 이쪽의 의사를 전달해요."

"눈을 깜빡이면서 신호한다는 건, 인형 탈을 쓰지 않았다는 전제겠죠?"

나도 모르게 무심코 끼어들었다.

"물론입니다. 이걸 쓰고 있으면 냐스케만큼 배짱이 좋지 않는 한 전력 질주로 도망가 버리니까요."

나한테는 전혀 맨 얼굴을 보이지 않으면서, 고양이에게는 아낌없이 보여 준다는 말인가.

"뭐, 됐어요. 계속하세요."

"고양이의 싸움은 서로 노려보는 걸로 시작해요. 무심코 눈을 너무 오래 보다가 싸움을 거는 것처럼 되지 않게 주의해 주세요. 고양이가 나에게 흥미를 가지기 시작하면, 이렇게 손가락을 맞비벼 주세요."

가타쿠라 씨가 오른손을 불쑥 내밀고, 엄지로 다른 손가락의 안쪽을 문질렀다. 삭삭 하고 작은 소리가 났다.

"고양이는 이 소리에 반응해서 다가올 거예요. 다음엔 타이밍을 보고 그 손을 내밉니다. 그러면 고양이는 얼굴을 문지를 거예요."

그렇게 해서 고양이와 친구가 될 수 있는 가타쿠라 씨가 상당히 특수한 경우일지도 모르겠지만, 일단 고양이의 어떤 습성에 기반한 방법일 터였다.

"그 단계까지 오면 이제 겁먹지 않게 살살 쓰다듬어 줍니다. 이쪽이 욕심을 내서 고양이의 몸을 뒤집거나, 발바닥을 집중 공격하면 도망치기 때문에 어디까지나 고양이의 경계심을 자극하지 않는 선에서요……. 후, 귀여워."

고양이와 장난쳤던 기억을 떠올리고 있는 듯했다. 표정이 없는 인형 탈 안에서 실실 웃고 있는 게 틀림없다. 나는 이 사람 지금 무슨 소리를 지껄이는 거야 하고 차갑게 식은 눈으로 가타쿠라 씨를 보고 있는데, 옆자리에서는 진지한 목소리가 흘러나왔다.

"알겠습니다. 같은 눈높이에 서서, 상대를 배려하고 존중하는 한편 자신의 마음을 천천히 전하는……."

청년이 진지한 얼굴로 요점을 되짚었다. 가타쿠라 씨가 작게 고개를 끄덕였다.

"맞아요. 사람들끼리라면 대화라는 도구도 있으니까, 보다 정확하게 의사를 전달하는 게 가능하죠. 뭐, 그게 오히려 더 까다로워서 잘되진 않지만요."

나는 그런 두 사람을 보고 멍하니 입을 벌렸다. 가타쿠라 씨의 표현은 너무 빙 돌아간다. 빙 돌아가지만 납득하고 나도 덧붙여 말했다.

"인간은 고양이만큼 본능 그대로 살지 않으니까, 각자의 성격도 파악해야 해요. 너무 신중하게 접근했다간 기다리다 지쳐 마음을 바꾸는 사람도 있으니까요."

"그…… 그 말은 때로는 대담해지라는 건가요."

"상대가 도망치진 않을 만큼요."

거기까지만 말한 뒤 나는 짐을 들고 일어났다.

"커피 잘 마셨습니다. 냐스케가 기다리고 있으니까 이만 일어날게요."

"아, 저기."

청년이 나를 올려다보았다.

"또 이야기 나눠요."

"네."

그에게 손을 흔들고 그날은 카페에서 나왔다.

다음 날 점심시간, 나는 엘리베이터 안에서 멍하니

미카를 생각했다. 결국 어제는 가타쿠라 씨에게 상담은 하지 못했다. 좋아하는 사람에게 제대로 마음을 전하지 못한다는 건, 그 샐러리맨도 미카도 같은 입장일지 모른다.

"아, 미카!"

엘리베이터에서 내리자마자 미카와 마주쳤다.

"마침 잘됐다. 지금부터 점심 먹을 거지?"

"응. 같이 먹을까?"

미카가 좋아하는 카페로 향했다. 가게로 향하는 도중 미카가 말문을 뗐다.

"있지, 요전에 지부장에 관한 일인데."

미카 쪽에서 먼저 그 화제를 입에 올렸다.

"그때 나쓰미가 이대로 흘러가도 되냐고 말했잖아. 그 말을 들으니 그 말도 맞다고 생각했어."

고백해 버리면 어때? 하고 안이하게 했던 말을 떠올렸다. 그 일을 가타쿠라 씨에게 상담하려 했지만 이래저래 말하지 못한 채였다.

"나쓰미가 지적한 게 맞다고 생각했어. 그래서 용기를 내서 밥이라도 먹자고 했거든."

미카가 좋아하는 가게가 보이기 시작했다.

내가 가타쿠라 씨에게 상담하기 전에 미카는 이미 행동으로 옮겼다. 적극적인 그녀다운 선택이다.

"그래서 말이야, 넌지시 떠봤는데."

"응. 어떻게 됐어?"

"나를 그런 식으로 본 적이 없다더라."

"……그렇구나."

유감스러운 결과다. 안이하게 고백하라고 부추긴 나 때문일까. 제삼자가 가벼운 마음으로 말해서는 안 됐던 거였을까.

"미안해, 미카."

"하하, 왜 나쓰미가 사과를 해."

미카는 빙긋이 입꼬리를 들어올렸다.

뭐라 할까. 내가 경솔하게 말하지 않았으면 이런 슬픈 미소를 짓지 않고 끝났을 텐데. 마음속에 어두침침한 먹구름이 꼈다.

이럴 때 가타쿠라 씨라면 뭐라고 말할까.

가게의 문을 열고, 자리에 앉았다. 미카는 익숙하게 평소 먹던 거요 하고 점원에게 주문했다. 나도 같은 것을 시켰다.

아직 마음속에는 시커먼 연기가 피어오르고 있었다. 가타쿠라 씨라면 뭐라고 했을까.

가타쿠라 씨라면?

아니, 나라면. 아리우라 나쓰미가 아니라, 마타타비 씨라면 뭐라고 말할까?

"미카."

나는 테이블 반대편에 앉은 미카를 똑바로 바라보았다.

"실연이 뭐 어때서. 그 정도로 풀 죽으면 안 돼."

미카는 눈을 치켜뜨고 나를 따갑게 노려보았다.

"상심한 친구한테 그렇게 말하기야? 애초에 넌 실연의 아픔을 이해 못 하잖아."

점원이 물을 가져왔다. 미카와 내가 말싸움이라도 한다고 생각한 건지, 물만 얼른 내려놓고 거북한 표정으로 허둥지둥 사라졌다.

"그런 식으로 본 적 없다는 말만 들은 거잖아. 지금까지는 그랬다는 거잖아. 앞으로는 모르는 거 아냐? 적어도 이번 일로 의식은 하게 되었을 거라고. 미카가 의식

할 수밖에 없는 더 매력적인 여자가 되면, 지부장 따위 얼마 안 가 울면서 매달릴걸."

미카가 눈을 동그랗게 뜨고 나를 바라보았다.

"나쓰미, 그런 말도 할 줄 아는구나."

"할 줄 알아. 뭐, 내가 진지하게 여기지 않을 거라 생각했어?"

얼음이 담긴 물 잔을 손에 쥐고 입술을 축였다. 미카는 여전히 나에게 시선을 고정한 채 진지한 얼굴로 말했다.

"그런가…… 뭐, 계속 우중충하게 있어 봐야 내 미모가 아까운 거겠지. 좋아! 계속 내 매력을 갈고닦아야지. 그러기 위해서라도 연애 상담 좀 할게, 나쓰미."

미카는 평소의 장난스러운 미소를 지었다. 기운을 차렸다고 할지, 본래의 미카로 돌아왔다고 할지.

"지부장이 뭐가 멋있다는 거야."

질색하는 나를 무시하고 미카는 열띠게 말하기 시작했다.

"피곤해 보이시네요, 마타타비 씨."

퇴근길에 들른 카페에서, 가타쿠라 씨에게 간파당했다.

"그래 보여요?"

"피곤함이 넘쳐흐르는데요."

기운을 차린 미카에게 끝없이 연애 상담을 해 줘야 했다. 실연의 충격으로 좌절한 미카 쪽이 더 나았을지도 모른다.

불쑥 창가 자리에 앉은 샐러리맨이 눈에 들어왔다. 고로케 추격전을 벌였던 사람이다. 나는 늘 앉던 카운터석으로 가는 대신 그가 있는 쪽으로 걸어갔다.

"합석해도 괜찮아요?"

샐러리맨이 흠칫 놀라 나를 올려다보고는, 얼굴을 붉힌 뒤 고개를 끄덕였다.

"아, 마타타비 씨. 그럼요."

나는 그와 마주 보는 자리에 앉았다.

"그 뒤로 어떻게 됐어요? 마음에 둔 여성과는 가까워졌나요?"

오지랖을 부리며 묻자, 그는 눈썹을 팔자로 만들며 부끄러워했다.

"으음, 조금요. 하지만 마음을 전하는 건 그만두기로 했어요."

"어? 포기하는 거예요? 아깝잖아요."

"아깝지 않아요. 그녀의 가치관을 존중해서 그렇게 한 거예요."

청년이 커피 잔으로 시선을 떨어트렸다.

"밝고 시원시원하고 아무것도 생각하지 않는 것 같지만 사실은 여러 가지 일들을 떠안고 극복하는 중인 그 사람을……."

청년은 거기서 일단 말을 멈췄다. 새카만 눈동자가 빤히 커피 잔을 바라보았다.

"그 사람을…… 내버려 둘 수가 없어요."

"……흐음."

그만큼이나 생각하고 있으면서, 어째서 그 마음을 전하지 않는 걸까. 어안이 벙벙한 나를 보고 그는 당황하며 덧붙였다.

"아니, 그러니까, 그런 타입은 그렇게 보여도 여러 가지를 참고 있으니까, 제가 뭔가 힘이 되어 줄 수 있었으면 하고……."

점점 말끝을 흐리고, 조용히 고개를 숙였다.

"그런데 반대로 제가 그녀에게 도움을 받았어요. 그 사람이 조금 풀이 죽어 와서, 제가 아닌 다른 사람과 이야기하고, 기운을 되찾고, 다음 단계로 나아가려는 긍정적인 자세에."

청년의 표정이 느슨해지며 입꼬리가 올라갔다. 나는 맞장구를 쳤다.

"그러네요. 격려해 줄 생각이었는데, 어느새 정신이 드니 오히려 내가 용기를 얻게 되었다, 그런 게 되는 신기한 사람이 가끔 있잖아요."

"이상한 이야기일 수도 있는데. 저는 다른 사람과 이야기를 나누는 그 사람이 좋아요. 그냥 뒤에서 보고만 있는 걸로 괜찮아요."

"흐응, 별나네요. 옆에 있고 싶지는 않은 거군요."

"물론 옆에 있고 싶지만요."

그는 조심스럽게 말을 골랐다.

"정말 좋아하는 사람이 기뻐하면 저도 기뻐요. 단지 제가 기쁘게 만들어 줄 수 있을까 하는 거예요."

청년은 자조적으로 웃은 뒤 카운터 너머의 가타쿠라

씨를 힐끗 바라보았다.

"바로 이렇게, 마스터에게 이야기해 보니, 마스터가 이런 이야기를 가르쳐 주었어요."

나도 가타쿠라 씨 쪽을 보았다. 무슨 일을 하고 있는 것 같은데 이쪽에서는 손이 보이질 않았다.

청년은 천천히 입을 뗐다.

"마스터의 친구 이야기예요. 그에게는 여자 친구가 있었는데, 여자 친구를 정말로 사랑했다고 해요. 그 여성도 그를 사랑해 마지않았고요."

나는 입을 다물고 듣고만 있었다.

"하지만 여성에게는 부모님이 정한 약혼자가 있었어요."

조용하다. 나도 가타쿠라 씨도 말하지 않는 이 공간에서 청년의 목소리만이 묘하게 울려 퍼졌다.

"여성은 자신에게 약혼자가 있더라도, 설령 두 번 다시 가족과 만나지 못하게 되더라도, 그와 있고 싶어 했어요. 이대로 둘이서 멀리 도망치자고, 그에게 상담했다고 해요."

하아. 나도 모르게 목이 멨다. 커피의 하얀 김이 청년과 나 사이를 가로질렀다.

"하지만 그는 그녀를 놓아주었어요. 이대로는 앞으로 너의 인생에 부담이 간다고, 게다가 약혼자는 좋은 집안의 부자라고. 부모님이 정한 약혼자 쪽이 안정된 삶을 약속할 테니까라면서요."

"어……."

"여성은 당연히 슬퍼했죠. 나는 이만큼이나 사랑하는데…… 하고 그를 원망했대요. 그때 그는 그녀를 사랑한 것을 굉장히 후회했다고 해요. 이 사람의 '특별한 사람'이 되어 버린 것, 그리고 그 사람을 자신의 '특별한 사람'으로 정해 버린 것을요."

청년이 조곤조곤 이야기했다.

"누군가를 특별하게 사랑해 버리면, 이렇게 되어 버리는 건가 하고. 그는 후회하면서도 소중한 여성을 떠나보냈대요."

청년은 천천히 음미하듯 말한 뒤, 천천히 눈을 깜빡이고 다시 입을 열었다.

"그 후, 길에서 그 여성을 봤다고 해요. 귀여운 아이들을 데리고 행복하다는 듯 웃고 있었다고. 그는 안심했죠. 그때 자신의 선택은 틀린 것이 아니었던 거라고."

"그런…… 그걸로 만족하는 거예요?"

나는 커피의 김처럼 사라질 것 같은 목소리로 중얼거렸다. 그는 마른 웃음을 지었다.

"만족했던 거 같아요. 그녀가 행복하다면 그걸로."

"그런…… 건가요."

"그리고 자기는 즐기기로 결심한 것 같아요. 특별해지지 않도록, 가능한 익명으로, 배경에 남아 있을 뿐인 존재가 되어 버리면 소중한 사람의 눈물은 보지 않고 끝난다고."

"그런 정도로 포기한 건가요. 그런 건 그냥 듣기 좋은 소리잖아요."

나는 완전히 질려 한숨을 쉬었다. 청년이 씁쓸한 듯 웃었다.

"저도 그렇게 생각했어요. 왜 그렇게 소중한 사람을 놓아 버린 거냐고. 얼마나 바보 같은 사람인가 생각했어요."

그리고 그는 자조적으로 눈을 내리깔았다.

"하지만 냉정하게 생각해 보면, 저도 그, 마스터 친구의 마음을 조금은 알 것 같아서요. 좋아하는 사람이 의지하는 건 내가 아니고, 나는 배경에 자리한 인간이라고."

심장이 쿡쿡 찔리는 것처럼 괴로웠다. 청년의 말이 애달파서, 그런 표정을 짓지 않기를 바라서, 나는 떨리는 목소리로 위로했다.

"그렇게까지 말할 건 없잖아요……."

"마스터가 이 이야기를 한 것도 제가 그 친구의 전철을 밟지 말기를 바라서 충고해 주고 싶었다는 걸 알아요. 하지만 뭐랄까, 묘하게 납득해 버려서……."

곤란한 듯 웃으며 작게 고개를 기울이는 그에게 나는 무슨 말을 해 줘야 할지 떠오르지 않았다.

"저도 그 사람이 행복하다면 그게 제일 좋아요. 그러니까."

그는 호흡을 가다듬고, 마음을 정한 듯이 눈을 들어올렸다.

"그러니까, 행복해지셨으면 해요."

"……네?"

사고가 멈췄다. 눈을 깜빡거리는 나에게 청년은 다시 미소를 건네고는 망설임 없이 자리에서 일어났다.

"마스터, 잘 먹었습니다. 다시 올게요."

"기다리고 있겠습니다."

가타쿠라 씨가 목례를 했다. 청년은 잠시 멈춰 섰다.

"확인차 물어보는 건데요, 저번에 이야기해 주신 '마스터의 친구'는 지금 어디에서 무엇을 하고 계시나요?"

"글쎄요."

"설마 해안 마을에서 카페를 운영한다든가."

청년이 생쭉 웃었다. 가타쿠라 씨는 후후 하고 희미하게 소리를 냈다.

"당치도 않아요. 지어낸 이야기예요."

가타쿠라 씨의 대답에 청년은 쓰게 웃은 뒤 가게를 나섰다. 나는 아직도 망연자실한 채였다.

청년의 말이 머릿속에서 되풀이됐다. 행복해지셨으면 해요, 마치 나에게 말한 것 같은 그 눈빛. 아니, 그건 자의식 과잉이겠지.

뺨이 조금 달아올랐다. 잠시 혼자서 머리를 식히고, 자리에서 일어나 늘 앉았던 카운터석으로 이동했다.

"가타쿠라 씨의 친구, 비관적이시네요."

"방금 그 손님이 마음에 둔 여성 분은 둔감하시네요."

가타쿠라 씨는 말꼬리를 똑같이 흉내 냈다.

"커피 주문해도 될까요."

"알겠습니다."

가타쿠라 씨가 커피를 내렸다. 풍성한 향을 풍기는 검은 물방울을 바라보았다.

"마음을 전한다든가, 전하지 않는다든가, 전해지지 않는다든가. 모두 그런 말만 하네."

그렇게 중얼거리자 가타쿠라 씨는 커피를 내밀며 동의했다.

"봄은 만남과 이별의 계절이기 때문일까요."

"그렇구나, 벌써 봄인가."

커피를 마시며, 벽에 걸린 달력을 흘낏 보았다. 유채꽃밭의 새끼 고양이가 3월의 방문을 알리고 있었다. 아메쇼 지부장도 이제 곧 전근인가.

"아무리 멀리 떨어지더라도."

가타쿠라 씨가 내 앞에 작은 접시를 내려놓았다.

"마음은 연결되어 있는지도 모르겠네요."

접시에는 금괴 같은 모양의 갈색 피낭시에가 올라 있었다. 초콜릿 냄새가 났다.

"시제품입니다. 그거 커피랑 잘 어울려요. 괜찮으시면 함께 드셔 주세요."

"와, 맛있겠다. 잘 먹겠습니다."

사양하지 않고 한 입 베어 물었다. 그 순간 저절로 눈이 뜨였다.

"으음, 엄청 맛있어요. 뭐야, 이거."

달고 부드럽고 어딘가 가슴이 두근거린다. 이런 피낭시에는 처음 먹어 봤다. 가타쿠라 씨는 유리잔을 닦기 시작했다.

"마타타비 씨께 칭찬받은 초콜릿을 사용해 만들었어요. 마음에 드신다면, 밸런타인 사제의 사형일로부터 한 달 뒤에 있는 이벤트에는 이걸 완성해서 준비할게요."

"쿠키도 받았는데 이것까지 받을 수 있는 건가요. 진짜 오냐오냐 받아 주시네요."'

"제가 드리는 마음입니다."

……무슨 의미야.

지나치게 골몰하면 심장이 이상해 질 것 같아서, 얼빠진 고양이 머리에서 시선을 돌렸다.

"살 찌라는 건가요."

"하하, 그것도 재미있네요."

가타쿠라 씨는 담담하게 컵을 닦고 있다.

"마음을 전하는 건 어려운 일이네요."

뽀드득뽀드득, 유리잔이 깨끗하게 닦였다. 광택이 나는 잔을 내려놓고, 다른 잔을 손에 들었다. 나는 그 일련의 움직임을 바라보며 피낭시에를 또 한 입 베어 물었다.

제일 처음 초콜릿을 받은 그날만큼 풀이 죽진 않았지만, 이 달콤함이 두근두근하고 몸속을 돌아다니며, 투명한 도취감을 가져오기 시작했다.

"……괜찮아요. 의외로 전해지니까요."

"응?"

가타쿠라 씨가 손을 멈추고, 어리둥절하다는 듯 나를 보았다. 나는 다시 시선을 피낭시에로 돌렸다.

"아무것도 아니에요. 신경 쓰지 마세요."

커피를 한 모금 마시고, 얼버무렸다.

가타쿠라 씨는 옅게 웃으며, 그 이상 캐묻지 않았다.

# 고양이 남자, 혼나다

"밖에 벚꽃이 진짜 예쁘게 피었어요! 보셨나요?"

어느 맑은 토요일의 일이다. 나는 저녁을 먹을 겸 카페로 와 늘 앉던 자리에서 가타쿠라 씨에게 말을 걸었다.

창을 통해 봄의 부드러운 석양빛이 들어왔다. 햇빛 속에 잠긴 가타쿠라 씨의 고양이 탈은 평소보다 푹신푹신하게 보였다.

"봤어요. 이제 조금 있으면 벚나무 길에도 꽃이 만개하겠네요."

상점가 외곽에 벚나무 길이 있다. 바다를 향해 길게 뻗은 강을 따라 벚나무가 빽빽하게 자란 곳이다.

"만개했을 때 벚나무 길을 산책하면 정말 좋아요."

역시 가타쿠라 씨, 혼자 보내는 시간의 취미도 평화롭기 그지없다.

"하지만 마타타비 씨는 그다지 들떠 보이지는 않으신데요."

눈치가 빠른 그는 곧장 내 기분을 알아차렸다.

"벚꽃은 예쁜데요…… 회사에서 하는 벚꽃놀이가 귀찮아서 죽을 것 같아요."

푹 고개를 숙이자 가타쿠라 씨는 쓴웃음을 지었다.

"아이쿠. 야유회를 하시는 건가요. 풍류가 넘치네요."

"그런 우아한 게 아니에요……. 대체 뭐가 아쉬워 아침부터 돗자리 펴서 자리 잡고, 야외에서 아저씨들과 술잔을 기울여야 하는 건지."

"자자, 그렇게까지 풀 죽진 마시고요. 조금만 참으면 금방 끝날 거예요."

가타쿠라 씨는 마치 주사 맞기 싫어하는 어린아이를 달래는 것처럼 말했다. 나는 고개를 푹 숙이고 한숨을 쉬었다.

"비가 오면 중지되는 것 같던데."

"그런가요. 흐음……."

가타쿠라 씨는 창밖의 하늘을 힐끗 보았다.

"비가 내리면 벚꽃이 모두 져 버리겠네요."

"그건 좀 아까워요."

나는 햇빛을 받아 푹신푹신하게 빛나는 고양이 머리를 쳐다보았다.

"만개한 벚나무 아래에서 하는 산책, 올해도 하시나요?"

"그럴 예정입니다. 일기예보에서 비는 당분간 내리지 않을 것 같다고 했으니까요."

가슴 언저리에서 주먹을 쥐고, 호흡을 가다듬었다. 입을 열려다가 주저하고, 다시 한번 심호흡을 했다.

저도 같이 가도 될까요? 이 말을 꺼내는 데에는 엄청난 용기가 필요하다.

사적인 시간을 보내는 가타쿠라 씨를 따라가 보고 싶었다. 어떤 옷을 입을지, 어떤 이야기를 할지. 인형 탈은…… 벗는 걸까 등등. 궁금한 것이 너무 많았다.

말하고 싶은데 말할 수 없어서 수없이 망설이는 동안, 내 가방에서 핸드폰이 날카롭게 울어 댔다.

"깜짝이야! 죄송해요, 잠시 실례하겠습니다."

가타쿠라 씨에게 말한 뒤 핸드폰을 꺼냈다. 엄마가 보낸 메시지였다.

"아아, 엄마가 보냈어요…… 최근에 전직한 것 같았는데 얘기하고 싶으신가 봐요."

지금이 아니어도 괜찮을 것 같은 내용이었다.

"요양 보호사 일이라네요."

"요즘 같은 시대에 꼭 필요한 훌륭한 일이잖아요."

가타쿠라 씨가 커피 원두를 갈기 시작하면서 후후 하고 웃었다. 나는 쓰게 웃으며 엄마가 보낸 두서없이 긴 문장을 스크롤해 내렸다.

"조만간 당신이 받으셔야 할 것 같은 연세세요. 으음, 보니까 집 근처에 있는 요양원 '다육이의 집'이라는 곳에서 일하시는 것 같아요."

"예?"

가타쿠라 씨의 움직임이 뚝 끊겼다.

"응? 왜 그래요?"

"아뇨, 아무것도 아닙니다."

다시 자연스럽게 원두를 갈기 시작했다. 분명히 뭔가

에 반응한 것 같은데, 이럴 때는 집요하게 캐물어도 가르쳐 주지 않을 게 눈에 선해서, 억지로 입을 열게 하는 건 포기했다.

창가에 쏟아지는 빛이 점점 희미해졌다.

"알츠하이머란 어떤 느낌일까요."

메시지에 적힌 요양원이라는 글자에 시선이 멈췄다.

"많은 걸 잊어버리게 된다는 건 외로운 일일까요. 아니면 그조차도 알지 못하게 되는 걸까요……."

"글쎄요."

가타쿠라 씨가 천천히 말했다.

"당사자도 그 주변 사람도 여러 가지 감정이 교차되는 거겠죠."

무슨 생각을 하고 있는 걸까. 가타쿠라 씨의 목소리가 묘하게 무거워진 것처럼 들렸다.

"그러면 가타쿠라 씨, 저는 이만……."

하지만 문을 열자마자 소리를 질렀다. 마치 짠 것처럼 비가 억수같이 쏟아지기 시작한 것이다.

"아까까지는 그렇게 날씨가 좋았으면서!"

어두워진 건 먹구름 탓이었던 걸까. 가타쿠라 씨도 카

운터에서 문 밖을 살폈다.

"일기예보가 틀려 버렸네요…… 지나가는 비일 테니까, 괜찮으시다면 여기서 잠시 비를 피했다가 가시죠."

"그럴게요."

앉았던 자리로 돌아갔다. 가타쿠라 씨는 하던 일을 계속했다. 나는 그를 올려다보며 중얼거렸다.

"벚꽃 다 져 버리겠는데요."

"그러니까요. 아쉽네요."

만개한 벚꽃 아래 그와 함께 산책할 계획은 아무래도 실현되지 못할 것 같다.

"아깝다. 다 피기도 전에 져 버리다니."

"벚꽃은 덧없이 지기에 아름답다 하니까요. 이것도 지는 방법 중 하나일지도 모르겠네요."

가타쿠라 씨는 아쉽다고 말한 주제에 감정이 담기지 않은 말투였다.

'선생님'이 찾아온 것은 그날 가게를 닫기 한 시간 전의 일이었다.

"너, 가타쿠라냐?"

갈색 양복을 입고 카페을 찾아온 노신사는 온화한 미소를 띤 채였다. 그는 우산을 접고 비에 젖은 재킷을 벗은 뒤에 가게 안으로 들어왔다. 가타쿠라 씨는 그를 보고선 그대로 딱 손을 멈췄다.

"다치바나 선생님……."

"기억하는구나!"

노신사가 빙긋 웃으며 카운터석 가운데에 앉은 내 옆에 자리를 잡았다.

"이거 참, 그런 걸 쓰고 있으니까 누군지 모르겠잖아."

얼굴이 보이지 않는데, 목소리만으로 알아본 것일까. 게다가 이름까지 알고 있고.

"오랜만에 뵙네요."

"마지막으로 본 후에 사 년? 오 년 만인가? 뭐 됐어. 얼굴이나 좀 보여 줘."

"그건 영업시간이 다 끝나면요. 그보다 이 비를 뚫고 오신 거예요? 닦을 걸 가져올 테니 잠시 기다려 주세요."

"걸어오는데 아주 딱 맞아 떨어졌어. 뭐, 이제 슬슬 그칠 테지만."

평화롭게 이야기꽃을 피우는 두 사람을 나는 멀거니 바라만 보았다. 가타쿠라 씨는 마른 수건을 노신사에게 건넨 뒤 내 쪽으로 고양이 머리를 돌렸다.

"마타타비 씨, 소개해 드릴게요. 학창 시절 제 은사이신 다치바나 선생님이십니다."

선생님! 그렇구나, 가타쿠라 씨에게도 학생이었던 시절이 있는 건가. 속세와는 떨어져 있는 듯한 외견 때문인지 과거를 좀처럼 떠올리기 어려워 깜짝 놀랐다.

"처음 뵙겠습니다. 아리우라라고 합니다."

꾸벅 머리를 숙이자 다치바나 씨는 나를 향해 다정하게 빙긋 웃어 주었다.

"만나서 반갑네. 가타쿠라가 말썽이라도 피우면 좀 말려 줘."

"선생님…… 저도 이제 그렇게 말썽 피울 나이는 아니라고요."

가타쿠라 씨가 커피를 내리며 다치바나 씨를 힐끗 보았다.

"선생님은 지금 어디 사세요?"

"교직에서 은퇴하고 친가가 있는 도호쿠에서 조용히

지내고 있지. 오늘 이곳엔 여행 삼아 온 거야."

"아, 좋은데요. 제2의 인생."

"취미로 소설 같은 것을 쓰기 시작했거든. 소재가 없어서 너를 만나러 온 거야."

"그러셨군요. 어떤가요. 저를 보니 뭔가 번뜩 떠오르는 게 있나요?"

"비에 쫄딱 젖은 데다가, 너는 요상한 거나 뒤집어쓰고 있으니 오히려 아무 생각도 안 나!"

다치바나 씨는 천천히 의자에서 일어나, 가타쿠라 씨의 고양이 머리를 빙글빙글 돌리기 시작했다. 벗겨질 뻔했지만, 가타쿠라 씨가 두 손으로 억눌러 저지했다.

다치바나 씨가 손을 떼자 가타쿠라 씨는 아무 일도 없었다는 듯이 커피를 내놨다.

"선생님이 좋아하시는 에스프레소입니다."

"오, 뭘 좀 아는데."

다치바나 씨는 만족스러운 듯 고개를 끄덕였다.

"이 향기, 그리운걸. 완전히 구리하라의 맛을 재현했구나."

다치바나 씨가 기뻐하며 커피의 향을 음미했다.

"구리하라 씨라면…… 선대 마스터이신 분이었나요. 으음, 단밤 아저씨."

내가 말하자 다치바나 씨가 내 쪽을 돌아보았다.

"맞네. 구리하라는 내 오랜 친구거든."

"다치바나 선생님은 제가 아르바이트를 구하기 위해 어슬렁거릴 때, 이 카페를 소개해 주신 은인이세요."

가타쿠라 씨가 덧붙였다.

"고등학교를 졸업하고 혼자서 이 마을에 왔을 때 우연히 다치바나 선생님도 이쪽으로 이사를 오셔서. 이 동네에 친구인 구리하라 씨가 있으니까, 의탁하면 좋을 거라고 데리고 와 주셨어요."

과연, 그러니까 얼굴이 보이지 않는 이 고양이 남자를 가타쿠라 씨라고 판단할 수 있었던 건가. 그렇다면 가타쿠라 씨는 스무 살 정도부터 이곳에 있었다는 말이 된다. 대학생이나 직업학교를 다니던 때일 것이다. 다치바나 선생님은 커피를 마시고 말을 이었다.

"구리하라는 이 가게를 혼자 운영하면서 아르바이트도 두지 않는 놈이었는데, 가타쿠라는 마음에 들어 해서 고용했다고."

“마음에 들어 했다니 그럴 리가요. 선생님의 연줄이니 써 주신 거지.”

나로서는 가타쿠라 씨의 그 태도가 겸손인지 사실인지를 알 길이 없었다. 그렇지만 예전에 가타쿠라 씨가 선대에게 많이 혼났다는 말은 들은 적이 있어서, 선대라는 사람이 무척 궁금했다.

“선대 마스터와 가타쿠라 씨의 관계는 어떤 느낌이었나요?”

다치바나 씨는 다시 커피를 한 모금 마신 뒤 대답했다.

“구리하라가 워낙 완고해서 말이야! 이 카페는 순전히 그 자식의 규칙에 따라 돌아갔어. 가타쿠라도 엄청 굴렀지.”

다치바나 씨가 히죽 웃자, 가타쿠라 씨는 메마른 웃음소리를 흘렸다. 역시 아무래도 무서운 경험을 한 것 같았다. 다치바나 씨는 싱글싱글 웃으면서 일어났다.

“작은 일에도 호통을 치고, 그에 놀라 커피를 흘려서 설상가상…… 그런 날이 다반사였었지.”

“선생님…… 너무 부끄러운 옛날 일을 폭로하진 말아주세요.”

가타쿠라 씨가 드물게 당황한 모습을 보였다. 이건 재미있는데?

"저런, 저런. 다른 얘기도 들려주세요."

"어디 보자, 이 녀석이 여기에 막 왔을 무렵에……."

"선생님."

가타쿠라 씨가 조용히 제지했다. 다치바나 씨는 껄껄 웃으며 가타쿠라 씨의 어깨에 턱하니 손을 올렸다.

"아무튼 이 녀석이 커피 내리는 법이나, 요리 실력도 전부 선대 마스터에게 이어받은 거야."

선대 덕분에 나는 지금 가타쿠라 씨의 맛있는 커피나 요리를 맛볼 수 있는 것이다. 가타쿠라 씨는 쓰게 웃었다.

"물론 감사하고 있어요, 구리하라 씨에게는."

"하하, 하지만 무서웠지."

다치바나 씨가 가타쿠라 씨의 어깨에 올린 손을 떼고 의자에 앉았다.

"그러고 보니 구리하라는 지금 어떻게 지내나. 알츠하이머로 더 이상 일할 수가 없어져서, 은퇴하고 요양 시설에 들어갔다던데."

"어? 그런 거예요?"

나는 고개를 요리조리 돌리며 두 사람을 봤다. 구리하라 씨의 이야기는 몇 번 들은 적 있지만, 알츠하이머라는 것은 처음 듣는 이야기였다. 다치바나 씨는 나를 보고 고개를 끄덕였다.

"어어. 그것도 뭐 사오 년 전인가. 그후로도 건강히 지내지?"

다치바나 씨는 다시 가타쿠라 씨에게 눈길을 보냈다.

"글쎄요……."

가타쿠라 씨가 말을 흘리자, 다치바나 씨가 낮은 목소리로 되물었다.

"뭐야? 안 만난 거야?"

가타쿠라 씨가 기침을 하며 흘려 넘기려 했다. 하지만 흘려 넘기지 못했다.

"안 만난 거지?"

"네, 뭐……. 만나진 않았지만, 지금도 변함없이 요양 시설에 계시다고 해요."

그는 남의 일이라는 듯이 말했다.

"역시 요양원인가. 우리가 뭐 그럴 나이긴 하지."

다치바나 씨가 백발이 된 머리를 긁적였다. 가타쿠라 씨는 흘낏 내 쪽으로 얼굴을 돌렸다.

"다육이의 집이라고 하는 시설이라고 해요. 우연히도 여기 계신 마타타비…… 가 아니라, 아리우라 씨 어머니의 직장이라네요."

"네? 그랬던 거군요!"

아까 가타쿠라 씨가 보인 반응은 이런 이유 때문이었다. 가타쿠라 씨는 신기하다는 듯 고개를 끄덕였다.

"굉장하죠. 이것도 인연이라고 하는 걸까요."

"그렇구나. 엄마한테 연락해 볼까요. 구리하라 씨가 잘 지내시는지 알려 줄지도 모르잖아요."

핸드폰을 보면서 그렇게 말하자 가타쿠라 씨는 희미하게 웃었다.

"어떨까요. 사실 오늘 아침, 구리하라 씨에게 편지가 왔어요. '죽을 것 같다.'라고."

"뭐?"

"네?"

나와 다치바나 씨의 외침이 동시에 딱 맞아떨어졌다.

"어떨까요가 아니잖아요! 죽을 것 같다니…… 왜 지

금 여기 있는 거예요! 만나러 가셔야죠!"

"내 말이 그 말이다. 너 제정신이냐?"

동시에 양쪽에서 꾸중이 날아오자 가타쿠라 씨는 흠칫 뒤로 물러났다.

"으음 그게…… 편지가 오긴 했지만, 보세요. 가게를 열어야 하잖아요."

"변명하지 마세요! 가게 따위 임시 휴업이든 뭐든 하면 되잖아요!"

내가 쾅 하고 테이블을 내리치자, 가타쿠라 씨는 워워 하며 손을 흔들었다.

"아니, 죽을 것 같다고 해도, 편지를 쓸 여유가 있다면 그만큼 심각하게 위독한 느낌은 아니라고 생각했어요."

"그런 문제가 아니라는 걸 알잖아!"

다치바나 씨가 불쑥 엄하게 말했다.

"가. 지금 당장 가라."

"아니, 그렇지만 아직 닫을 시간도 아니고요."

가타쿠라 씨가 반쯤 웃는 듯한 말투로 얼버무렸다. 나는 컵에 남아 있던 커피를 단번에 털어 넣었다.

"잘 먹었습니다! 이걸로 손님은 다치바나 씨뿐이에

요. 얼른요! 빨리 문 닫고 지금 당장 가 보라고요."

"으응, 하지만…… 최근 연락도 소원했고, 갑자기 찾아가더라도 민폐지 않겠어요."

가타쿠라 씨는 계속 고집을 꺾지 않았다.

"구리하라 씨가 편지를 보냈잖아요? 상대가 먼저 연락을 했는데, 갑자기니 민폐니 문제가 될 리 없잖아요!"

가타쿠라 씨의 논리를 깨부쉈다. 그래도 가타쿠라 씨는 가지 않을 이유를 찾고 있었다.

"하지만요. 비도 오고 있고요."

다치바나 선생님도 커피를 탈탈 털어 마셨다.

"비는 이제 슬슬 그칠 거야. 나도 오늘은 숙소 때문에 같이 가 줄 수가 없지만, 너만이라도 찾아가 봐. 너를 보고 싶어 할 거야. 그 녀석이 가게를 물려 준 너를 말이다. 그 녀석은 너를 인정하고 있으니까."

"그러니까."

가타쿠라 씨가 조금씩 말에 힘을 주었다.

"그러니까, 안 되는 거예요."

"뭐가 안 된다는 거냐."

다치바나 씨가 무섭게 노려봤다. 가타쿠라 씨는 고양

이 머리를 긁적였다.

"죄송해요, 마타티비 씨의 지적대로 전부 변명입니다. 저는 단지 그분과 만날 자격이 없어요."

"설마, 아직 그 일을 신경 쓰고 있는 거야?"

다치바나 씨가 진지한 눈으로 고양이 머리를 꿰뚫어 봤다.

무슨 일인 걸까. 아무래도 가타쿠라 씨가 완고하게 거부하는 데는 그럴 만한 이유가 있는 것 같았다.

"그런 말씀은 구리하라가 늘상 하던 독설이잖아."

"하지만 말이죠……."

떨떠름해하는 가타쿠라 씨를 힐끗 본 다치바나 씨가 내 쪽으로 고개를 돌렸다.

"맞아, 아리우라 씨. 아리우라 씨의 어머니가 그 요양 시설에서 일하고 계신 거지. 가타쿠라 녀석 아무래도 불안한 것 같으니까. 어머니랑 만날 겸, 같이 가 줄 수는 없을까."

다치바나 씨의 제안을 듣고 가타쿠라 씨가 조금 얼굴을 들어 올렸지만 나는 고개를 끄덕일 수 없었다.

"안 돼요. 제가 같이 가면 이 사람은 인형 탈을 벗지 않을 테니까요."

나는 가타쿠라 씨의 인형 탈을 가리켰다. 구리하라 씨는 이 사람과 만나고 싶은 것이다. 죽을 것 같다고 한 사람과 만나러 가는데, 내가 있으면 오기로라도 벗지 않을 테지.

가타쿠라 씨는 여전히 주저하고 있다. 나는 다 마신 컵으로 시선을 떨어트리며 물었다.

"가타쿠라 씨는 만나고 싶지 않은 건가요?"

어째서 이렇게 거부하는 것인지, 그 이유를 나는 모르지만.

"가타쿠라 씨가 만나고 싶지 않더라도, 만나러 가 주세요. 구리하라 씨가 죽을 것 같다잖아요."

일부러 편지를 보내올 정도다. 알츠하이머라고 해도, 가타쿠라 씨와 만나고 싶은 것이다.

가타쿠라 씨는 겨우 결심이 선 듯이 주억거리며, 무겁게 몸을 일으켰다.

"아직 조금 이르지만, 가게를 닫을게요. 죄송합니다."

가타쿠라 씨가 밖으로 나갔다. 동작은 차분했지만, 필

요 이상으로 다부지고 빠른 움직임으로 폐점 준비를 했다. 활짝 열린 문의 바깥은 조금 전의 폭우가 거짓말이었던 것처럼 맑게 개어 있었다. 나와 다치바나 씨는 가게 밖에서 가타쿠라 씨의 뒷모습을 배웅했다.

"아리우라 씨가 하는 말은 잘만 듣네."

다치바나 씨가 중얼거렸다.

못 들은 척했다. 다치바나 씨가 한숨을 섞으며 말을 이었다.

"너를 대신할 사람은 얼마든지 있다."

갑작스러운 독설에 깜짝 놀라 다치바나 씨를 돌아보니, 그는 샐쭉 입 꼬리를 올렸다.

"사오 년 정도 전이네. 가타쿠라가 구리하라에게 들은 말이야."

나에게 하는 말이라 생각했는데 그건 아니었다. 안도하면서 동시에 위화감을 느꼈다.

"대신할 사람이 얼마든지 있다니…… 구리하라 씨는 가타쿠라 씨 말고는 아무도 고용하지 않았을 만큼, 가타쿠라 씨를 인정한 게 아니었나요?"

"그건 분명한데. 어느 날 사소한 계기로 엄청 크게 싸워서, 그런 말을 한 것 같네."

비가 그친 하늘이 환했다. 봄의 노을빛이 테라스 자리를 아련한 오렌지색으로 물들이고 있었다. 다치바나 씨는 아이고 하고 앓는 소리를 내며 의자에 앉았다.

"'네 기술은 내가 가르친 거지, 너의 것이 아냐. 만약 네가 없어지더라도, 다른 녀석에게 같은 것을 가르치면 된다고.'라니."

무심결에 눈살을 찌푸렸다. 그건 누구라도 상처받지. 아무리 보살인 가타쿠라 씨더라도, 화가 날 수밖에 없었을 테다.

"결국에는 방해되니까 썩 꺼져 하고 성질을 내면서 때린 것 같아."

"가타쿠라 씨는 그때 뭐라고 안 받아쳤어요?"

"설령 '망할 늙은이!'라고 생각하더라도 그걸 말하지 않는 게 가타쿠라지. 보면 알잖아."

다치바나 씨가 껄껄거리며 건조한 웃음소리를 냈다. 다치바나 씨가 말하는 것처럼, 가타쿠라 씨가 그런 식으로 화내는 것을 본 기억이 없다.

"그렇지 않아도 평소부터 완고하고 까다로운 구리하

라의 성격을 견디며 그 밑에서 몇 년이나 참을성 있게 일했어. 그러던 와중에 그런 말을 듣고, 맞고, 찬물까지 맞아서, 가타쿠라도 꽤나 좌절했지."

아마도 당시의 가타쿠라 씨에게 들은 이야기일 것이다. 다치바나 씨는 가타쿠라 씨를 동정하는 말투로 이야기했다. 그렇다고 하더라도 너무 심한 처우다.

"그러니까 저 태평한 가타쿠라라도 구리하라는 어려워하는 것 같아. 당시에 딱 여자 친구하고도 여러 일이 있어서 잔뜩 풀이 죽은 시기였거든."

문득, 고로케 샐러리맨에게 들은 '지어낸 가타쿠라 씨 친구의 이야기'가 떠올랐다.

혹시 그건 지어낸 이야기가 아니라, 샐러리맨 청년이 물은 것처럼 가타쿠라 씨 본인의 이야기였을지도 모른다는 생각을 했지만 다치바나 씨에게 물을 이야기도 아니어서 캐묻지 않기로 했다.

"그러면 당연히 좌절하죠. 용케 그만두지 않았네요."

나도 테라스 자리의 의자에 앉았다. 파라솔 덕분에 의자와 테이블은 거의 젖지 않은 상태였다. 다치바나 씨는 테이블에 팔꿈치를 기댔다.

"아니, 그만두려 했던 것 같지만. 내가 소개해 줬으니까 내 체면을 생각해서 그러지 못했어. 그만두고 싶어 하는 것 같았는데, 나한테도 그만두고 싶다고 말하지 않았고."

아아, 가타쿠라 씨답네.

"하지만 크게 싸운 뒤로, 가타쿠라는 마침내 가타쿠라 사상 최고의 반역을 저질렀지."

다치바나 씨가 눈썹을 휙 들어올렸다.

"그 가타쿠라 씨가 반역을?"

"그렇다니까. 무려 열흘 연속으로 유급 휴가를 썼어."

뭐라. 가타쿠라 씨 주제에 그런 일이 가능했단 말인가. 하지만 무단 결근이 아닌 점이 가타쿠라 씨다웠다. 놀란 나를 만족스럽게 바라보면서, 다치바나 씨는 계속 말을 이었다.

"자기가 없어도 정말 괜찮은지 확인하려 한 건지, 단순히 곤란하게 만들 셈이었는지, 나로서는 모르지만. 어느 쪽이든 그게 엎친 데 덮친 격으로 상황을 악화시켰지."

"어떻게 되었는데요."

"가타쿠라가 자리를 비운 사이 구리하라의 알츠하이머 증세가 더 가속화됐어."

다치바나 씨는 무겁고 낮은 목소리로 읊조렸다.

"지금에 와서 생각하면, 가타쿠라에게 그리 모질게 대한 그때부터 이미 조금씩 증상이 있었던 거야. 그게 아니라면 아무리 구리하라라도 그런 짓은 하지 않아."

솨 하고 바람이 불었다. 테라스의 파라솔이 흔들린다.

"증세가 두드러진 구리하라는 당연히 일 처리도 나빠졌지. 늦게 나오지, 잘못 나오지, 손님한테 되려 화내지. 결국엔 자기가 쫓아냈으면서 '유즈키는 어딨냐!' 하고 난리를 피우는 거야."

애처로운 이야기였다. 공연히 마음이 괴로워져서, 주먹을 꽉 쥐었다.

"아무리 그래도 이건 아닌가 싶어진 가타쿠라가 살피러 왔더니, 구리하라 자식, 이번에는 가게 일을 전부 가타쿠라에게 떠넘겼어. 자기는 이제 시설에 들어갈 테니까, 뒤를 부탁한다고. 노하우가 있는 건 가타쿠라뿐이었으니까. 하지만 그 당시의 가게 이름을 그대로 쓰지 말라고 했고."

완전히 제멋대로였네. 알츠하이머였으니까 어쩔 수 없었을지도 모르겠지만.

“당시 가게 이름은 ‘카페 밤나무’였어. 가타쿠라는 순순히 가게를 물려받아, 들은 대로 가게 이름도 살짝 바꿨지.”

‘카페 고양이 나무’. 그 유래에 이런 사연이 있었다니 생각지도 못했다.

가타쿠라 씨는 어떤 마음으로 이 일을 계속하고 있는 걸까. 따로 하고 싶은 일이 있었을 지도 모르는데, 반쯤 강제로 떠맡아서.

“그만두고 싶었던 시점에 그만뒀다면, 그 녀석의 인생은 지금과 달랐을지도 모르지. 나도 ‘그만둬도 돼.’라고 한마디 했다면 좋았을 테지만.”

다치바나 씨는 주름이 가득한 얼굴을 더욱 일그러트리며 씁쓸히 웃었다.

“구리하라가 나에게 자랑을 했거든. 가타쿠라가 배우는 게 빠르고 성실해서 손님들한테도 평이 좋고, 장기도 가르치니까 하루하루 실력이 는다고.”

“네?”

조금 전의 이야기와는 완전 딴판이다. 입을 떡 벌리고 있으니 다치바나 씨는 그런 반응에 납득한 것처럼 고개를 끄덕였다.

"당사자가 없는 곳에서는 칭찬을 얼마나 하는지. 구리하라도 마음속에서는 가타쿠라를 시원찮다고 생각하는 게 아니었어. 그러니까 나도 조금만 더 애쓰게 하고 싶었어. 구리하라한테 가타쿠라를 뺏는 것도 안됐고. 완전히 제 아들처럼 정을 쏟았으니까. 카린이 왔을 때는 손녀가 생긴 것처럼 기뻐했지. 그 녀석 아이가 없으니까."

이런 청개구리가 또 없다.

"가타쿠라가 그걸 안 건, 구리하라가 시설에 들어간 뒤야. 그 녀석은 성실하니까, 구리하라의 알츠하이머가 한 번에 악화된 건 자기 탓이라고 생각해 죄책감을 느끼기나 하고 말이야."

구리하라 씨와 만나지 않겠다 변명을 늘어놓던 이유를 겨우 이해했다. 거북해서 만나고 싶지 않은 게 아니다. 얼굴을 볼 면목이 없다고 생각했던 것이겠지.

"하지만…… 거의 친아들처럼 귀여워하셨네요."

“응. 그러니까 아리우라 씨가 말한 대로, 구리하라는 가타쿠라를 만나고 싶어 할 테지.”

다치바나 씨가 먼 곳을 바라보았다.

“구리하라가 시설에 들어가고 가타쿠라가 혼자 카페를 경영하기 시작할 무렵 나도 전근이라든가 뭐 여러 사정으로 멀리 이사를 갔어. 가타쿠라가 언제부터 저런 인형 탈을 쓰기 시작했는지는 나도 모르겠지만…….”

이건 나의 억측이지만, 가타쿠라 씨가 익명성에 집착하는 이유는 그것이라는 예감이 들었다. 대신할 사람이 있다는 말을 듣고, 자기가 아니어도 된다고, 그런 마음에서 얼굴을 숨기고 있는 것이다.

사무실에 놓여 있던 구리하라 씨의 사진을 떠올렸다. 그건 분명 가타쿠라 씨가 자신에게 주는 벌이자, 가르침을 받은 구리하라 씨를 향한 존경의 마음을 나타내는 것일지도 몰랐다.

“가타쿠라 씨는 그런 각오를 가지고 이곳의 마스터를 하고 있는 거네요……. 마음 가는 대로 산다고 말하는 주제에.”

다른 사람의 아픔을 아는 것은 구리하라 씨에게 받은

상처에서 유래한다. 동시에 구리하라 씨가 사사한 요리 실력과 커피 내리는 기술, 그리고 이 가게를 사랑하는 마음을 이어받아, 지금의 '고양이 나무'와 가타쿠라 씨가 있다. 분명 그런 것일 테다. 나에게는 극히 일부분밖에 보여 주지 않지만.

"무사히 재회하면 좋겠네요. 죽을 것 같다고 말씀하셨던 것이 마음에 걸리지만……."

그렇게 말하자 다치바나 씨가 히죽 웃었다.

"그 전에 가타쿠라가 꽁무니를 빼고 돌아오지 않아야 할 텐데. 죽을 것 같다고 연락이 왔는데도 떠밀지 않으면 가지 않는 녀석이니까. 겁이 나긴 할 거야."

그 뒤 다치바나 씨는 그럼 이만 하고 중얼거리며 의자에서 일어났다.

"긴 시간 늙은이의 추억담을 듣게 해서 미안하군. 나도 슬슬 가 봐야겠어."

"아뇨, 감사합니다. 정말 귀한 이야기였어요."

나도 자리에서 일어나 허리를 숙였다. 가타쿠라 씨 본인에게서는 절대로 들을 수 없는 이야기였다. 구리하라 씨만이 아니라, 이 사람도 분명 가타쿠라 씨가 지금의 성격이 되는데 커다란 영향을 끼쳤을 것이다.

다치바나 씨는 다시 나와 눈을 마주쳤다.

"여기에 온 덕분에 영감을 받았어."

"그러고 보니 소설을 쓰신다 하셨죠."

"뒷방 늙은이의 시시한 취미지만. 집에 돌아가면 또 신작을 써야지. 타이틀은, 그래."

다치바나 씨가 씩 웃었다.

"'카페 고양이 나무 이야기'는 어때."

"아하하, 그냥 그대로잖아요."

재미없을 것 같다.

"그러면 가타쿠라를 잘 부탁하네."

다치바나 씨는 재킷을 뒤집어 든 뒤, 발길을 돌렸다.

"그 녀석은 너무 착해서 두고 볼 수가 없어. 멍청한 짓을 하기 시작하면, 좀 말려 주게."

다치바나 씨는 손을 흔들며 바다를 향해 걸어갔다. 백발의 뒷모습이 점점 작아졌다. 근사한 할아버지였다. 복숭아빛이 섞인 맑게 갠 오렌지색 저녁 하늘이 물웅덩이에 비쳤다. 나도, 다치바나 씨와 반대 방향으로 걷기 시작했다.

귀갓길에 벚나무가 있는 제방에 들렀다. 예상대로 벚꽃이 비에 맞아 떨어져, 만개를 기다리던 나무가 홀쭉해져 있었다.

"아아……."

소리를 내어 아쉬워했다. 결국엔 말하지 못했다. 가타쿠라 씨와 슬로 라이프 스타일로 휴일을 함께 보내겠다는, 그런 사소한 소원. 벚꽃이 져서 회사의 벚꽃놀이는 아마도 그냥 넘어가겠지만, 그 대신 회식이 잡히리라 예상되었다. 그와의 산책은, 다른 기회로 대신하는 것이 불가능한데.

"벚꽃은 지기 때문에 비로소 아름답다."

가타쿠라 씨가 했던 말을 중얼거려 보았다.

"이것도 지는 방법 중 하나일지도 모르겠네요라니……."

내가 말하자 그냥 얄팍하게 들렸다. 가타쿠라 씨의 말에는 뭔가 다른 의미가 있었던 것이 틀림없다.

이미 지나 버린 일에 대한 어쩔 수 없는 쓸쓸함. 되돌아갈 수 없으니 앞으로 나아가는 수밖에 없다는 복잡한 생각들이 그런 말로 표현된 건지도 모른다고 괜한 짐작을 해 본다.

물방울로 반짝거리는 벚나무를 올려다보았다. 살랑, 젖은 꽃잎이 한 장 떨어졌다. 팔랑팔랑 흔들리며 강으로 날아간다. 나는 멍하니 그 꽃잎이 날아가는 것을 바라보았다.

살랑살랑. 꽃잎이 떨어진 그 앞, 나는 나도 모르게 숨을 삼켰다.

조금 물이 불어난 강이 벚꽃색으로 물들어 있다.

떨어진 꽃잎이 수면에 펼쳐져, 하얀 융단처럼 한 면을 가득 메우고 있었던 것이다.

"예뻐라."

무심결에 뱉은 혼잣말이 봄바람을 타고 날아갔다. 한 잎, 또 한 잎. 꽃잎이 강을 향해 떨어져 간다.

벚꽃은 덧없이 지기에 아름답다. 어쩔 수 없는 쓸쓸함, 되돌아갈 수 없는 복잡한 마음. 그 앞이 반드시 슬픈 빛만 띠고 있는 것은 아니니.

좋아. 하얘진 강을 보고 기합을 넣었다. 내년이야말로, 만개한 벚꽃을 봐야지. 사적인 시간을 보내는 가타쿠라 씨를 관찰하자. 꼭 그래야지.

그날 밤, 잠들기 전 오랜만에 내가 먼저 엄마에게 전화를 걸었다.

"무슨 일이여. 혼자 잘 사는겨?"

오랜만에 듣는 사투리가 스피커에서 흘러나왔다.

"혼자 잘 살고 있어. 엄마의 새로운 직장은 어떨까 궁금해서 전화 걸었어."

"그려, 그 일로 나쓰미헌티 보고할 일이 있는디."

엄마는 기분이 좋아 보이는 듯한 목소리로 말하기 시작했다.

"오늘 말이여, 직장에 니랑 아는 사람이 왔잖여. 나쓰미 씨의 어머님이십니까 하믄서 말여."

누구를 말하는지 바로 알았다. 아무래도 도망치지 않고 만나러 간 듯했다.

"어때, 그 사람, 만나고 싶은 사람이랑은 무사히 만났어?"

오지랖을 부리며 묻자, 엄마는 후후훗 하고 웃었다.

"사이좋게 장기를 두대."

"응? 죽을 것 같다는 거 아니었어?"

엉겁결에 소리를 지르자, 엄마는 오히려 재미있다는

듯이 웃었다.

“그건 지루해 죽겠슈라는 얘기잖여.”

“뭐야, 다행이다. 그럼 건강한 거네, 구리하라 씨.”

그렇게 엄살을 떨어서라도 가타쿠라 씨와 만나고 싶었던 거겠지. 두 사람이 무사히 재회할 수 있어서 정말 다행이다.

엄마는 기쁜 듯이 말을 이었다.

“구리하라 씨 말여, 고집도 세고 까다로운 사람이라 다른 입주자들이나 우리헌티도 벽을 세우는 사람이여. 그른데 그 형씨가 오니까 으음청 기분이 좋아진겨.”

엄마가 몇 번 목을 가다듬은 후 나는 들은 적도 없는 구리하라 씨의 말투를 흉내 냈다.

“‘장기로 나랑 대등하게 겨룰 수 있는 건 네 놈밖에 없어. 네 녀석을 대신할 인간은 아무리 찾아도 없다.’라나.”

“……그렇구나.”

나도 모르게 눈물샘이 터졌다. 다행이네, 가타쿠라 씨.

“사제지간 같은 거라 말하든디. 친아들이라구 생각했다니께.”

엄마는 평소의 목소리로 돌아와 신기하다는 듯이 이야기를 이었다.

"안 닮은 부자구마잉 하고 생각했는디."

엄마의 순진한 감상에 눈물이 나올 것 같았다. 어슬렁어슬렁 걸어온 냐스케를 껴안으며 눈물을 참았다.

"그 형씨, 일부러 예의도 바르게 내헌티 인사를 허러 오잖여. '나쓰미 씨 덕분에 여기에 올 수 있었습니다.'라고. 니가 뭘 하긴 한겨?"

가타쿠라 씨는 허풍을 친다니까.

"아무것도 안 했어. 그보다."

무심코 자세를 바로 했다.

"그 사람 어떻게 생겼어?"

"뭐여? 아는 사람 아니었어?"

"응, 아는 사람인데. 인형 탈 안 쓰고 있었지?"

"인형 탈? 뭔 소리여."

엄마는 귀중한 광경을 목격했다는 것을 알지 못했다.

"있지, 어떤 사람이었어? 나를 진짜로 나쓰미 씨라고 불렀어?"

"불렀지, 그럼. 아니 그니께 아는 사람이 아닌 겨?"

"아는 사람인데 얼굴은 몰라. 닮은 연예인 있어? 닮은 동물이라도 괜찮으니 말해 봐."

"으잉? 만난 적 있을 거 아녀."

냐스케를 안고 진심으로 맹세했다.

내년 벚꽃을 기다릴 것도 없다고. 가까운 시일 내에 그 인형 탈을 벗겨 주겠다고.

# 고양이 남자, 달리다

"기뻐할 만한 소식이 있어, 아리우라 씨."

지부장이 나를 회의실로 부른 것은 햇빛이 눈부시던 5월의 어느 날이었다.

아메쇼 지부장이 도쿄 본사에 전근한 뒤 벌써 한 달. 새로 배속된 지부장은 차가운 인상에 조금 험상궂은 얼굴을 한 남자였다. 하지만 어딘지 얌전한 대형견을 방불케 하는 사람이기도 했다.

"아리우라 씨는 이 마을의 지사로 발령받아 마음고생도 한 것 같지만, 일 년 동안 성실하게 근무했다고 하더군."

대형견 지부장이 책상에 팔꿈치를 괴었다.

"희소식이겠네. 아리우라 씨는 본사에 돌아가게 됐어."

귀를 통해 들어온 음성이 뇌에 도착할 때까지 시간이 걸렸다.

"요전에 본사에서 연락이 왔어. 원래 일 년은 반성 기간이라고 해야 할지, 그런 거거든. 이곳에서 열심히 노력했으니까 이제 돌아오라고 하는 거야."

"아, 저기, 네."

얼이 빠진 채 대답했다. 지부장은 험상궂은 얼굴로 만족스럽다는 듯 빙긋 웃었다.

"축하해."

"네, 감사합니다."

대답하는 목소리에 힘이 쭉 빠져 바들바들 떨렸다.

그렇구나, 이제 곧 일 년이 되네.

귀갓길의 노을 진 하늘을 올려다보며 생각했다. 그러고 보니 처음 이 지사에 온 날의 퇴근길 하늘도 이렇게 석양이 지고 있었다. 훌쩍훌쩍 울다가 우연히 발견한 카페에 들어가고 가타쿠라 씨를 알게 됐다. 그 후로 일 년인가.

해변을 자전거로 달리다가 도중에 브레이크를 잡았다. 방파제를 따라 아스팔트로 포장된 길. 냐스케와 만난 것도 분명 이 근처였다. 시선을 들면 그 앞에는 늘 들르는 카페가 있다. 빨간 지붕이 노을빛에 감싸여 있다. 아름다운 광경인데 어째서 이렇게 쓸쓸하게 보이는 걸까.

순간 평소처럼 커피라도 마실까 하는 생각이 들었다. 하지만 그날은 가게 옆을 똑바로 지나쳐 갔다.

가타쿠라 씨에게 뭐라고 말하지.

도쿄 본사에 돌아가게 되었습니다, 지금까지 감사했어요. 손님과 카페 주인에 불과한 우리 사이라면, 그걸로 충분할지도 모르겠지만.

오늘은 도무지 카페에 들를 마음이 생기지 않았다.

"다녀왔어, 냐스케."

현관에서 구두를 벗으면서 냐스케를 불렀다. 퇴근길에 카페에서 커피를 마신 뒤, 아파트로 돌아온다. 그게 평소의 흐름이었다. 오늘은 카페에 들르지 않았지만, 냐스케가 현관으로 마중을 나오는 것이 일상이다.

"맨날 혼자 둬서 미안해. 오늘은 맛있는 간식을 먹을까?"

냐스케가 좋아하는 간식을 잔뜩 사 두었다. 가타쿠라 씨가 추천해 준 몸에도 좋고 맛있는, 고양이의 건강과 입맛을 모두 만족하는 통조림이었다.

일을 하고 집으로 돌아와 냐스케와 뒹군다. 오늘도 그런 평소와 다름없는 일상이었을 터였다.

"……냐스케?"

냐스케의 기척이 없다.

"응? 왜 반겨 주지 않는 거야?"

좁은 방을 살펴보았다. 평상시라면 현관에서 식빵 모양으로 앉아 나를 기다리다가, 돌아온 내 발치에 몸을 비벼 왔을 텐데. 오늘은 모습이 보이지 않는다. 그렇다면 벽장에서 자고 있는 거구나.

"냐스케? 냐스케 어디 있어?"

벽장을 열어도 없다. 옷장 안, 테이블 아래, 캣 타워에 달린 침대 안에도. 어디를 보아도, 눈에 익은 줄무늬가 보이지 않는다.

"냐스……."

살랑, 바람이 머리카락을 간지럽혔다.

어라? 방 안에 있는데, 웬 바람?

돌아보고 눈이 튀어나오는 줄 알았다. 창문이 열려 있었다.

창문은 고양이라면 자유롭게 나가 버릴 수 있을 만큼 열려, 미지근한 바람을 방 안으로 흘려 보내고 있었다.

"냐스케! 나가 버린 거야? 돌아와!"

아파트에서 튀어나와 가타쿠라 씨에게 받은 고양이 낚싯대를 흔들며 소리쳤다.

어두워지기 시작한 하늘에 구름이 끼기 시작했다. 파도 소리가 희미하게 들려왔다. 고양이의 모습은 어디에도 보이지 않았다.

"냐스케!"

불러도 오지 않는다. 아파트 주변에는 없다는 걸 확인하고, 해안 도로를 향해 걷기 시작했다. 주위를 살펴도 냐스케 같은 고양이는 없었다.

어떡해. 우선은 가타쿠라 씨에게 연락부터 해야지. 당황하며 핸드폰을 꺼내, 언덕을 내려가며 전화를 걸었다. 아직 가게에 있을 거였다. 카페 번호로 전화를 걸자 가타쿠라 씨가 받았다.

"네, 카페 고양이……."

"어떡해요, 가타쿠라 씨! 제가 진짜 말도 안 되는 짓을……."

가타쿠라 씨가 말을 끝내기도 전에 소리쳤다. 그는 바로 나라는 것을 알아차린 듯 차분한 목소리로 대답했다.

"무슨 일이세요?"

"냐스케가…… 창문으로 가출해 버렸어요."

오늘 회사에서 있던 일 때문에 카페에 들르지 않았다는 것도 잊고, 나는 가타쿠라 씨에게 냐스케의 일부터 허둥지둥 설명했다.

"제가 창문을 열어 둔 채로 출근 따위를 해 버렸으니까요! 어떡하죠, 죄송해요."

"흐음…… 냐스케가 없다는 거군요."

전화 너머의 가타쿠라 씨는 드물게 낮고 진지한 목소리였다.

"정말로 죄송해요. 제가 창문을 열어 놓고 가서, 도망쳐 버렸어요."

멍청하게도, 아침에 창문을 연 기억조차 없다. 어째서 그렇게 경솔한 짓을 해 버린 건지 나 자신도 이해가 가지 않았다.

가타쿠라 씨는 다시 평소의 온화한 목소리로 돌아와 말했다.

"우선 진정하세요, 괜찮아요. 고양이는 영역 동물이니까 그렇게 멀리는 가지 않았을 것이라고 생각해요. 금방 돌아올 거예요."

가타쿠라 씨의 침착한 목소리를 듣고 있자 조금이지만 마음이 놓였다.

"근처에 있을지도 모르겠지만…… 어떡하죠, 차에 치이거나, 다른 고양이랑 싸우기라도 하면!"

진정하고 냉정해지려 할수록, 끔찍한 생각이 떠올라 냉정함을 잃어 갔다.

"이상한 사람이 돌을 던지거나, 독을 먹이거나……"

목소리에 점점 울음이 섞여 들어갔다. 걸음이 느려졌다. 냐스케에게 혹시 무슨 일이라도 생긴다면, 어쩌면 좋지.

"가만히 있을 수도 없어서, 일단은 찾으러 나왔는데요……, 아파트 근처에는 없는 것 같아요."

"괜찮아요."

그렇게 말하는 가타쿠라 씨의 목소리는 조금 가라앉아 있었다.

"가타쿠라 씨, 지금 어디에 계세요?"

"가게에서 뒷정리를 하고 있어요."

"냐스케, 그쪽으로는 가지 않았나요?"

가타쿠라 씨에게 묻자 그는 잠시 공백을 두고 대답했다.

"안 왔네요."

냐스케는 가타쿠라 씨를 만나러 간 것도 아닌 것 같다.

"올 수도 있으니까 저도 이 근처를 찾아보겠습니다. 마타타비 씨는 혹시 찾지 못하더라도 너무 늦지 않게 돌아가 주세요."

가타쿠라 씨는 이런 순간까지 나를 걱정하고 있다.

"화내도 돼요."

나는 떨리는 목소리를 쥐어짰다.

"책임지고 맡아 기르겠다고 말한 주제에, 잃어버리면 어떡하냐고. 주인으로서 최악이라고 질책해도 할 말 없어요."

"그렇게 생각 안 해요."

"죄송해요, 가타쿠라 씨."

"사과하지 말아 주세요. 분명 돌아올 거예요. 일단 차분하게 움직여 주세요. 그럼 이만 끊을게요."

전화가 끊겼다. 멈춰 서서, 새카매진 핸드폰 화면을 봤다. 가타쿠라 씨의 말씨가 조금 달랐다. 목소리는 평소처럼 담담했지만 말은 빨랐다. 가타쿠라 씨도 틀림없이 초조한 것이다.

"냐스케!"

다시 냐스케의 이름을 외쳤다. 아무도 없는 해안 도로에 내 목소리가 메아리치다 사라졌다.

오후 8시. 가로등이 적은 해변 도로는 새까맣고 컴컴했다. 어두운 탓에 냐스케를 찾기 어려웠다.

"냐스케, 부탁이야. 돌아와 줘."

갈라진 목소리가 아스러졌다. 십여 분, 냐스케의 이름을 부르며 걷자 카페가 보였다. 여기까지 걸어왔는데도,

아직 찾지 못했다. 카페의 창문을 보자 불은 켜져 있지 않았다. 가타쿠라 씨는 이미 카페를 떠난 것 같았다.

냐스케와 처음 만난 곳은 이 카페 근처였다. 이 부근까지가 냐스케의 영역이었을 터다. 공터의 풀숲에 발을 디뎠다.

"냐스케."

귀가 좋은 냐스케라면 어디선가 내 목소리를 듣고 있을까.

"부탁이야. 돌아와."

고양이 냐스케는 사람의 말을 알지 못한다. 나의 비통한 외침도 이해하지 못할 것이다. 우뚝 멈춰 서자 손에 쥐고 있던 고양이 낚싯대가 바람에 흔들렸다. 가타쿠라 씨가 냐스케에게 주세요 하고 선물해 준 것이다.

내가 부주의했던 탓에 냐스케가 사라져 버리고 말았다. 냐스케도 없는데 가타쿠라 씨에게까지 미움받으면 나는 어쩌지.

울고 싶어졌다. 꿀꺽 하고, 침을 삼키며 울음을 참았다.

약간 쌀쌀한 봄밤의 애매한 공기가 나를 감쌌다. 미적지근한 바람이 풀숲을 쓰다듬고 지나갔다. 풀숲 안에서 쭈그려 앉아 냐스케를 찾아보아도, 모습은 보이지 않았다. 냐스케가 갈 만한 곳은 또 어디가 있을까. 짐작조차 할 수 없었다. 내 방에 있을 때 냐스케가 가는 곳은 대개 정해져 있었지만, 집 밖의 영역에 대해서는 생각해 본 적도 없다.

"냐스케……."

부탁이니까, 나와 봐. 앞으로 도쿄로 돌아가는데, 냐스케에게 버려지고 가타쿠라 씨와도 서먹해진다니, 그런 뒷맛이 나쁜 이별은 정말이지 싫었다.

불쑥 핸드폰이 울렸다. 화면을 보자 다시 울고 싶어졌다.

"가타쿠라 씨……."

바로 전화를 받자, 가타쿠라 씨는 조금 숨을 몰아쉬었다.

"냐스케는 찾으셨나요?"

"아니요, 안 보여요."

"저도 찾고 있는데 발견하지 못했어요."

가타쿠라 씨도 냐스케를 걱정해 주고 있다.

"이젠 깜깜해졌으니까…… 마타타비 씨는 이쯤에서

멈추고 돌아가 쉬세요."

겸사겸사 나까지 걱정해 줬다. 가슴이 죄여 괴로웠다.

"죄송해요. 죄송합니다."

"괜찮다니까요. 꼭 찾을 거예요."

상냥하게 달래는 듯한 말투였다.

"세상에는 고양이를 풀어놓고 키우는 사람들도 있잖아요."

"그렇지만, 그런 건 어린애를 방치하는 거나 마찬가지라고 생각해요. 저는 책임을 지고 냐스케와 같이 살 거라 결심했……."

그렇게 결심했는데, 잃어버리고 말았다.

"고양이는…… 길 위에서 죽으면 폐기물 취급이죠. 제대로 장례도 치러주지 않고……."

어딘가에서 들은 지식이 불쑥 떠올랐다. 최악의 사태만이 머릿속을 맴돌고, 마음을 지배해서 이상해질 것만 같다. 가타쿠라 씨는 씁쓸하게 웃었다.

"괜찮아요, 냐스케는 살아 돌아올 거예요. 풀어 키우는 고양이들도 다 돌아오잖아요. 냐스케도 이번엔 집을 나갔지만 분명 무사히 돌아올 겁니다."

정말 그럴까. 나는 가타쿠라 씨의 온화한 말투에 조금이지만 안심하고 말았다. 입을 꾹 다문 나에게 가타쿠라 씨는 계속 천천히 말을 걸었다.

"혹시 찾지 못하더라도…… 건강하게 잘 지낼 거예요, 그 아이라면."

가슴이 울컥하고 치밀어 올라, 눈물이 핑 돌았다.

"역시 조금만 더 찾아볼래요."

냐스케가 돌아오지 않는다니, 싫다. 냐스케가 길고양이로 있고 싶은 것이라도, 나의 제멋대로인 고집일지라도, 그래도 절대 싫다.

풀숲 안에서 웅크린 채 목소리가 떨렸다. 바닷바람이 뜨뜻미지근했다. 파도 소리가 귀를 간질였다.

"마타타비 씨, 이제 어두우니까 오늘은 그만 돌아가 주세요."

가타쿠라 씨가 온화하게 나를 달랬다.

"저도 이만 돌아갈게요."

"아뇨, 찾을래. 찾을래요."

꼴사나울 정도로 눈물이 넘쳐흘러서, 코맹맹이 소리가 났다.

"데리고 돌아갈래요."

"마타타비 씨. 부탁이니까 제발 제 말대로 해 주세요. 내일도 출근하셔야 하니까, 오늘은 이쯤에서 멈추고 내일 다시 찾아봐요."

"싫어요."

"내일 돌아올지도 모르는 거잖아요. 오늘은 이만……."

"싫다고요!"

"그러니까!"

드물게 가타쿠라 씨가 조금이지만 목소리를 높였다.

"제가 맡긴 고양이 때문에 마타타비 씨에게 무슨 일이 생기면 곤란해요."

가타쿠라 씨답지 않은, 조금 가시 돋친 말투였다.

"부탁입니다. 그렇게 울지 말아 주세요."

가시가 있는데, 입에서 나오는 말은 평소보다 훨씬 다정했다. 언제나 그런 식으로 나를 응석 부리게 만든다.

말이 목에 걸려 아무 소리도 나오지 않았다. 무슨 말을 하려고 했는데, 마음이 괴로워서, 전부 잊고 말았다.

가타쿠라 씨는 다시 온화한 말투로 돌아갔다.

"냐스케는 괜찮을 거니까요. 그러니까, 오늘은 이만

여기서 멈추죠."

"……네."

겨우 짜낸 대답은 다 갈라진 목소리 한 토막이었다.

"좋아요. 조심히 돌아가 주세요. 안녕히 주무세요."

가타쿠라 씨가 전화를 끊었다. 뚜- 뚜- 전자음이 고막을 간지럽혔다.

냐스케. 부르려 했지만 목소리가 나오지 않았다. 나는 풀숲에서 일어나 낚싯대를 축 늘어트린 채 터벅터벅 걸어 아파트로 돌아갔다.

방으로 돌아와 다시 한번 냐스케를 찾았다. 어디에도 없었다. 냐스케의 사료와 장난감만이 남겨진 채로, 텅 빈 방이 침묵하고 있었다.

아무것도 먹고 싶지 않았다. 샤워를 하고, 이불 속으로 들어갔다. 잠이 오지 않는다.

"냐스케……."

혼잣말처럼 이름을 불러 보아도, 마음이 쓰릴 뿐이었다.

어두운 방의 천장을 올려다보았다. 이대로 눈을 감으

면, 냐스케의 발소리가 들려온다든가. 그런 실속 없는 상상을 한다. 적어도 무사하기만 했으면. 기도하면서 억지로 눈을 감았다.

천천히 의식이 멀어지고, 졸음이 덮쳐 왔다. 얕은 잠에 빠져들었다.

"냐스케를 발견했어요."

가타쿠라 씨에게 전화가 걸려 왔다. 핸드폰을 귀에 댄 채로 나는 소리를 질렀다.

"어디에요? 무사한가요?"

"마타타비 씨의 아파트 앞이요."

가타쿠라 씨가 입을 떼기 어려운 듯 잠시 말을 골랐다.

"하지만 유감스럽게도……."

유감스럽게도?"

"유감스럽게도, 냐스케는 이제……."

가타쿠라 씨는 그다음을 말하지 않았다.

그럴 수가.

"냐스케!"

비명을 지르며 파드득 튀어 올랐다. 밖에서 참새가 울었다. 얼굴이 축축했다.

"꿈……."

혼잣말로 중얼거렸다. 최악의 악몽을 꾸고야 말았다.

둘러보니 아침 햇살로 가득 차 밝아진 방은 변함없이 썰렁하고 고요했다. 텅 빈 밥그릇, 캣타워, 방치된 고양이 낚싯대. 주인을 잃은 그 물건들은 영혼이 빠져나와 내팽개쳐져 있는 것처럼 보였다.

빈 껍질투성이가 된 방에서 느릿느릿 몸을 일으켰다. 옷을 갈아입고, 가볍게 아침밥을 챙겨 먹었다.

평소대로 아침을 시작했다. 평소와 다른 건 발치를 맴도는 냐스케가 없다는 것뿐이다.

악몽이 뇌리를 스쳤다. 냐스케는 지금 어떻게 지내고 있는 걸까. 다치지는 않았을까. 무사하기만 하면 좋겠다. 회사에 가고 싶지 않다. 지금은 일할 때가 아니다.

그렇다 하더라도, 고양이를 찾기 위해 결근할 수는 없는 노릇이었다. 순순히 자전거에 올라 회사를 향해 출발했다. 조금 속도를 늦춰 출근길을 달리며 주변을 살폈다. 아파트 주변에 냐스케는 없었다. 해안 도로에서도 냐스케를 찾지 못했다.

비틀비틀거리며 자전거로 한 바퀴 돌며 찾아보았지만, 결국 소득 없이 회사에 도착하고 말았다. 일단 냐스케는 잠시 내려놓고 업무에 집중해야 했다. 인스턴트커피를 한 잔 타서 자리에 앉았다. 진정해. 냐스케는 점심시간에 다시 찾아보자. 지금은 우선 일하자…….

"아리우라 씨, 이 서류 인감이 빠졌는데."

의식을 작업에 집중하려던 순간, 지부장이 불러 흠칫 뒤를 돌아보았다. 대형견 같은 얼굴이 이쪽을 어이없어하며 보고 있었다.

"앗…… 죄송합니다."

실수했다. 집중력이 부족하다. 서류를 받자 대형견은 다시 찌릿하고 눈을 흘긴 뒤 사라졌다.

"별일이네."

미카가 내 쪽을 살폈다.

"들었어. 도쿄 본사에 돌아가는 걸로 되었잖아. 그 일로 너무 붕 뜬 거 아니야?"

전혀 틀린 짐작이었지만, 고양이를 찾고 있다고 말해

도 진지하게 들어 줄 것 같지 않은 느낌이었다. 이 사태의 중대함은 아는 사람만이 안다. 아마도 미카에게는 이해받지 못할 것이다.

"응, 그럴지도. 붕 떠 있는 걸 수도 있네. 진정해야지."

얼굴에 쓴웃음을 짓고서 대답했다.

냐스케의 일이 터져서 거의 잊고 있었지만, 그래도 내 머릿속을 엉망진창으로 어지럽히는 사안 중 하나였다. 붕 떠 있다기보단 기분이 정리되지 않았다고 해야 할까.

"부럽다, 본사 가는 거. 아메미야 지부장, 잘 지내고 있을까. 아, 이제 지부장이 아니네. 본사 영업부장인가."

미카가 태평한 한숨을 쉬었다.

"있지, 나쓰미. 본사에 가면 아메미야 씨의 사진 좀 보내 줘."

어깨에 손을 올리고 찰싹 붙어 떨어질 줄을 몰랐다.

"어째서 내가 아메쇼……가 아니라, 아메미야 씨의 사진을 찍어야 하는데……. 기분 나빠 할걸."

"그 정도는 해 주라. 나는 외롭다고. 아직 실연으로 풀죽어 있으니까."

실연한 후에 어떻게 됐는지는 질릴 정도로 들은 이야

기였다. 마음을 전했을 뿐이니 아직 기회는 많다고 말했지만, 아메미야 씨 본인이 본사로 옮겨 간 이후 연락 두절. 실로 당연한 전개가 되어 버렸다.

"나쓰미에게 걸려 있으니까! 부탁할게!"

"부탁하지 말아 줘."

상사를 몰래 사진을 찍다가 들키기라도 한다면, 다시 벽촌으로 좌천당할지도 몰랐다.

미카가 자기 자리로 돌아간 것을 확인하고, 김이 올라오는 커피로 입술을 축였다. 물을 너무 넣은 듯, 별로 맛이 없었다. 카페의 사무실에서 가타쿠라 씨에게 커피를 타 준 날이 떠올랐다. 가타쿠라 씨는 그 커피를 절찬하면서, 재주도 좋게 인형 탈을 쓴 채로 마셨다. 아무것도 아닌 이야기를 나눴다.

우리들은 다시 그날처럼 지낼 수 있는 걸까.

나는 냐스케를 잃어버린 데다, 사라진 냐스케를 버려두고 가는 것처럼 도쿄에 돌아가는 걸까. 그런 박정한 나를 가타쿠라 씨는 어떻게 생각할까. 냐스케는 어떻게 되어 버리는 걸까.

위험하다. 울음이 터질 것 같다. 역시 집중력이 현저

하게 떨어졌다. 설레설레 고개를 저은 뒤 서류에 도장을 찍었다.

가타쿠라 씨에게 전화가 왔던 것을 확인한 건 그날 저녁이었다.

점심시간에 회사 주변을 찾아보았지만 역시 냐스케를 찾지 못한 채로, 멍하니 하루를 보내고 퇴근하면서 냐스케를 찾을 생각을 하고 있던 때였다. 핸드폰 화면 가운데에 '부재중 음성 메시지'라는 표시가 떠 있었다.

초조한 나머지 손을 덜덜 떨면서, 음성 메시지를 재생했다. 카페의 번호가 아니라, 가타쿠라 씨의 핸드폰으로 걸린 전화였다. 남겨진 시간은 이른 오후였다.

'메세지를 재생합니다.'

기계음이 고막을 흔들었다. 심장이 두근두근 빠르게 뛰기 시작한다.

안내 음성이 끝나자 곧 귀에 익은 가타쿠라 씨의 목소리가 흘러나왔다.

"안녕하세요, 마타타비 씨. 냐스케를 찾았어요."

평소대로 차분한 목소리였다. 어디인가요, 무사한가

요. 묻고 싶은 말이 한가득이었지만, 지금 이 목소리는 음성 메시지다.

"마타타비 씨의 아파트 앞에서."

가슴이 턱 막혔다. 냐스케와 만나고 싶어. 만지고 싶어. 끔찍한 꿈이 떠올라 새카만 불안이 치밀어 올랐고, 너무나 평온한 이 사람의 목소리를 듣자 오히려 마음이 불안정해졌다.

흐르기 시작한 눈물은 아스팔트 위로 툭툭 떨어져 내렸다.

자전거로 내달려 상점가를 빠져나왔다. 해안 도로에 접어들어 바닷바람을 가르며 달렸다. 봄의 저녁노을이 바다를 반짝반짝 비춰서 마치 만든 것처럼 아름다웠다.

마침내 석양에 녹을 것처럼 자리한 카페가 보이기 시작했다. 가게 앞에 쭈그려앉은 고양이 머리가 보였다. 가타쿠라 씨는 진짜 고양이처럼 몸을 둥글게 웅크리고, 땅바닥에서 한구석을 바라보고 있었다. 그는 내 기척을 눈치채고 천천히 일어났다. 나는 숨을 헉헉거리며 달려가, 가게 옆에 자전거를 내팽개쳤다.

"수고하셨어요."

가타쿠라 씨가 말하는 것과 내 발이 멈춘 것은 거의 동시였다.

가타쿠라 씨가 안고 있는 냐스케를 보고 온몸의 힘이 풀렸다. 냐스케는 변함없이 아무 생각도 없는 것 같은 얼굴을 하고 냐아 하고 울었다.

"냐스케……."

간신히 목소리를 짜냈다.

"미안해, 냐스케."

다리에 힘이 들어가지 않아, 제대로 걸을 수가 없었다. 가타쿠라 씨가 다시 쭈그려 앉아 바닥에 냐스케를 내려놓았다. 냐스케는 타박타박 걸어와 내 다리에 몸을 비비기 시작했다.

"무사해서 다행이야."

나도 쭈그려 앉아, 냐스케를 안아 올린 뒤 뺨을 비볐다.

"아파트 앞에 누워 있어서 무슨 일이라도 생겼나 하고 걱정했는데…… 다행이에요, 그냥 낮잠 자는 거더라고요."

가타쿠라 씨가 나와 냐스케를 바라보며 말했다.

"죄송해요, 가타쿠라 씨. 계속 찾아 주셨던 거네요."

냐스케를 품에 꽉 끌어안았다. 가타쿠라 씨가 후후 하고 웃었다.

"장 볼 겸 나와서 찾아봤을 뿐인데요. 오늘은 가게 정기 휴일이었고요, 너무 신경 쓰지 마세요."

냐스케는 시치미를 떼는 얼굴로 나를 올려다보고 있었다.

"정말…… 어디 갔던 거야. 다 찾아봐도 없으니까, 걱정했잖아."

냐 하고 짧은 대답을 받았다. 이 체온이 내 손 안으로 돌아왔다. 다시 눈물이 넘쳐흐르기 시작했다.

"무사하니 정말 다행이죠."

가타쿠라 씨가 냐스케를 빤히 바라보자, 냐스케도 가타쿠라 씨 쪽으로 얼굴을 돌렸다. 같은 줄무늬가 그려진 얼굴들을 보고 있으니 어쩐지 마음이 평화로워졌다.

"제대로 마타타비 씨의 아파트에 돌아온 걸 보면, 어지간히 마타타비 씨를 좋아하는 거네요."

가타쿠라 씨가 냐스케의 목을 손끝으로 살살 쓰다듬었다. 마음이 놓여 훈훈해진 가슴에 가타쿠라 씨의 온화한 목소리와 다정한 말이 스며들었다.

"이제는 놓치지 말아 주세요."

녹아 버릴 듯한, 취해 버릴 듯한 그의 목소리.

"냐스케는…… 에헷취!"

갑자기 가타쿠라 씨가 재채기를 했다.

"죄송, 알레르기가…… 흐헷취!"

그렇지, 계속 냐스케를 안고 있었을 테니까.

"냐스케가, 헷취!"

무슨 말을 하려고 하는데, 좀처럼 말을 끝마칠 수 없었다. 그 모습이 우스워서 나도 모르게 입꼬리가 올라갔다. 그것을 알아차린 가타쿠라 씨는 절박하게 얼굴을 돌려 숨겼다.

"웃지, 말, 흐헷취!"

"안 돼요, 웃긴걸요."

결국 웃음이 터졌다. 이 싱거운 느낌에 굉장히 마음이 놓였다. 이런 아무것도 아닌 대화를 계속 이어 가고 싶다.

불쑥, 이 목소리를 들을 수 있는 것도 이대로라면 불과 며칠밖에 남지 않았다는 사실이 떠올랐다.

"가타쿠라 씨…… 저."

냐스케를 안은 팔에 꾹 힘이 들어갔다.

전근 가게 되었어요.

그렇게 말하려 했지만, 목이 탁 막혔다. 입 밖으로 내버리면, 그 끝을 스스로 인정하는 느낌이 들어서, 말할 수가 없었다.

"저기, 냐스케를 찾아 주셔서 감사합니다. 앞으론 더 조심할게요."

그 대신 허리를 숙여 인사하자, 재채기가 겨우 멈춘 가타쿠라 씨도 천천히 일어나 고양이 머리를 꾸벅 숙였다.

"마타타비 씨니까 냐스케를 맡길 수 있어요. 앞으로도 잘 부탁드립니다."

전근하게 되면, 물론 냐스케도 함께 데려갈 것이다. 그렇다면 가타쿠라 씨는 냐스케와도 이별하게 되는 거겠지만.

"……네."

나도 냐스케를 안은 채로 일어섰다. 가타쿠라 씨는 가게의 문을 열고 내 쪽을 돌아보았다.

"괜찮으시면 차 한잔하실래요?"

"오늘 정기 휴일이잖아요?"

"커피 원두 상태는 문제 없어요."

"냐스케, 가게에 데리고 들어가도 되나요?"

"특별히 허락해 드릴게요."

녹아 버릴 듯한, 취해 버릴 듯한 감각이었다. 아주 조금만 더, 이렇게 지내고 싶다.

이런 아무것도 아닌 시간을 조금이라도 길게 보내고 싶다.

집으로 돌아와 냐스케를 바닥에 내려놓자, 냐스케는 터벅터벅 걸어 제일 먼저 창가 앞으로 뛰어올랐다. 나는 소파에 앉아 냐스케의 줄무늬로 가득한 등을 바라보고 있었다.

가타쿠라 씨와 보낼 아무것도 아닌 시간에 언제까지 취해 있을 수 있을까. 머릿속은 아직도 몽실몽실하고, 도취된 느낌이 온몸을 감싸고 있었다. 볼이 화끈화끈하고 뜨겁다. 이상하네, 술은 한 모금도 마시지 않았는데, 정말로 취한 것 같은 느낌이다.

창가의 냐스케가 훌쩍 앞발을 들어올렸다. 뭐지, 저

거. 뭘 하는 걸까.

멍하니 보고 있자, 냐스케는 앞발로 잠겨 있는 창문 걸쇠에 올라가 철컹 하고 잠금을 풀어 버렸다. 그다음 창문 구석에 앞발을 걸고 조금씩 조금씩 창문을 밀기 시작했다.

어라?

"너 혼자 열 수 있었어?"

그 말은 즉 냐스케가 창문으로 도망친 것도 설마, 내가 닫는 걸 잊어버린 게 아니라…….

냐스케가 열린 창문 틈으로 머리를 밀어 넣었다.

"아니, 아니, 잠깐! 기다려!"

당황해서 냐스케의 몸통을 잡아 들어올렸다.

냐스케가 하는 짓을 보고 한순간에 온몸을 지배하던 도취가 풀려 버렸다.

# 고양이 남자, 거짓말하다

"마타타비 씨."

봄바람이 여름의 냄새로 변하기 시작한 5월의 일이다. 가타쿠라 씨가 커피를 내 앞에 내려놓았다. 잔업으로 늦게 끝난 날, 나는 카페의 마지막 손님이었다.

"요즘 무슨 좋은 일이라도 있나요?"

가타쿠라 씨는 뜬금없이 엉뚱한 말을 뱉었다.

"좋은 일이라뇨?"

"뭔가 듣기만 해도 행복해지는 이야기를 듣고 싶은 기분이라서요."

행복인가.

"으음. 아침부터 냐스케의 기분이 좋아서 엄청 애교를 부려 줬어요. 그리고 날씨가 좋아서 기분이 좋았고, 쌓여 있던 영수증을 버려서 속이 시원해진 거랑, 나무젓가락이 깨끗하게 두 쪽으로 갈라졌네요. 그리고."

커피 잔을 손에 들고 한 모금 마셨다.

"오늘도 커피가 맛있어요."

"어이쿠, 영광입니다."

가타쿠라 씨는 기분 좋다는 듯 말했다.

"가타쿠라 씨야말로 대뜸 그런 이야기를 묻다니, 무슨 좋은 일이라도 생겼나요?"

역으로 내 쪽에서 묻자, 그는 인형 탈 속에서 후후 하고 웃었다.

"지난 번에 심은 캣태일*에서 꽃이 피었어요."

"아아, 그 주렁주렁 늘어진 식물에요."

고양이의 꼬리와 닮았다고 해서 캣태일. 가타쿠라 씨가 실로 좋아할 만한 식물이다.

"원예를 좋아하시나요?"

---

* 태일밀렛[cat tail millet]. 습지에서 자라는 부들과의 키가 큰 식물. 갈대와 비슷하게 생겼다.

"이제 막 시작한 참이지만요……. 집 앞 텃밭을 가꾸는 정도예요."

"흐음……."

불쑥 입꼬리가 슬금슬금 올라갔다.

"또 하나 좋은 일이 생겼어요."

"응? 지금 이 사이에요?"

"네. 하지만 무슨 일인지는 비밀이에요."

이 사람에 대해 새로운 무언가를 알게 될 때마다 괜히 기뻐지는 건 왜일까.

"이건 오늘 아침 애교쟁이였던 냐스케의 사진이에요. 보세요."

핸드폰 화면을 가타쿠라 씨에게 돌렸다. 앞발을 모으고 카메라를 올려다보는 냐스케의 시선에 그는 헉 하고 이상한 소리를 냈다.

"귀여워."

이 정도 일로 이렇게 기뻐해 주다니, 보고 있는 나까지 기뻐졌다. 이런 시시콜콜한 대화를 나눌 수 있는 것. 이 또한 내 행복 중 하나라고 생각한다.

그렇기에 이런 일상을 빼앗기는 날이 다가오는 것이

견딜 수 없이 두려웠다.

힐끗 카페 벽에 걸린 달력을 올려다보자, 하얀 고양이가 공터를 질주하는, 절로 웃음이 나는 사진이 인쇄되어 있었다. 전근까지 앞으로 이 주 남은 건가.

원래부터 물건이 별로 없었던 방은 곧바로 정리했다. 정리하지 못한 것은 전근한다는 사실을 아직 가타쿠라 씨에게 밝히지 않았다는 사실뿐이다.

우리 회사는 함께 사는 가족이 고양이밖에 없는 나 같은 사람에게는 꽤나 무리한 전근 명령을 내린다. 아마도 이동하는 데 부담이 없기 때문일 것이다.

내 핸드폰을 빤히 들여다보며 냐스케에게 푹 빠져 있는 가타쿠라 씨에게 슬쩍 물었다.

"가타쿠라 씨는 혹시 제가 냐스케를 데리고 이사를 간다면 외로우실까요?"

가타쿠라 씨는 화면에서 눈을 떼고 살짝 얼굴을 기울였다.

"그럼요, 외로워요."

"그런가요……."

"네, 걱정되지는 않지만, 역시 냐스케를 특별히 귀여

워하게 된 마당에, 언제든지 만날 수 있는 거리가 아니라면 좀 슬프겠죠."

냐스케의 이야기다.

"그렇죠. 당연히 만나고 싶겠죠."

"이사 계획이라도 생겼나요?"

가타쿠라 씨가 이 화제를 물고 늘어졌다. 그렇다면 지금이 전근 이야기를 꺼낼 타이밍인가.

말하려고 했다. 하지만 역시 말문이 막혔다. 말할 수 없어서 헛기침만으로 흘려 넘겼다.

"그건 그렇고, 냐스케가 최근에 생선 껍질을 엄청 좋아해요."

"아이코, 그렇다면 따로 준비를 해야겠네요."

냐스케에게 헌상할 작정이구나. 언제 봐도 참 준비된 집사다.

커피를 마셨다. 좋은 향기에 눈이 절로 감겼다.

큰일이네. 좀처럼 말을 꺼낼 수 없어. 이런 식으로 아무것도 아닌 행복한 이야기를 할 때 현실감 넘치는 화제를 입에 올리고 싶지 않다는 마음도 있었지만, 막상 소리 내어 말해 버리면 확실히 헤어질 순간이라 느껴질 것만 같아 두려웠다.

"맞다, 생선이라는 말을 들으니."

가타쿠라 씨가 짝 소리를 내며 두 손을 마주쳤다.

"얼마 전에 다치바나 선생님께서 편지를 보내 주셨어요. 구리하라 씨가 남긴 비장의 생선 요리 레시피를 발견하셨다네요. 지금 딱 적기인 벤자리 요리.

평화로운 화제다. 듣고 있는 것만으로도 여러 사정들이 아무것도 아니게 느껴졌다.

"벤자리 조리법만이 아니라, 다과 레시피도 엄청 준비되어 있다고 하셨어요."

"와, 그건 좀 궁금하네요."

커피 잔을 들며 가타쿠라 씨를 올려다보았다. 가타쿠라 씨는 후후 하고 쓴웃음을 지었다.

"구리하라 씨가 카페의 새 메뉴로 완성하기 전에 시설에 들어가셨거든요. 저한테 먼저 넘겨주셨으면 좋았을 텐데, 그러기는 싫으셨는지 다치바나 선생님께 맡겨 버리셨어요."

"지금까지 들은 이야기로는 구리하라 씨라면 그러셨을 것 같아요."

나도 함께 쓴웃음을 지었다. 사실은 가타쿠라 씨를 인정하고 있으면서, 인정하고 싶어 하지 않는달까. 아마 지는 게 싫은 거겠지.

"다치바나 선생님도 레시피집을 받은 걸 잊고 계셨는지, 찾으면 보내 주시겠다고 하네요."

가타쿠라 씨의 스승님이 만든 비장의 레시피. 제철 생선 요리와 달콤한 과자. 그건 기대할 수밖에 없다.

"과연 비장의 레시피군요. 먹고 싶어요! 만들어 주세요, 가타쿠라 씨."

"그렇죠, 만들어 볼게요."

구리하라 씨가 자력으로는 메뉴에 넣지 못한 비장의 레시피가 가타쿠라 씨의 손으로 재현된다. 뭔가 드라마틱한데. 하지만 가타쿠라 씨의 목소리에는 조금 유감스러운 기색이 담겼다.

"하지만 다치바나 선생님께서 바쁘신 것 같아서요. 레시피를 보내 주실 때까지 시간이 좀 걸릴 듯해요. 벌써부터 기대가 되지만요."

"아……."

불쑥 잊고 있던 긴장감이 튀어 올랐다. 애써 묻어 둔

전근이 다시 생각났다.

"그건 좀 곤란한데요……. 빨리 도착해야 하는데."

약간이지만, 목소리가 떨렸다. 얼버무리며 커피를 한 모금 마셨다. 가타쿠라 씨도 작게 고개를 끄덕였다.

"맞아요. 벤자리의 계절이 끝나기 전에 도착하지 않으면……."

"이 주 이내로 부탁드립니다."

가타쿠라 씨의 말이 끝나기도 전에 말했다.

"어이쿠."

가타쿠라 씨가 인형 탈을 이리저리 갸웃거렸다.

"벤자리의 제철은 그보다는 조금 더 길어요."

"안 돼요. 이 주 안이 아니면."

구체적인 기한이 주어지자, 가타쿠라 씨는 조금 몸을 숙여 나를 빤히 바라보았다.

"급하신 것 같네요."

"……계속 말하지 않아서, 죄송해요."

나는 커피 잔으로 시선을 내렸다. 커피의 검은 수면이 흔들흔들 원을 그리고 있었다. 더는 안 되겠다. 나는 작정하고 입을 열었다.

"사실은 전근이 결정되었어요. 도쿄 본사로."

커피를 내려다보며 겨우 고백했다. 가타쿠라 씨의 눈은 쳐다볼 수 없었다. 고양이 탈에 달린 눈일 뿐인데도, 볼 수 없었다.

"이대로라면 이 주 후에 여기를 떠나야 해요. 그러니까 그 전에."

시선을 아래로 고정한 채로 말을 이었다.

"제가 여기 있는 동안에, 완성해 주세요."

"허어……."

가타쿠라 씨가 조용하게 탄성을 흘렸다.

"마타타비 씨가, 도쿄 본사로, 말이군요."

"보고가 늦어서 죄송해요."

말끝이 점점 흐려졌다. 가타쿠라 씨는 입을 꾹 다문 채다.

이래서 말하기 싫었던 거다.

계속 숨겨 왔던 찜찜함과 헤어짐을 알아차린 가타쿠라 씨의 반응. 이 모든 것이 괴로웠다. 묘한 공백이 공연히 싫었다. 조금이지만 눈시울에 열이 올라서, 괜시리 손가락으로 눈을 비볐다.

가타쿠라 씨는 힐끗 달력을 보고, 다시 내 쪽으로 고개를 돌렸다.

"과연 마타타비 씨."

평소처럼 차분한 목소리였다.

"이렇게 굉장한 뉴스를 계속 숨기고 계셨다니, 마타타비 씨도 좀 고약하세요."

"……네?"

"날씨가 좋았다든가, 지갑이 깨끗해졌다든가 하는 이야기보다, 나무젓가락이 깨끗하게 갈라졌다는 이야기보다, 지금까지 한 어떤 이야기보다 행복한 일이잖아요. 그걸 이 순간까지 참고 계셨다니."

가타쿠라 씨는 짝짝짝 하고 박수를 친 뒤 다시 흘낏 달력 쪽을 바라보았다.

"이거 참, 이 주 남았군요. 축하드려요, 마타타비 씨."

가타쿠라 씨는 정말로 기뻐 보였다. 눈에는 보이지 않는 작은 꽃이나 음표가 고양이 머리에서 톡톡 튀어나오고 있는 것 같았다. 뭐지, 내가 예상했던 반응과는 다른데.

"으음, 엄청 기뻐 보이시네요, 가타쿠라 씨."

"네! 엄청요."

그렇게 기뻐할 일인가. 멍해진 나를 두고 그는 더욱 활기차게 말을 이었다.

"이건 레시피가 도착하지 않았다고 가만히 있을 수가 없네요. 다치바나 선생님이 바쁘시든 어떻든 최우선으로 보내 달라고 부탁드릴게요. 계속 이곳을 애호해 주신 마타타비 씨께서 금의환향하는 날인데요."

카린이 했던 말을 떠올렸다.

이 사람은 무슨 일이든 기쁜 쪽으로만 해석하니까, 언제나 긍정적이라고. 그렇구나, 이런 상황을 그렇게 받아들이면 기뻐할 수 있는 거구나. 또 하나 배웠다.

"냐스케도 앞으로 이 주 후에 도쿄에 가게 되는데요."

"그렇네요! 냐스케도 도시 고양이가 되는 건가요, 기뻐요. 엄청 기대돼요."

"냐스케하고 만날 수 없어지는데요? 외롭지 않으세요?"

"물론 조금은 쓸쓸하겠지만, 그 이상으로 기쁜데요. 이렇게 기쁠 수가 없어요."

냐스케를 들먹여 보았지만, 가타쿠라 씨는 마치 자신

의 일처럼 기뻐했다. 지금까지 본 가타쿠라 씨의 모습 중에서 최고로 기분이 좋아 보였다.

"……조금밖에 쓸쓸하지 않은 거네요."

나도 모르게 툭 속마음을 뱉자, 가타쿠라 씨는 이상하다는 듯 반문했다.

"마타타비 씨는 기쁘지 않으세요? 원래부터 원해서 이런 변두리에 있는 게 아니었잖아요."

처음 이곳으로 좌천되었을 때는 틀림없이 그랬다. 이 마을에 오는 것이 내키지 않아 견딜 수 없었다.

"그렇죠. 이렇게 아무것도 없는 곳……."

"축하드려요! 드디어 본래의 생활로 돌아가는 거잖아요."

이 카페가 있는 이 마을을, 이렇게 좋아하게 된 게 누구 때문이라고 생각하는 걸까.

"맞아. 카린에게도 이 소식을 얼른 전해 줘야죠. 분명 기뻐할 거예요."

가타쿠라 씨가 태평하게 말끝을 올렸다.

"저는 요리 정도밖엔 못하니까, 마지막으로 만날 수 있는 날에 특별한 걸 준비해 둘게요. 뭔가 먹고 싶은 메뉴가 있나요?"

그의 들뜬 이 상태가 전혀 마음에 들지 않았다.

"……없어요. 가타쿠라 씨에게 맡길게요."

커피를 깨끗이 비운 뒤, 자리에서 일어났다.

"늦게까지 죄송해요. 마지막으로 오는 날을 기대하고 있을게요."

가타쿠라 씨 쪽을 보지 않은 채 말했다.

"네! 기대해 주세요."

가타쿠라 씨는 전혀 신경 쓰고 있는 것 같지 않았다.

"마타타비 언니! 도쿄로 돌아간다는 거 거짓말이지?"

다음 날 카페 앞을 지나치려는데 카린과 맞닥뜨렸다. 이제 막 집으로 돌가가려는 참이었는지, 등에는 배낭을 메고 있었다.

자전거를 세우자 카린이 달려와 내 스커트에 매달렸다.

"응? 거짓말이지?"

"미안, 사실이야."

"싫어! 그런 거 진짜 싫어!"

카린은 조그마한 머리를 붕붕 저으며 내 스커트를 꽉 쥐었다. 가타쿠라 씨가 아쉬워하지 않은 만큼 카린이 서운함을 보여 주었다.

"응, 나도 카린하고 헤어지는 건 아쉬워."

"마타타비 언니를 관찰하는 것도 재미있었고, 유즈 삼촌도 재미있었는데."

역시 어딘지 모르게 어린애다운 순진함이 없다. 나는 카린의 머리를 살살 쓰다듬으며 말했다.

"나도 헤어지는 건 싫지만, 본사에도 일손이 부족한 것 같아."

휴 하고 한숨을 쉬고 하늘을 올려다보았다. 몽글몽글한 양떼구름이 하늘에 넓게 펼쳐져 있었다.

"게다가 가타쿠라 씨와 얘기해 보니까 도쿄에 돌아가는 게 맞다는 생각이 들었어."

"응? 유즈 삼촌이 유난스럽게 기뻐하니까?"

"가타쿠라 씨가 말한 대로, 이 마을은 처음부터 내가 있어야 할 장소도 아니었고."

"유즈 삼촌이 하는 말에 신경 쓰지 않아도 돼. 전에도 말했지만, 그 사람 좀 바보 같아서, 갑자기 엉뚱한 소리를 늘어놓는다고."

카린이 작은 강아지처럼 앙칼지게 말했다. 나는 카린의 머리를 이리저리 쓰다듬었다.

"하지만 회사에 떼쓰지 않고 순순히 도쿄로 돌아가는 게 좋겠다 싶어서."

돌아가더라도 괜찮은 거다. 두 번 다시 만나지 못할 것도 아니니까. 멀리서라도 다시 손님으로 찾아오면 된다. 그뿐이다.

"흐응…… 그럼, 마타타비 언니도 포기하는 거네."

카린이 입술을 삐죽였다.

"마타타비 언니도 겨우 그 정도구나."

"……무슨 뜻이니?"

"말 그대로야."

카린이 메롱 혀를 내민 뒤 나에게서 멀어졌다.

"끈질기게 버텨 볼 것도 아니라면 이젠 나도 몰라. 질렸어. 도쿄든 어디든 가 버려."

조금 울상이 된 카린이 나에게 등을 보였다.

"안녕, 카린. 나 집에 가는 중이었으니까."

"그렇구나. 조심히 가."

"응."

카린은 타박타박 작은 보폭으로 걷기 시작했다. 작은 뒷모습이 멀어져 갔다. 화가 난 것 같았다. 그 정도에 그쳤다면 다행이지만, 어쩌면 나 때문에 울어 버릴지도 몰랐다. 저 어린 여자아이는 과연 누구와 닮아 단어 선택이 능숙했다. 제대로 표현할 수는 없지만 어쩌면 지금 나눈 이 대화가 카린과 나눈 마지막 대화가 될 수도 있다고 생각하니 가슴이 찌릿하게 저려 왔다.

나는 힐끗 카페의 녹색 문을 바라보았다. 어제 그 대화를 나눈 후로, 오늘은 가게에 들를 마음이 생기지 않았다. 다시 한껏 들뜬 가타쿠라 씨에게 도쿄로 돌아가라는 말을 듣는다 생각하니, 들어갈 엄두가 안 났다.

왜 그럴까. 가타쿠라 씨와 서먹해지고 싶지 않았는데. 아니, 그는 딱히 서먹하지 않을 테지만, 내가 그 사람을 피하는 날이 올 줄이야.

하지만 남은 시간이 얼마 없다고 생각하니 가지 않으면 아깝다는 느낌도 들었다. 자전거의 핸들을 쥔 채로 문을 노려보고 있자, 문이 열리고 구석에서 고양이 탈이 불쑥 얼굴을 드러냈다.

"아, 마타타비 씨. 무슨 일 있으세요? 그런 곳에 멈춰 서서."

이상하다. 평소의 가타쿠라 씨라면 다른 사람의 감정적인 모습을 바로 알아차렸을 텐데.

"가게를 보고 있을 뿐이에요."

"그러셨군요."

가타쿠라 씨의 인형 탈이 문 안쪽으로 되돌아갔다.

역시 이상하다. 이렇게 섬세하지 않다니, 가타쿠라 씨답지 않아.

그렇다는 건, 혹시 저 사람은 가타쿠라 씨가 아닐지도 모른다. 인형 탈 속 사람이 다른 사람으로 바뀌었다든가. 목소리와 체격이 똑 닮은 대역이라든가.

선뜻 들어가기 힘들었던 문의 손잡이를 잡고 꾹 비틀었다. 끼익거리는 소리가 나면서 문이 열렸다. 도어 벨에 반응한 고양이 머리가 이쪽으로 향했다.

"어서오세요."

"가타쿠라 씨인가요?"

"그렇습니다."

나의 다소 이상한 질문에도 그는 냉정하게 대답했다.

가타쿠라 씨는 나에게 자리를 권하며 물었다.

"오늘 주문은 무엇인가요?"

나는 평소 앉던 자리에 앉아, 다시 고양이 머리와 마주했다.

"제가 제일 처음 온 날 가타쿠라 씨가 내려 준 커피는 오리지널 블렌드의 스탠더드 커피였죠. 정식 명칭은 레귤러 커피였나요. 그게 좋아요."

"알겠습니다."

눈에 익은 동작으로 가타쿠라 씨가 커피를 내렸다. 어디를 봐도 평소의 가타쿠라 씨다.

"가타쿠라 씨, 맞죠?"

"그런데요."

대답은 똑같았다. 알면서도 되물었다.

가게 안에 다른 손님은 없었다. 나와 가타쿠라 씨 두 사람의 목소리만이 좁은 공간에 녹아들었다.

"그런가. 역시 그렇죠. 죄송해요."

"꽤 재미있는 질문을 하시네요."

고양이 탈 속에서 쿡쿡거리는 웃음 소리가 들렸다.

"이상한 질문을 해서 죄송해요. 뭐라 하지, 가타쿠라

씨가 아니라면…… 좋았을 텐데 싶어서."

조금 말끝이 갈라졌다.

"평소의 가타쿠라 씨라면 이럴 때 상대가 원하는 말을 알고 딱 정곡을 찔렀을 텐데."

로스팅된 원두의 깊은 향이 나고, 커피를 컵에 따르는 소리가 났다. 가타쿠라 씨가 신기하다는 듯 중얼거렸다.

"흐음…… 역시 재미있는 말씀을 하시네요."

내가 멀리 가 버리는 것은 생각조차 않는 것 같은 이 사람을 보고 있으니, 어쩐지 괜스레 허탈해진다.

"도쿄에 가는 게 너무 기뻐 들떠 버려서요. 평소보다 유니크하다고요."

가타쿠라 씨에게 맞춰 대답을 하자 가타쿠라 씨는 그렇겠네요 하고 수긍했다.

"네, 커피 여기 있습니다."

달칵, 작은 소리와 함께 커피 잔이 내 앞에 놓였다. 흔들리는 검은 수면에는 표정이 없는 내가 비쳤다.

"이 카페에 단골이 된 뒤로 메뉴에 실린 건 다 먹어 본 셈인데요."

커피의 김이 뭉게뭉게 천장으로 솟아올랐다가 사라

졌다.

“다른 걸 시켰다가도 때때로 이 맛으로 돌아오고, 다시 다른 걸 주문했다가, 또 다시 이 커피를 주문하게 돼요.”

가타쿠라 씨의 블렌드 커피는 매일 조금씩 맛이 바뀐다. 원두의 상태나 사소한 온도차, 내가 피곤한 정도에 따라서도 조금씩 다르다. 최근에 그 차이를 알 수 있게 되었다.

커피로 입술을 축였다. 아주 조금 입안으로 흘러든 커피가 혀 위에서 맴돌았다. 찻잔에 컵을 돌려놓자, 달칵거리는 가벼운 소리가 났다. 오늘의 커피는 조금 쓴맛이었다.

가타쿠라 씨는 여유롭게 컵을 닦고 있었다.

“가타쿠라 씨, 저 말이죠.”

흔들리는 검은 수면을 바라보며, 말을 꺼냈다.

“내일 도쿄 본사에 다녀올게요.”

컵을 닦는 손이 멈췄다.

“전근일이 당겨졌나요?”

“아뇨. 내일은 인사부에 인사를 하러 가는 게 전부라

곧장 여기로 돌아올 거예요."

"그럼 다행이네요. 아직 레시피가 도착하지 않았거든요."

레시피가 도착하기만 했다면, 당장 내일 내가 떠나도 상관없다는 말투였다. 나도 지지 않고 담담한 어조로 대답했다.

"인사부의 높은 분과 이야기하고 올 거예요."

"기대되겠네요."

기대될 리가 없잖아.

뜨끈뜨끈한 커피 잔을 두 손으로 감쌌다.

"본사로 전근하게 되면 작별이네요."

"그렇게 되네요."

컵을 쥔 손에 꽉 힘을 주었다.

"가타쿠라 씨, 지금까지 감사했어요."

"저야말로."

"가타쿠라 씨 덕분에 정말로 즐거웠어요."

"저도요."

제대로 듣고 있지 않는 건지, 그는 여전히 지루하다는 듯 컵을 닦고 있다.

"가타쿠라 씨."

집요하게 이름을 부르는데, 조금 목이 잠겨 말끝이 갈라졌다.

"저의 특별한 사람으로 있어 줘서 감사해요."

달칵. 컵을 들어 올리자 찻잔과 컵이 닿는 희미한 소리가 났다. 커피를 한 모금 삼켰다. 가타쿠라 씨는 입을 다문 채였다. 그의 손은 아직도 바쁘게 움직이고 있다.

"익명의 카페 마스터가 아니라, 가타쿠라 씨라고 하는 한 사람이, 제게는 특별해요. 정말로, 정말로."

컵을 입가에 댄 채로, 픽 웃었다.

"가타쿠라 씨와 만나게 되서 다행이에요."

가타쿠라 씨의 손이 멈췄다.

"이상한 말씀을 하시네요."

눈에 익은 얼빠진 인형 탈이 나를 바라보았다.

"저는 이름 없는 카페의 마스터입니다."

"치사해요. 자기만 도망가려 하고."

"사실을 말하고 있을 뿐입니다."

가타쿠라 씨는 다시 컵을 닦기 시작했다.

"이름 없는 카페의 마스터는 사적인 이유로 소중한

손님의 발목을 잡는 짓 같은 것은 할 수 없으니까요."

"그런가요."

인형 탈을 노려보아도 그는 반응 없이 컵을 닦고만 있었다.

"기념 선물로 본사 근처에 있는 화과자 가게의 고양이 만주를 사 올게요."

"이렇게 감사할 데가. 기대하고 있겠습니다."

익명의 카페 마스터는 키득거리며 웃었다.

"잘 먹었습니다. 또 올게요."

바닥을 보인 컵을 내려놓고 자리에서 일어섰다. 가타쿠라 씨는 인형 탈의 눈으로 나를 보았다.

"다녀오세요."

"……네. 다녀오겠습니다."

가게를 떠날 때 이렇게 배웅받는 것은 처음이라서, 왠지 모르게 가슴이 꽉 조여 왔다.

다음 날 저녁의 일이다. 나는 도쿄에서 아사기초로 돌아오는 전차에 몸을 실었다. 어떻게 해서라도 그 멍청한 고양이 머리의 허를 찌르고 싶어. 오직 그 마음으로, 오늘은 절대 실패해서는 안 됐다.

"아리우라 씨, 도쿄 본사는 일 년 만이었겠네."

같이 출장을 온 대형견 지부장이 낮은 목소리로 말을 걸었다.

"네. 오랜만에 온 거라 두근두근했어요."

긴장이 풀린 직후 나의 얼빠진 얼굴을 본 지부장은 쓴웃음을 지었다.

"그렇다고 해도 말이지. 갑작스러운 전근이라 그쪽에서도 당황했겠는데."

"그렇겠죠…… 하지만 받아들여져서 정말로 다행이에요."

덜컹덜컹, 덜컹덜컹. 전자가 천천히 흔들리며 소리를 냈다. 무릎 위에는 기념품으로 산 고양이 만주가 전자의 흔들림에 맞춰 낮게 튀어 올랐다. 창밖의 경치가 바뀌었다. 높은 빌딩으로 하늘이 가려졌던 그리운 도시의 풍경은 어느 틈엔가 시야에서 사라지고, 바다 냄새가 나는 해안가의 풍경이 이어졌다.

"지부장님께도 민폐를 끼쳤어요. 죄송합니다."

"괜찮아, 아리우라 씨는 성실하고 우수하니까. 그런

부하에게는 힘이 되어 줘야지."

지부장은 커다란 입을 씩 들어 올렸다. 역시 대형견다운 포용력이다. 셰퍼드 혹은 레트리버 계통이랄까. 문득 바다를 향해 소리치던 여름날을 떠올렸다. 많은 일이 좀처럼 뜻대로 되지 않아서, 회사에 불만만 잔뜩 품고 있었다. 그랬는데 이렇게 제대로 주변을 살피기 시작하니, 좋은 상사와도 만나게 됐다.

"정말로 감사합니다."

"천만에요. 소중한 부하 직원을 위해서니까."

지부장은 낮은 목소리로 껄껄 웃었다. 창밖으로 보이는 건물이 줄기 시작했다. 앞으로 두 번이나 더 갈아타야 한다.

"그래도 본사에 돌아가는 걸 꺼려하다니 무슨 일이야? 원래는 억지로 이쪽에 온 거라 들었는데."

지부장이 가느다란 눈을 꿈뻑이며 물었다.

"그랬어요. 처음에는."

덜컹덜컹, 덜컹덜컹 하고 전차는 여유롭게 흔들렸다.

"하지만 뭐라고 해야 할까요, 이 마을이 마음에 들어버려서요."

지부장은 곁눈으로 나를 보며 조용히 경청했다.

"잘 표현할 수는 없는데요. 잃어버렸던 걸 이곳에서 되찾은 것 같은, 그런 느낌이에요."

"그렇군. 삶의 여유는 중요한 거니까."

지부장은 훗 하고 웃었다.

"죄송해요. 바보 같은 이유로 꺼려하다니. 일에 사적인 감정 때문에 모두에게 폐를 끼치고, 면목이 없어요."

고개를 숙이자 지부장이 빙그르 내 쪽으로 얼굴을 돌렸다.

"아리우라 씨는 의외로 착실하네."

의외라고 할 건 또 뭘까.

"업무상 착실한 건 좋지만, 그래도 아리우라 씨의 인생이잖아. 일이 전부가 아냐. 더 중요한 것들도 많이 있잖아."

지부장은 어딘가의 고양이 남자와 비슷한 말을 했다. 어쩌면 고양이 남자 같은 말이 아니라, 그냥 일반론일지도 모르지만.

"아리우라 씨가 일보다 우선하고 싶은 게 이쪽에 있는 거라면, 좋은 일이지."

지부장이 온화한 시선을 보냈다. 나는 한껏 진지한 표정으로 그 말에 수긍했다.

"네, 하지만 혹시 본사에 가더라도 계속 일해 나갈 수 있도록, 마음은 먹고 있었어요."

"역시 성실한 사람이라니까."

지부장은 다시 반쯤 웃는 목소리로 말했다.

"그런 아리우라 씨의 성실함과 '이 녀석'의 적응력을 본사에서 높이 산 거겠지."

"그러게요. 감사할 따름이죠."

나는 옆자리에서 깊이 잠든 '그녀'를 흘끗 보고, 무심코 킥 웃음을 터트렸다.

회사에서 지부장과 헤어진 뒤 나는 곧장 평소의 귀갓길을 자전거로 달렸다.

'카페 고양이 나무'는 오늘도 평온한 바닷바람에 감싸여 고요히 자리하고 있다. 저녁노을로 밝혀진 작은 건물은 평소처럼 나를 맞이했다.

끽. 자전거를 세우고 문 앞에 섰다. 멀리서 끼룩끼룩 갈매기 우는 소리가 들렸다. 바람이 불고, 강아지풀이

한들거렸다.

평소와 같은 익숙한 풍경이다. 내가 이곳에 도착할 때는 대개 저녁 무렵이고, 좁은 가게 안에 손님은 뜸해서 늘 한산하다. 언제나 같은 자리에 앉아, 고양이 머리를 감상하며 커피 한 잔을 마신다.

최근에야 겨우 내가 그런 나날을 견딜 수 없이 사랑한다는 걸 알았다.

가볍게 심호흡을 하고 문을 열었다. 도어 벨이 울렸다.

"안녕하세요."

도어 벨의 여운이 서서히 울려 퍼질 정도로, 카페는 정적에 싸여 있었다. 다른 손님은 보이지 않는다. 그뿐 아니라 카운터 안쪽에도 아무도 없다. 그 대신 내가 늘 앉는 자리에 고양이 탈을 쓴 수상한 사람이 걸터앉아 있었다.

그는 조금 등을 굽힌 채, 카운터 너머의 공간을 빤히 바라보고 있다. 고양이 주제에 새우등이다.

"어서오세요."

고양이 탈이 내 쪽으로 고개를 돌렸다.

"가타쿠라 씨…… 뭐하는 거예요. 축 처져서."

"카린에게 혼났어요. 거짓말은 도둑질의 시작이라네요."

고양이 탈 속에서 하아 하고 한숨이 새나왔다.

"자기 자신을 속여서 어쩌려는 거냐고…… 조카에게 그렇게 혼쭐이 나면 좌절할 수밖에요."

단순히 초등학생에게 혼이 나서 풀이 죽었다고는 보이지 않았다.

"그래서, 왜 손님 자리에 앉아 있나요."

"앉아 보고 싶었어요. 어떤 풍경으로 보일까 해서요."

가타쿠라 씨는 나른하게 일어나 나와 정면으로 마주 섰다.

"이런 식으로 보이는군요. 여기에 앉은 적은 별로 없어서 신선했어요."

"경치가 최고죠."

나는 만주가 들어 있는 화과자 가게의 종이봉투를 통째로 가타쿠라 씨에게 내밀었다.

"이건 도쿄 기념 선물이에요. 고양이 만주."

"아, 이런 배려를. 감사합니다."

가타쿠라 씨가 내 쪽으로 손을 뻗었다. 나는 정면에서

그의 루프 타이를 바라보았다.

“오늘 본사의 높은 분께 머리를 숙이고 왔어요.”

“고생하셨네요.”

“부탁이니까 아사기초의 지사에 계속 남게 해 달라고 했어요.”

만주를 받아들던 가타쿠라 씨가 굳어 버렸다.

나와 가타쿠라 씨의 거리는 딱 손에 든 상자의 크기만큼. 고개를 들면 몇 센티미터 앞에 고양이 탈이 있었다.

“지금, 뭐라고…….”

가타쿠라 씨가 천천히 말문을 뗐다. 나는 상자를 놓지 않았다.

“아직 이곳에 있고 싶다고, 무리해서 부탁을 드렸어요. 간절히 요청한 보람은 있어서, 지금과 다름 없이 여기에 남을 수 있게 되었습니다.”

가타쿠라 씨는 말이 없었다. 나는 그의 얼빠진 인형탈을 올려다보았다.

“가타쿠라 씨에게는 말하지 않았지만, 사실 이동 명령이 나오자마자 바로, 저 말고 본사에 가고 싶어 하던 사람을 떠올리고 교섭했어요. 하지만 좀처럼 받아들여지지 않아서, 오늘까지 질질 끌었지만요."

나는 씩 웃고 만주에서 한 손만 떼 손가락으로 브이를 만들었다.

"직접 인사부장을 만나러 간 게 효과가 있었나 봐요. 교체 작전 대성공이었습니다."

"어째서."

가타쿠라 씨가 가냘픈 목소리로 말했다.

"어째서 모처럼 온 기회를, 모처럼, 간신히, 본사에 돌아갈 수 있었는데."

나는 곁눈으로 카운터를 힐끗거렸다.

"왜일까요. 본사 사무실의 풍경도 좋지만, 그보다 이 자리에서 보는 이 풍경을 더 좋아하기 때문일지도요."

가타쿠라 씨는 다시 입을 다물었다. 고양이 탈 안에서 어떤 표정을 짓고 있을까.

"인사부장을 필두로 회사 사람들 다 말이 통하는 사람이라 다행이었어요. 이걸로 무사히 구리하라 씨 비장의 메뉴를 먹을 수……."

말을 끝마치기도 전에, 손에서 만주가 미끄러져 떨어졌다. 종이봉투의 바스락거리는 소리와 그 안에 든 상자가 바닥에 떨어지는 둔탁한 소리가 동시에 들렸다.

가타쿠라 씨의 팔이 나를 꽉 감싸 안은 것도, 그 순간이었다.

"어……."

입에서 튀어나온 소리는 말이 되지 못하고 흩어졌다. 일 초 정도, 무슨 일이 일어난 건지 이해하지 못해 눈을 굴리다가, 어색하게 손이 붕 뜬 채로 굳어 버렸다.

가타쿠라 씨의 손바닥에 눌린 머리카락은 이리저리 눌려 흐트러졌다. 등에서부터 꽉 조이는 듯한 완력이 느껴졌고, 볼에는 살짝 닿은 인형 탈의 털이 전신의 감각을 마비시켰다.

"……죄송해요. 감격한 나머지 무심코 이상한 짓을 해 버렸어요."

귓가에서 목소리가 작게 속삭였다.

머릿속이 새하얘졌다. 멈춰 버린 심장에서 뜨거운 무언가가 온몸으로 퍼져 나갔다. 의식이 반쯤 승천했다. 죽을지도 몰라. 하지만 오히려 이렇게 죽는 게 행복일지도.

비어 버린 내 손도 자연스럽게 가타쿠라 씨의 와이셔

츠를 쥐었다.

"그런 괴상한 인형 탈을 뒤집어쓰고 영업을 하는 것 자체가 이상한 일이에요. 그런 기행에는 익숙하니까, 전혀 안 놀랐어요."

울음이 터질지도 모른다고 생각했지만, 괴상한 인형 탈 때문에 울 수가 없다. 얼굴도 모르는 이 사람의 체온이, 나의 체온을 끌어올렸다.

"심장에 좋지 않아요, 마타타비 씨. 제가 어떤 마음으로 버텼는데."

겨우 말해 주었다. 내가 듣고 싶었던, 그 말을.

"네, 네. 미안해요."

가타쿠라 씨의 등을 토닥토닥 두드렸다. 가타쿠라 씨는 아직 나를 놓아주지 않았다. 대신 보다 더 강하게 꽉 끌어안았다.

와이셔츠에서 커피 냄새가 났다. 마음 편하고, 따뜻하고, 기분이 좋다. 얼굴을 묻고 있자 괜히 마음이 놓여서, 잠이 올 정도다.

이대로 시간이 멈췄으면 좋겠는데, 하는 생각이 들기 시작했을 때, 가타쿠라 씨의 손이 쓰윽 멀어졌다.

"미안합니다. 자제심을 잃었어요."

가타쿠라 씨는 차분한 동작으로 바닥에서 뒹굴던 고양이 만주 박스를 주웠다. 갑자기 사이가 떨어지자, 남아 있던 온기가 전부 공중으로 흩어져 버린 것 같은 느낌이 들었다.

"가타쿠라 씨."

카운터 안쪽으로 들어가는 가타쿠라 씨의 뒷모습에 말을 걸었다. 그는 얼굴만 흘낏 돌렸다. 나는 늘 앉던 곳에 털썩 자리를 잡았다.

"솔직히 저는 실망했다고요."

"네?"

카운터를 사이에 둔 평소의 거리에서 가타쿠라 씨가 짧게 반문했다. 나는 카운터 앞으로 기우뚱하게 몸을 숙인 뒤 그를 노려보았다.

"제가 냐스케를 데리고 떠난다고 말했는데, 조금도 서운해하지 않았잖아요. 붙잡아 달라고는 안 했지만, 조금쯤은 섭섭하길 바랐더니."

가타쿠라 씨는 인형 탈 안에서 후후 하고 웃었다.

"그건 실례했습니다. 사과의 뜻으로 마타타비 씨가

좋아하시는 거, 뭐든 만들어 드릴게요."

"좋아요! 그럼 고양이 만주랑 어울리는 음료로, 가타쿠라 씨가 골라 주세요. 같이 먹어요."

"좋네요. 그러면 조금 달콤한 커피를 내릴까요."

가타쿠라 씨는 깨끗하게 닦은 컵 두 개를 들고, 따뜻하게 데운 커피 메이커 쪽으로 걸어갔다. 나는 카운터 너머로 줄무늬가 그려진 뒷머리를 바라보았다.

"저기, 마타타비 씨."

가타쿠라 씨의 뒷모습이 내 애칭을 불렀다.

"잘 돌아왔어요."

귓가를 간지럽히는 듯한, 부드러운 목소리였다.

"잘 돌아왔어요, 냐스케."

"또 냐스케 타령인가요."

"냐스케만 말하는 게 아닌 거, 아시잖아요."

가타쿠라 씨가 돌아보지 않고 컵에 커피를 따랐다.

"잘 돌아왔어요."

"……다녀왔습니다."

아직 조금 뜨거운 뺨도, 여전히 두근두근 뛰는 심장도, 지금은 모른 척하기로 했다.

"나쓰미, 들어 봐! 드디어 오늘 아메미야 부장이랑 밥 먹으러 가."

퇴근길, 핸드폰을 귀에 댄 채 자전거를 끌며 걸었다.

"잘 됐다, 미카!"

"진짜 나쓰미 덕분이야. 네가 본사 발령을 나한테 양보해 준 덕에 아메미야 씨와 확 가까워졌어."

한산한 상점가를 빠져나와 해안 도로로 나왔다. 저녁 하늘은 끝자락만이 희미하게 붉게 물들어 있었다. 미카가 도쿄 본사로 이동하게 된 지 오늘로 일주일째다.

스피커에서 미카의 새된 목소리가 소리쳤다.

"나쓰미 님! 평생 감사하며 살게요!"

"진짜 뭐라는 거야. 나야말로 전근을 바꿔 줘서 정말로 살았어. 갑자기 이 주 만에 이사 준비를 하게 해서 미안해."

"아니, 뭐 정식으로 결정된 건 이 주 전이었지만, 나쓰미가 바로 이야기해 줘서 준비는 마쳐 놨지. 게다가 이사 준비하는 것도 도와줬잖아."

"그야 내 사정 때문에 이사하게 된 거니까."

철썩철썩, 파도 소리가 들려왔다. 바람이 바다의 짭짤

한 냄새를 실어 날랐다.

"그렇지만 꿈에 그리던 본사 근무를, 그것도 아메미야 부장과 일할 수 있다니. 이런 기쁜 일이 또 어딨어. 정말로 쓸쓸한 자리였는데 내가 와도 괜찮았던 거야?"

그렇게 생각하고 있다니 나도 안심이 됐다.

"괜찮아. 미카 쪽이 그 자리에 어울리니까."

아메쇼 부장은 딱히 아무래도 상관없지만.

"아메쇼…… 아니지, 아메미야 부장은 잘 지내?"

"응. 새로운 부서에도 변함없이…… 맞아! 들어 봐, 오늘도 엄청 멋있었어."

시작됐다. 아니 이 주제를 꺼낸 건 내가 먼저였지만.

"간식 사 오면서, 수고가 많아라며 어깨를 톡톡 터치하는데……."

미카는 비음이 섞인 녹을 듯한 목소리로 말했다. 반쯤은 머리에 들어오지 않았다.

멀리서 바람이 불어왔다. 그 시원함에 기분이 상쾌해졌다.

미카가 전화 너머에서 히죽거리는 듯한 목소리를 냈다.

"그래서 그쪽은 어때?"

"응?"

"그 변두리 지사에 남고 싶었던 건, 무슨 이유가 있었던 거잖아?"

아무렇지 않게 숨기고 둘러댔던 것을 결국 지적당했다.

"남자 때문이지?"

"또 그런 이야기를 꺼낸다니까."

쓴웃음을 짓자 그녀는 아하하 하고 소리내어 웃었다.

"이만하면 됐으니까 좀 가르쳐 줘. 거기에 남고 싶었던 이유. 어떤 이상한 이유라도 비웃지 않을게."

"으음, 그러니까."

바닷바람이 뺨을 간지럽혔다. 빨간 지붕이 보이기 시작했다.

"고양이야."

"고양이?"

미카는 이해할 수 없다는 듯이 되물었다.

"고양이가 이유라니…… 혹시 나쓰미가 고양이를 기르고 있어서?"

"아아, 냐스케 말하는 거야?"

"응, 맞아 개. 고양이를 기르면 뭔가 이사하기가 귀찮나 봐?"

"응. 뭐 그런 셈이랄까."

자전거를 세웠다. 강아지풀이 바람에 살랑살랑 흔들리고 있다.

"흐응……."

미카는 아직 납득하지 못한 듯했지만, 바로 잊어버린 양 음색을 바꿨다.

"아, 아메미야 부장 왔어! 그럼 나쓰미, 또 보고할게!"

일방적으로 통화가 끊겼다. 나는 통화 종료를 알리는 화면을 닫고, 눈앞의 문과 마주 섰다. 문 옆에는 빨간 캣테일 화분이 매달려 있었다. 과연, 집에 두기에는 아까울 정도로 예쁘게 꽃이 맺혔다.

손잡이를 쥐고 녹색 문을 밀어젖혔다.

"안녕하세요!"

도어 벨 소리가 난다.

"어서오세요."

커피 냄새가 향긋했다. 문 너머에는 오늘도 사랑스러운 풍경이 펼쳐져 있었다.

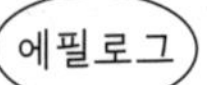


# 고양이 남자와 고양잇과 회사원

"어라라…… 딱 엇갈려 버렸네요."

내가 카페에 들어서자마자 가타쿠라 씨가 말했다.

"바로 몇 분 전까지 카린이 기다리고 있었는데."

"그랬어요? 뭐야, 잔업을 좀 더 빨리 끝냈으면 좋았을 걸."

잔업으로 늦어진 탓에 카린이 돌아가 버렸다. 카페 안에는 나와 가타쿠라 씨 둘뿐이었다.

늘 앉는 자리에 앉아, 메뉴판을 들었다. 나는 가장 마지막 줄에 손 글씨로 덧붙여진 환상의 일품요리 이름을 가리켰다.

"이거 드디어 메뉴에 들어갔네요."

"네, 우선 벤자리 시즌이 끝날 때까지만요."

"맛있었어요. 사계절 내내 팔면 좋겠는데."

"흐음, 그럼 다른 생선으로 대신하는 방법을 생각해 볼게요."

고양이 탈이 조그맣게 고개를 끄덕거렸다.

"그럼 오늘의 주문은 무엇인가요?"

"그러게요……. 그럼 아까 말한 환상의 일품요리랑 늘 마시는 커피로."

"알겠습니다."

나는 고양이 달력에 시선을 던졌다.

"벤자리 철은 분명 초여름이었죠."

"네. 7월 정도까지가 맛있어요."

멍하니 달력을 바라보았다. 미소가 절로 지어지는, 새하얀 아기 고양이가 달려가는 그림.

"제가 이 마을에 온 것도 분명 작년 이맘때였는데."

"그러네요."

가타쿠라 씨는 요리를 만들며 대답했다.

"마타타비의 꽃이 피는 계절이에요."

달력에서 가타쿠라 씨로 시선을 옮겼다. 고양이 탈의 연갈색 털이 가타쿠라 씨의 움직임에 따라 어렴풋이 흔들렸다.

"저도 벌써 이 년째가 되네요."

"그러게요. 시간이 참 빠르죠."

일 년간 줄곧 이 인형 탈을 바라보았다.

"있죠, 가타쿠라 씨. 슬슬 그 인형 탈 벗은 모습을 보여 주지 않을래요?"

안 돼요 하고 평소처럼 단호하게 잘라 낼 거라는 걸 알면서도 물어 보았다. 가타쿠라 씨는 평소처럼 손을 멈추지 않으며 대답했다.

"좋아요."

"응?"

무심코 눈만 깜빡였다.

"어, 지금, 저, 그 인형탈을 벗어 달라고 말했는데, 제대로 들었어요?"

"네, 그렇게 말씀하셨잖아요."

가타쿠라 씨가 커피를 내밀었다. 아무래도 잘못 들은 것 같지는 않았다.

"그렇게 단박에? 그럼 지금까지 왜 안 벗었어요?"

"벗어도 되는데 조건이 있어요."

인형 탈의 옆으로 삐죽이 검지 손가락이 세워졌다.

"마타타비 씨의 비밀을 하나, 저에게 가르쳐 주신다면요."

뭐…… 뭐라고.

"비밀인가요……."

"네, 비밀이요. 있잖아요, 누구나 살다 보면 비밀 한두 가지쯤은."

가타쿠라 씨는 흡족하게 후후훗 웃고 있었다.

"으음…… 제 비밀인가요? 뭐가 있을까……."

생각해 본다. 한 가지, 떠오르는 것이 있었다.

언젠가 밝혀야 한다고 생각하면서도, 그럼에도 가타쿠라 씨한테만큼은 말하고 싶지 않은, 그런 비밀이 있다. 조금 뺨이 뜨거워졌다. 컵으로 입가를 가리며 얼버무렸다.

"시, 싫어요……. 말할 수 없으니까 비밀인데."

"그런가요. 그럼 이걸 벗을 수는 없겠네요."

툭툭, 가타쿠라 씨는 인형탈의 뺨을 두드렸다. 뭐 이

렇게 치사한 수를 쓰는 걸까.

컵을 내려놓고 잠시 생각에 잠겼다. 고양이 머리가 하던 일을 멈추고 내 쪽을 바라보았다.

"알겠어요. 그럼 저기, 귀……, 귀 좀 대 주세요."

의자에서 일어서 인형 탈을 노려보았다. 가타쿠라 씨는 카운터 너머에서 한계까지 몸을 내밀었다. 나는 고양이 탈을 향해 까치발을 들었다.

"절대로…… 아무한테도 말하면 안 돼요."

가타쿠라 씨 이외에 아무도 없다는 것을 알고 있었지만, 소곤소곤 목소리를 낮췄다.

"물론이죠."

가타쿠라 씨도 작은 목소리로 대답했다.

"꼭이에요."

보들보들한 인형 탈로 입술을 가져갔다. 어느 쪽이 귀인지 알 수 없어서, 우선 세모난 고양이 귀를 향해 속삭였다.

"있죠……."

내가 숨을 내쉬자 인형 탈의 털이 희미하게 흔들렸다. 귀가 좋은 가타쿠라 씨다. 이렇게 거리를 좁히면 숨소리까지 들릴 터였다.

"그게 말이죠, 가타쿠라 씨……."

말을 걸었다가, 멈췄다.

가타쿠라 씨가 이어질 말을 기다리고 있다. 볼이 괜스레 확 달아올랐다.

"역시 이건 아닌 것 같아요!"

털썩 의자에 주저앉자, 가타쿠라 씨도 몸을 움츠렸다.

"저런, 마음이 바뀌셨나요."

"그렇지만 거래 조건이 너무 불공평하잖아요! 얼굴이라면 저는 계속 내보이고 있는데 가타쿠라 씨의 얼굴은 제 비밀과 교환이라니."

"그렇군요……. 이것 참 아쉽네요."

"절대로 말 안 할 거니까요."

말할 수 있을 리가 없다.

이런 걸, 말할 수는 없다.

"그럼 이것도 벗지 않는 걸로."

가타쿠라 씨가 인형 탈을 두 손으로 잡아 눌렀다. 받았다가 다시 빼앗긴 느낌이었다.

"뭐예요, 그 행동은? 별꼴이야……. 완전 불여우."

나는 그를 날카롭게 노려보았다.

“언젠가 반드시 벗겨 버릴 거니까요! 이건 선전포고예요. 진지하게 생각하라고요.”

“어이쿠, 그거 참 기대되는데요. 기다리고 있을게요.”

가타쿠라 씨는 여유만만하게 웃었다.

창밖으로 보이는 바다의 일부분이 반짝반짝 빛났다.

이 마을에 다시 여름이 왔다.

# 저자의 말

예를 들자면 기쁠 때는 껴안아 주고 싶은 고양이처럼.

슬플 때는 옆에서 몸을 웅크리고 다가와 주는 고양이처럼.

이 이야기가 여러분에게 그런 존재가 되었으면 좋겠다고 생각합니다.

여기까지가 작가로서의 최대 바람이지만, 어쨌든 아무 생각 없이 잔잔하게 즐겨 주셨다면 그것만으로도 다행입니다.

이 작품은 일단 연애 소설을 쓸 생각으로 집필했지만,

마타타비 씨와 마스터 어느 쪽도 풍문으로 들을 법한 연애담에는 별로 등장하지 않을, 흔히 말하는 '연애 대상으로는 보이지 않아.'라는 말을 들을 법한, 연애에 재능이 없는 성격으로 그렸습니다.

두 사람만이 아닌, 익명의 손님들이나 이 책을 읽어 주실 여러분도, 모두 각자의 입장에서 각자의 고민을 안고 계시겠지요. 하지만 분명 누구에게라도 마음이 놓이는 장소가 있고, 털어놓고 싶은 사람이 있습니다. 그런 장소에 있을 때처럼, 정말 좋아하는 사람과 함께 시간을 보낼 때처럼, 이 소설을 읽을 때 따뜻하고 행복한 시간을 보내셨으면 좋겠다는 마음을 담아 썼습니다.

이 이야기를 선택해 읽어 주신 여러분이 카페에서 커피를 마시는 것 같은 편안함을 즐겨 주셨으면 하는 바람입니다.

그리고 이 이야기를 통해 고양이를 좋아하는 사람들이 늘어난다면, 정말 기쁠 거예요. 꼭 고양이에 한정해서가 아니라 반려동물을 무책임하게 귀여워하기만 하는 것이 아닌, 올바르고 건강하게 귀여워해 주는 사람들이 늘어났으면 좋겠어요.

마지막으로 이 이야기를 완성해 주신 관계자 여러분, 지지해 준 가족과 무지개 다리를 건넌 우리 고양이와 다른 모든 분들께도 감사 인사를 드립니다.

정말로 감사합니다.

# 카페 고양이 나무 이야기

1판 1쇄 찍음 2020년 2월 20일
1판 1쇄 펴냄 2020년 2월 28일

지은이 우에하라 스이
옮긴이 김유라
발행인 박근섭, 박상준
펴낸곳 (주)민음사

출판등록 1966. 5. 19. (제16-490호)
주소 서울시 강남구 도산대로1길 62
강남출판문화센터 5층 (06027)
대표전화 02-515-2000 팩시밀리 02-515-2007
www.minumsa.com



ISBN 978-89-374-9117-7 02830